1
Vのガワの裏ガワ
黒鍵繭
イラスト 藤ちょこ

才座・フォーサイス・仁愛
さいざ・ふぉーさいす・にあ
山城桐紗
やましろ・きりさ
亜鳥千景
あとり・ちかげ
海ケ瀬果澪
うみがせ・かみお

雫凪ミオ
しずなぎ・みお
きりひめ
シリウス・ラヴ・ベリルポッピン

「なんだ、急にどうし……は？」
次の瞬間、海ヶ瀬は水着姿になっていた。
というより、布面積的に考えたらあれは、
マイクロビキニと形容する方が正しい。

「もしもこれからモデルが
必要なことがあれば、
いつだって私がやってあげる。
どんな衣装でも、
なんなら生まれたままの姿でも……
亜鳥くんが、そう言うなら」
「……」
「ママに……
なってくれないかな？」

「じゃあ、亜鳥くん——あなたには、
これからも私を見ていてほしい。
私のやりたいことも、これから私が
どういう存在になっていくのかも、丸ごと全部」
「？　ああ、うん」
「それで、その時は——」
続く言葉は途切れる。

「……海ヶ瀬？」
「見ててね、私のこと。
私がこれからやることを、何もかも」

CONTENTS

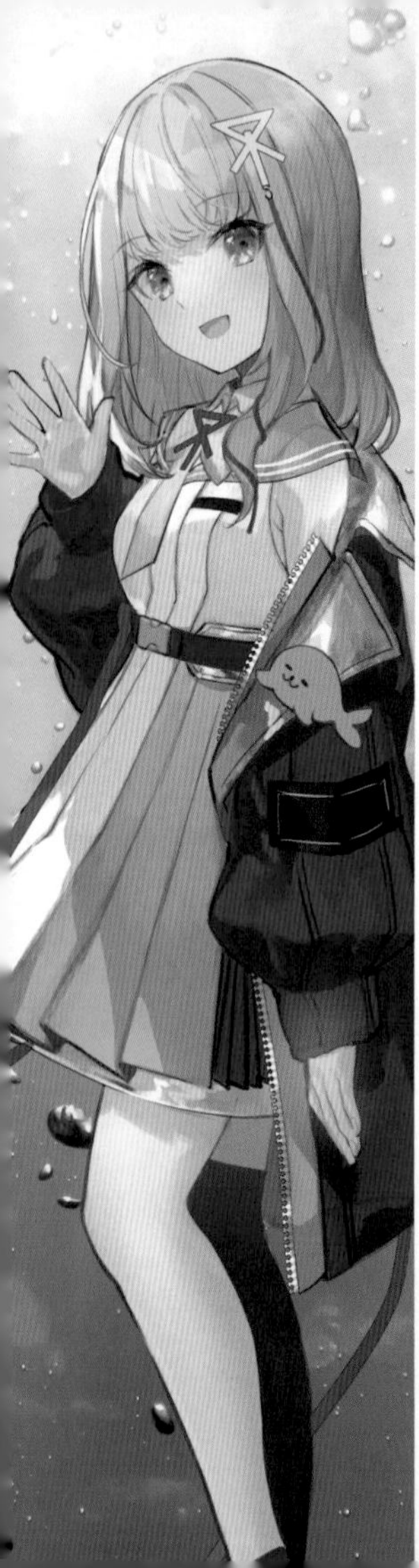

Vのガワの裏ガワ1

黒鍵 繭

MF文庫J

口絵・本文イラスト●藤ちよこ

『神絵師のアトリエ先生――亜鳥くんへ』

『私のママになってくれませんか？』

『詳しい話は明日の朝七時、学校の屋上で。ぜったい来てね。かみお』


「……なんだ、これは」

月曜の早朝。アラームで目を覚まし、ベッドに寝っ転がりながらスマホで自分のTmitterアカウントを覗いたら、そのDMの存在に気づいた――途端に、身体にまとわりついていた眠気が綺麗さっぱり吹っ飛んでいって、目が冴える。

DMを送ってきた相手のユーザー名は、文章末尾に書かれているものと同じく『かみお』。アイコンはデフォルメされたゴマフアザラシというふわふわ可愛らしいものだが、内容が内容なので一周回って、殺伐とした何かを感じてしまう。

俺が行っている仕事の内容的に、どういう意味の文章なのかは理解できる。

けど、これを単なる一仕事の依頼として捉えろってのは……なかなかに難しいな。

亜鳥千景は――俺は高校に通いながら『アトリエ』という名義で、フリーのイラストレーターとしての活動を行っている。区分するならば、学生絵師というやつ。

さらに付け加えると、そんじょそこらのイラストレーター、というわけでもない。

いわゆる業界トップの神絵師(かみえし)、などと呼ばれている。

◆アトリエは、日本のイラストレーター・原画家。誕生日は十二月二十七日。東京都出身。とにかく可愛(かわい)らしく、それでいてＲ18タグに引っかからない程度にエッチなイラストをハイペースで量産することから、『ゴッド(神)・アトリエ』と評されている。好きなものはブラックコーヒーで、嫌いなものは甘いコーヒー。

以上、Ｐｉｘｅｖ(ピクセブ)百科事典のアトリエのページより抜粋。

……ついでに俺本人の早口自分語りによって加筆するならば、一日一枚は必ずイラストを完成させてＴｍｉｔｔｅｒ(ツミッター)に投稿するようにしているし、一ヶ月に十キャラはキャラデザと関連する設定を考えて、自分のＰｉｘｅｖＦＡＮＢＯＸ(ピクセブファンボックス)に公開してたりもする。

能力以外の部分で言うと、仕事でやり取りする相手には丁寧な礼節を持って接しているし、課せられる〆切(しめきり)は一度たりとも破ったことがない。よって、仕事を依頼する側からすれば、この上なく信用できるイラストレーターだという自負がある。

故に、紛れもない神絵師である。誰よりも俺自身が信じて疑わないし、きっと世間もそう思っているに違いない。ほら見ろ、アトリエが今現在Ｔｍｉｔｔｅｒプロフィールに固定してるイラストなんか、十五万いいねも付いている。バズもバズ、大バズ……。

ふと、思う。

まさか、このイラストがきっかけで気づかれたんだろうか？と。

俺が神絵師である事実は、とりあえずおいておく。

この『ママになってほしい』というメッセージから考えるべきことは多い。

なぜ、俺にこんな話を振るのか。そもそもどうやって、俺がアトリエであることを知ったのか。もちろん、主語は彼女——かみお。果澪。海ケ瀬果澪。

俺とは一介のクラスメイトに過ぎないはずの海ケ瀬果澪は、どんな気持ちでこんなメッセージを送ってきたのだろうか？　ママになってほしい、だなんて。

……ベッドから身体を起こし、クローゼットからブレザーやら洗顔用のタオルやらを取り出す。普段だったら身支度の後、コーヒーの一杯でも淹れてからソシャゲの日課クエストを回していたんだろうが、今朝は何一つとしてできやしないだろう。

一刻も早く、学校に向かうこと。

そして、今日までのことを振り返り、どうしてこうなったのかを回想してみること。

戦々恐々とする今の俺には、それくらいのことしかできなかった。

【#1】メイク・ミー・マム

今年の東京の四月は穏やかな空模様が続いていて、花見を楽しむにはもってこいの環境だった。校舎正門付近に植えられたソメイヨシノも、僕はここにいるぞ、とでも言わんばかりに咲き誇っている。鮮やかな暖色が、幻想的なまでの光景を演出していた。

季節はまさに、春真っ盛り。

それは、始業式のクラス替えから一週間も経っていない、そんな四月のこと——。

「ねえ、千景」

その日の昼食時。

俺の右隣の席で、ウサギよろしく野菜スティックをぽりぽり齧っていた女子。

山城桐紗がラフな声色で話しかけてきて、呼ばれた俺はタブレット用のペンを持つ手を動かしながら、耳だけ傾けた。

「ちょっと、聞いてるの?」「一応」

ソロで暇そうに食事をしていた様子を見るに、同席していた友人が部活関係の知り合いに呼び出されてしまったみたいだが——残念ながら、俺は作業中だ。暇潰し雑談がしたいなら、他の奴でやってほしい。

「気になってたから、聞くんだけど……最近、色んな女の子ナンパしてるって、本当？」

手元のタブレットへ視線を感じて、そこで俺は、ようやく桐紗の方を見た。

「俺がそんなんするわけないだろうが」

「……そうよね。良かった。ほんと、噂って当てにならないものね」

「ああ。ナンパじゃなくて、デッサンモデルのお願いだ」

「やっぱやってるんじゃない！　……そんな非常識なことして、どういうつもり？」

「知ってるか？　常識って十八歳までに身につけた偏見のコレクションのことを……」

「アインシュタインを言い訳に使わないで」

日本刀で一閃するような、切れ味鋭いツッコミだった――どうでもいいが、デッサンモデルをナンパに脳内変換するのはどうかと思う。世の中の画家に怒られるぞ？

「急にそんなこと始めて、どういう風の吹き回しよ」

「別に深い事情はない。春休み中にふと、神イラストを生み出す糧としてリアル女子を描いてみるのはどうだろうって思いついて、実際にやってみたら新鮮で、構図とか質感に上手い具合に反映できてるから続けているだけ……そんだけの理由だ」

「思いついたとして、普通そんなことする？　ああ、目眩がしてきたわ……」

くらり、頭を押さえる桐紗。とはいえ俺の言葉に嘘偽りはなかった。

二年の始業式以降、俺はその辺で見かけてビビッときた女子に声をかけて三十分ほどのモデルを頼んでいるだけ。そして無事デッサンが終わった暁には各々に報酬――純粋な金銭や物の時もあれば、それ以外の時もあるが、そういうのを渡し感謝を伝えて終わり。よってナンパなんて後腐れを生みそうな行為、考えたこともなかった。

「勘違いされるのも面倒だから、改めて言っておく――俺は女子の身体が目当てなだけで、そいつの性格や人間性に一切の興味は無い。そこは信じてくれ」

「こ、言葉だけなら最低すぎるんだけど……」

なんて会話を交わしているうちに、本日Ｔｍｉｔｔｅｒに投稿するぶんのイラストの、ざっくりとした線画は描き上がった。さて、背景はどうしようか……。

「第一、そんなに参考になるものかしらね。駆け出しの人間ならともかく、もう型が出来上がってる人間なわけでしょ？　効果があるとは思えないんだけど」

「いーや。やってみると、結構良いもんだぞ」

数枚ほど完成させたことでしっかりと理解できたが、リアル女子を描くという行為には、視覚的なもの以上の経験値を描き手に与えてくれる。

個性的なキャラデザを考える時にはデッサン経験が糸口になって閃いたりもするし、肌感や筋肉、骨格の可動域の存在を鑑みても、デッサンドールやイラストアプリケーションの３Ｄモデルより、現実の女子の方が矛盾無く、細部まで理解することができる。とにかく、リアル女子の協力からしか摂取できない栄養素のようなものは、確実に存在していた。

もちろん女子をいきなり誘ってＯＫが出る可能性は低く、打率で言うと一割ちょっとだったわけだが――完成後のイラストのクオリティを考えれば、その程度の苦労は許容範囲。

……というか。

桐紗になら、実物を見せて説明してやった方が話が早いよな。

俺がイラストレーターをやっていることを知っている、数少ない相手にならば。

言葉よりもイラストこそが、雄弁に正当性を語ってくれそうだ。

「よしわかった。じゃあ、こいつを見てくれ」

話しながら行っていたラフ画作業を中断し、その後、タブレットでアトリエのＴｍｉｔｔｅｒを開いた。どれにするか……よし、これが良い。

昨日の夜に投稿していたイラストが目に入ったので、それを桐紗に見せることにした。

「ちょっ……こ、この絵は教室で見せちゃダメでしょ、色々な意味で！」

角度的に桐紗以外には見えないし、それに、今はそんなことよりイラストに注目しろ。

「例えばこの、ソシャゲで大人気の銀髪ロングのキャラクターだが……タイツ越しのふくらはぎから腰までのラインに注目してくれ。このキャラの筋肉を再現するために俺は、バスケットボール部のとある女子を参考にさせてもらったんだが……これが大正解だった。柔と剛が渾然一体となった筋肉は、たまらないえちえちさを――なんで消すんだよ」

懇切丁寧に説明していたのに、勝手にスリープにされた。

「何を急に語ってんのよっ！　……そ、それに、億歩譲ってモデルにするまでは良い」

億までいったら、それは最早譲ってなくね？

「けど……なんでこの子の格好がバニーガール姿なのよっ!?　……ま、まさかモデルの人に実際に着てもらったとかじゃ……」

「おいおい、そこまで頼むのはいくらなんでも無理だろ。ったく、ちょっとは常識的に考えてくれよな」

「さ、さっき自分で常識がどうこうって……でも、そうよね。流石の千景も、それくらいの常識は持ってるわよね……」

「……まあ、デッサン終わった後で、言うだけ言ってみたけどな。参考までに聞くんだが、バニーガールの衣装に興味はないか？って。ねえわ！ってスポドリぶっかけられて、衣装は当然脳内で補完することになったわけだが……」

「言ってんじゃない、この大馬鹿者っ！」

小声で叫ぶという矛盾した行為を余儀なくされていたせいか、ひどく疲れた様子の桐紗。

最終的に、キッと睨まれた。

「……わかったわ。もう、好きにすればいい。そうやってナンパして、センシティブなイラスト描いて、それで死ぬまで満足してればいいわよっ」

「だからナンパしてねえって……それに、そんな人生レベルで呆れるなよ」

「ふん！」顔を赤くした桐紗は歯ブラシ片手に立ち上がり、教室から出て行こうとする。

「……そういうの繰り返してたら、いつか痛い目見るからね」

捨て台詞を吐き捨てられて、俺は置き去りにされた。

「またやってんの、あの二人」「気にしなくていいよ、あれ恒例行事だから」

……方々で昼食コロニーを形成していたクラスメイトから、視線を感じる。またお前か
と、そう言われているかのようだった。特に去年も同じクラスの奴からは、如実に。

今さらだが、桐紗と俺は通じるところも多いが、反対に相容れない部分も多い。

今回は後者だった、ということだな。ペンを握り直してから、からかいすぎたかもしれ
ないと何百回目かの反省をする——要は、反省する気はそんなにない。

「お前また山城怒らせたろ」「そういう作戦か？」「そんで、今日もなんか描いてるし」

線画を再開して、すぐ。

今度は桐紗と入れ替わりで入ってきた男子連中から、声をかけられた。

「あいつは基本的に落ち着いてるのに、たまに感情がバグるんだよな」

「いやいや、俺らには常に落ち着いてるって」「亜鳥が怒らせてるんだよ」「しかも一年の
頃からだし」「夫婦喧嘩か」「お互い名前呼びだし、そういう感じなん？」

……その手の弄りに対しては今までの経験上、無視するのが一番マシだった。

なので、しっかりとスルー。黙々とタブレットと向き合い続ける。違う以上認めるわけ

もないし、全力で否定しようとするとそれはそれでガチ感が生まれるのか、火に油を注ぐことになるし。なんだその絶望の二択、ダルすぎる……。

「つか、亜鳥の席って完全に両手に花だよな。右隣が山城だろ？　そんで、窓側が――」

瞬間。

一人の女子生徒が教室の後ろの方の入り口からこっちに歩いてきて、それを皮切りに、さっきまで続いていた男子連中の軽口が、ぴったり止んだ。

シトラスの香りがほんのり香り、心なしか辺りは涼しげな空気に包まれて、それから彼女が、俺たちのすぐ近くを通過していく。

まるで彼女が通った道だけが浄化され、誰も立ち入れない聖域になったかのようだった。

周辺の男子は静まりかえり、前の方で昼食をとっていた女子のうちの何人かもこちらの方を見ていて、誰もが彼女の一挙手一投足を、その瞳に焼き付けようとしている。

「――海ケ瀬さん、だもんな」

俺の左隣。教室の一番後ろの、窓際の席に座っている女子。

名前は海ヶ瀬果澪。

海ヶ瀬とは、去年までは違うクラスだった。だから校内で話すこともなかったし、俺はイラストレーターとしての活動時間を作らなければならない関係で帰宅部を余儀なくされていたので、記憶の限りでは、その他の部分でわかりやすい接点もなかった。

だが。そんな他人の俺でも、海ヶ瀬の並外れたカタログスペックは聞き及んでいたし、わずかな期間を隣の席で過ごしただけで、その暴力的なまでの魅力をわからされてしまった。

華奢で小顔。女子なら誰もが羨むようなスタイルの良さ。ロブくらいの長さに伸ばされた黒髪は墨塗りのように深く艶やかで、瞳は大きく綺麗な二重。シャープな輪郭に整った顔立ちは絶世の美少女という表現でも足りないくらいで、しかも妙に儚げに見える。

内に秘めた能力も総じて高い。冬頃にやった模試では五教科で全国百番以内に入っていたらしく、教師陣から絶賛されていたという話を聞いていた。去年の体育祭では各種種目に参加し、そのどれもで一位をかっさらっていった結果、個人MVPに輝いていた。なんなら、ピアノも弾けるようだ。教師に頼まれて朝会の伴奏を担う、なんてこともしばしば。

さらには、コミュニケーション能力も卓抜していて——。

いや、どうだろう、そこは謎だ。必要な時に口を開くだけで特定の誰かと談笑しているところは見たことないし、いつも自分の席で音楽を聴きながら、スマホを弄っているだけ。キャラ的に言えば、クール系や孤高系に分類されそう。

とはいえ、それがまた透明感のある雰囲気とマッチしていて、周囲からしたら格好いいとか綺麗とか、そういう風に見えるんだろうが……とにかくだ。

一目置かれた高嶺の花。

それが、海ヶ瀬果澪という人間を評するのに、相応しい言葉だったと思う。


出払っていた海ヶ瀬は自分の席に座るなり、そのままヘッドホンを耳に被せていた。

「くそ、オレのくじ運が良かったら」「いきなり席替えするなんて思わんかったよな」「しっかしマジで可愛いよな海ヶ瀬さん」「何聞いてるんだろ」「マイナーな邦楽とか聞いててほしいわ」「うわ。なんかわかるわそれ」「彼氏とか、いんのかな」「いるとしたらきっとアホほど顔が良くて、医学部入るくらい勉強できて、趣味がボルダリングの奴だな」

たぶん聞こえていないのを良いことに、男子連中は思い思いの言葉を吐露し始める。

それに影響されてか、俺も海ヶ瀬の様子を窺ってしまった。

小さな欠伸と共に頰杖を突いて、窓の方を向いている。ルーティンの一環として今日も音楽を聴いている。開けっぱなしで置かれた彼女の黒のキャンパスリュックからはゴマフアザラシのぬいぐるみがはみ出ているが、あれは確か筆箱だったっけか。そしておもむろに、机の中からグミの袋を取りだして一粒だけ口に入れていた——なんか一粒でかくね？

どれもこれもがなんてことの無い所作でも、それを海ヶ瀬がやるだけで特別なもののように見えた。生粋のモデル気質、というやつだろうか？　俺が知らないだけで、本当にモデル業のようなこともやっているのかもしれない。

「――なあ。ところで、亜鳥は実際どっち派なんだ？　山城と、海ヶ瀬さん」

海ヶ瀬果澪を観察していたら、男子連中の一人から唐突に、派閥について問われた。

……途中から聞いてなかったので、どういう話の流れでそうなったのかは知らない。

ただ、これだけは言える。本当に、心の底から、きのこたけのこ論争と同じくらいどっちでも良かった。これが俺の好きなエロg……もとい『全年齢向け恋愛シミュレーションゲーム』のヒロインの話なら血の涙を流しながら悩み抜いて答えを出すだろうが……リアルだろ？　創作と違ってリアルの恋愛なんて、明日どうなってるかもわからんくらい熱しやすく冷めやすいもんだろうし（偏見）。どいつもこいつも心の繋がりじゃなくて身体で繋がれるかで選んでるんだろうし（大偏見）。面倒くさい、適当に答えときゃいいだろ。

「……じゃあ、桐紗」

「お、どうしてだ？」

「今期推してるアニメのメインヒロインと、髪型と雰囲気が似てるからだ」

「……なんか、もういいや」

「ちな、巨乳でポンコツで、古き良きツンデレ属性が人気のキャラクターではある。もしも俺が次元を一つ落とせたならば、ぜひとも太ももに挟まって……」

「説明しなくていい、わかったから……って、そこまで言って乳じゃねえのかよっ」

「……そういや亜鳥はオタクの二次元専だったな」

「あ、そうなん？　意外だな」

冷めた風呂の湯みたいな雰囲気が漂いつつも、男子連中は各々で勝手に納得しているようだった。気が済んだなら何より。なんとなく軽んじられた気はするが、スルーしてやる。

「亜鳥は顔良いのに言動に難アリなんだよな」「変人……いや変態だし。絵描いてばっかりだし。しかもなんか顔描いてないやつ」「優良物件かと思ったら事故物件だったパターンだな」「罠すぎ」「しかも聞いてもない時に限って、今みたいにオタク話語り出すし」

「俺って嫌われてんの？」

せっかく黙ってやってたのに、こいつらの方から追い打ちをかけてきやがった。後、顔描いてないのは絵柄でバレないようにだよ。一応配慮してんだこっちも。

「ねえ」「はいはい、なんだ、よ――」

またくだらないことが言われるのかと思って、ぞんざいな態度で返事をした。

でも、言われてから気づく。

俺に浴びせられた声は、男子のそれじゃなかった。

海ケ瀬果澪からだった。

「亜鳥くん」

その声は、清流のせせらぎを彷彿とさせるほどに澄んでいた。聞き心地の良い音が耳を通り抜けていって、その二言目で、今の声がけが偶然じゃなかったんだと認識。

さっきまではちぎれた雲と青空に視線を向けていた海ヶ瀬は、何を思ったのかこちらを見ていた。吸い込まれそうなほどに印象的な両目は、しっかり俺の姿を映している。

「ど、どうかしたか？」

　態度や言葉に動揺が出ている俺と違って、海ヶ瀬は終始落ち着いていた。ヘッドホンを首にかけながら、個装されたグミを一粒だけ取り出して俺に放り投げてくる。

　最後にはにこりと、小さく微笑(ほほえ)んでいた。

「うん、ナイスキャッチ——それ、お礼にあげるよ」

「な、何に対するお礼だ」

「んー……さて、なんだろね」

　不可解なことを口にした海ヶ瀬は再びヘッドホンを装着し、気まぐれな猫のようにぷいと、再び窓の方を向いてしまう。この様子じゃ、詳しく問いただすのも難しかった。

「わ、笑った顔が、法に触れるレベルで可愛(かわい)すぎる……」「むしろ法そのものだろ」

　一連の流れを見ていた男子連中は再びざわつき始めて、なのに、そいつらの声はまったく頭の中に入ってこない。心拍数が上昇していく感覚だけが、今の俺を支配している。

　当然だが、海ヶ瀬と話せたから、なんてミーハー丸出しな理由じゃない。

　今のやり取りの間で、ほんの僅か。時間にすれば1フレームにも満たないであろう時の中で、けれど確かに海ヶ瀬は、俺の手元のタブレットを一瞥(いちべつ)していた。

……落ち着け。いくらなんでも今の一瞬で何を描いていたかはバレていないはずだし、誰をモデルにしているかも、同じく。グミを渡してくるという意味不明な行動はあったものの、逆に考えれば、グミを渡せるくらいには、俺への警戒度は低い（？）とも取れる。毅然とした態度を取っていれば、問題ないだろう。海ヶ瀬だってきっと、少し気になったからちょっと俺のタブレットチラ見しちゃった、くらいのことしか考えていないはず。

……とはいえ、これ以上この場で描き続けるのも気が引ける。

どうにもばつが悪くなった俺は、隠すように机の中へタブレットをしまった。

もう少し作業を進めておきたかったところだが——ま、帰ってから再開だな。

「亜鳥頼む。学食奢ってやるから、だから海ヶ瀬さんの連絡先だけ教えてくれ！」

「……ああもう、ごちゃごちゃやかましいな！　つか、そもそも知らねえよっ」

隣に本人いるんだから、直接聞きゃいいだろうが。そんくらいは能動的に動けよ！

呆れつつ、そこで俺は初めて、海ヶ瀬から貰ったグミへと意識を向けた。

グミなのに、ホットドッグの形をしている。

一粒が異様に大きく、存在感がある。

どんな味すんだよ、これ。

§

アトリエ美学、その一――神絵師たるもの、毎日の鍛錬は欠かしてはならない。

よって、その日の夜も俺は、完成したイラストを自らのＴｍｉｔｔｅｒに投稿していた。

今回のメインは、青みがかったロブヘアのサキュバス少女だ。背中に黒い羽根、へそ下付近にタトゥー、仙骨付近からハート形の尻尾を生やした、いかにもサキュバスな彼女。

その娘が青いマイクロビキニを着用し、夜の教室の窓際で、体操座りの体勢で椅子に座っているという構図。表情は夢魔らしく恍惚としたもので、目線は妖艶な上目遣い。

客観的に見ても、素晴らしいクオリティのイラストだろう。全体的な色調を青色で統一することで清涼感を出しつつ、名も無きキャラクターの可愛らしさを前面にプッシュ。なおかつ水着に期待されるエッチさを胸やお腹、鼠径部付近などから醸し出す。爆盛りされた属性がとっ散らかるどころか、絶妙なバランスでそれぞれを活かし、高めている。

……くっそ良いな。こんな神イラスト、誰が描いたん？　――ええ、私です！

断言しよう。このイラストは俺が今まで描いたイラストの中でもトップレベルに完成度の高いものであり、なおかつ神絵師アトリエが世の中に送り出すに値する一枚である、と。

うん。やっぱデッサンモデル、効果あるわ。ここ最近のアトリエの筆は間違いなく乗りに乗っている。いいね数とかからも判断できるし、何より俺自身のイラストに対する満足度が高すぎる。こんなにも素晴らしいクリエイトが行えた事実が嬉しすぎる……。

と、いった具合で。

俺は投稿したイラストを人目に付きやすいようＴｍｉｔｔｅｒのプロフィール欄に固定し、アトリエのアカウントに寄せられた感想のつぶやきに対して、続々といいねを押していった——一時間以内にコメントをくれた人には、こうしていいねを返している。地道なレスポンスは新規ファンの開拓に繋がるし、何より、目に入るファンの存在によって気分も引き締まる。よし、明日も良いイラスト描くぞ、みたいな感じ。

……ただ。

唯一の懸念。というよりは、俺の良心の呵責のようなもの、だけど。

はっきり言ってしまうと——この一枚に描かれている女子のモデルは、海ヶ瀬果澪だ。

俺が海ヶ瀬の容姿やら何やらを事細かに説明できるくらいに詳しいのは、イラストとして落とし込むため、今日以前からちょこちょこと視線を送っていたからに他ならない。

そして。これは本当に、自分でもどうかとは思ったが——今まで頼んできた女子と違って海ヶ瀬からはデッサンモデルの約束もしていないし、あなたの容姿の一部をイラストに落とし込んで良いか、という承諾も取っていない。完全なる、無断。

始業式翌日の席替えの結果、俺の隣の席に座った彼女を一目見て、例によってビビッときて、思わずイラストにしたいと思ってしまって、しかし声をかけることはできないまま筆だけを進めてしまって……こうして完成を迎えた、というわけだ。

そして、今日の昼に海ヶ瀬からいきなり話しかけられて焦ったのは、このイラストが原因だ。俺が彼女に抱いていた疚しさが暴かれるのではないかと、ひやひやしたから。

……これ、あれか？

今さらだが、だいぶキモめの行為か？　トリッキーなストーカー、みたいな？　バレたら殺されてもおかしくない案件だったりする？

もちろん、髪の長さがロブくらいの女子なんかいくらでもいるし、俺の絵柄は写実的なものではないので言い訳しようと思えばできるかもしれない。二次元と三次元は別物です、ほんと難癖はやめてくださいよねっ、なんて逆ギレしてやれば通るかもしれない。

無論、そもそもそんな状況にはならないだろうし、俺の意図がモデルにした海ヶ瀬本人に露見した場合はどちらにせよ終わりなので、考える必要もないが……。

切り替えよう。

こうやって投稿してしまった後でグダグダ言っても始まらないし、そもそも海ヶ瀬は、俺がこういったイラストを描き上げていることなんて知ってるはずがない。

そうだ。いくらアトリエのＴｍｉｔｔｅｒフォロワーが八十万人を超えているとはいえ、日本全体で考えればその数字は一パーセントにも満たない。考えるだけ無意味、まさに杞憂。大丈夫だ、落ち着け──。

自分で自分を説得して、デスクの上のタンブラーに注がれていたコーヒーをちびりと啜って、ＰＣと液タブの電源を落とした。さ、そろそろ風呂にでも入ろう。

『──そういうの繰り返してたら、いつか痛い目見るからね』

見るからね、見るからね、見るからね……。

日中に桐紗が俺に言い放った言葉を、不意にこのタイミングで思い出してしまう。

……しかし、痛い目か。確かに俺の振る舞いによってはそのうち見ることになるのかもしれないが、それはきっと、今じゃない。今回のこともバレるはずがない。完全犯罪だ。

いや、犯罪じゃない。この罪に名前が付いていたなら、ごめんなさい。

とにかく。

俺が飽きるまで、デッサンモデルという試みを続けさせてもらおうか──。

∽

『お降りの際は、お忘れ物なさいませんように──』

「……はっ⁉」

車内アナウンスによって、うっすら微睡みに落ちていた意識が浮上してくる。

朝、学校に向かう電車に乗りながら諸々のことを思案しているうち、いつのまにか目を

閉じてしまっていたらしい。そのせいでふと、一週間ほど前の、できれば思い出したくな

い過去を夢に見てしまっていた——電車内の表示板を見ると、降りる駅が近かった。危なかった。もう少しで、乗り過ごすところだった。

……ただ、めくるめく回想の甲斐あって、だろうか。

どうして俺が朝から駆り出されているのかは、それなりに理解できた気がする。

ブレザーの胸ポケットからスマホを取り出し、時刻を確認。

朝、六時四十五分。『かみお』なる人物から指定された時間には間に合いそう。

ついでにＴｍｉｔｔｅｒを開き、ＤＭ欄にはママになってほしいというメッセージがしっかりと鎮座していることを確認。嘆息し、そのままアトリエのＴｍｉｔｔｅｒに固定されていた、青髪サキュバス少女のイラストを再び眺める。

もしもこの少女のモデルが誰なのか、他ならぬ海ヶ瀬が気づいているならば……。

痛い目に遭う覚悟をしておくべきなのかもしれない。

【#2】神絵師を落とす方法

俺が通っている私立比奈高校の屋上は贅沢にも全面ガラス張りのラウンジのようになっていて、朝方から夕方十八時までの間なら好き勝手に出入りできる。

加えて、入り口付近にはウォーターサーバーやオリーブの木なども置かれているので、単なる生徒の共有スペースとは思えないくらい落ち着いた雰囲気の空間となっていた。少なくとも、世の中の人々がいの一番に想像するような、コンクリート作りで給水塔のあるような屋上とは、まるで違った様相。

でも、なんか寂しいよな。便利さやお洒落さと引き換えに、趣が失われている気がする。

きっと、チープでボロい方が逆に、青春アニメっぽい雰囲気になるはず。なのにこれじゃ屋上と呼ぶよりかはガラスケースの中と言った方が正しいし、舞台で言うならば近未来アニメのそれと言われた方が、しっくり来てしまう。

……そんなこと言い出したら、今日日屋上を使える学校の方が珍しいんだけども。

ぱかぱかと、一人分の上履きの音を螺旋階段に響かせた後で、自動ドアを抜けた。

等間隔に配置された、ウッドベンチの一つ。

屋上にたった一人座っていた件の人物の方へ、俺は歩いていく。

「おはよ、亜鳥くん」

　俺に気づいた海ヶ瀬は開口一番、普通に挨拶してきた。

　……あんなＤＭを送ってきたくせに、何かを企んでいるようには見えないんだよな。

「朝早くから来てくれて、ありがと。嬉しいよ」

「ま、こんなん送りつけられて、来ないわけにもいかないからな」

　まじまじと、上目で俺の顔を覗き込むように眺めていた海ヶ瀬の目の前で、ポケットから取り出したスマートフォンの画面をゆらりと動かしてやる。

「ふふっ……確かにそうかもね。それじゃ、とりあえず座ってよ」

　そう言って海ヶ瀬は自らの隣をぽんぽん軽く叩いて、腰を下ろすよう催促してきた。

「グミ持ってるんだけど、食べる？」

「今日もまた、変なやつか」

「変じゃないよ。『木星グミ』って名前で、星の形してるやつ」

　……どうしてまあ、そんなわけわからんグミばっかりチョイスしてるんだろう。

「くれるって言うなら、貰っとく……近っ」

　ちょうど一人分のスペースが空くように腰を下ろしたのに、海ヶ瀬はグミの袋を差し出しながら、わざわざ距離を詰めてきた。そのせいで、グミの珍妙さよりも隣に座る海ヶ瀬の容貌に意識が向いてしまう――なんだこいつ、めちゃくちゃに睫毛が長いな。

「亜鳥くんって、アトリエ先生だよね」

そして、俺が生命の神秘を感じているなんて露知らない様子の海ケ瀬は、あろうことか初手で王手をかけてきた。くそ、本当は探りを入れるためにお互いの会話デッキ二、三度回すくらいはしたかったのに。春アニメ、キャラ属性の流行、後は……いや、ダメだな。万人受けするネタが思い浮かばない。やっぱ、すぐ本題に入ってくれて正解だった。

「ああ。ここにやって来た時点でわかるように、俺が——アトリエだ」

せっかくなので顔の前に腱鞘炎用のテーピングまみれの右手を覆い被せ、何かの黒幕かのような名乗り方をしてやった。なかなか無いしな、こういう機会って。二度とあるなよ。

「うん、知ってるよ」無視された……じゃあいいよ、もう。いつもの俺に戻る。

「可愛らしくてえっちな女の子を描くことに定評のあるアトリエ先生だ。黒髪ロングの『アトリエちゃん』がTmitterアイコンの、あのアトリエ先生だ」

「あ、あの、全部知ってるから、別にそこまで言わなくてもいいよ？」

「見ればすぐにわかる流麗な絵柄と独特の塗りによって再現される乳や尻の肉感が相まって、一度でいいからR18絵を描いてくれと切望されている、神絵師のアトリエ——ぐむっ」

「ちょ、ちょっと一回静かにしようね」

遮るようにグミを口に突っ込まれて、形容しがたい甘さが全身に広がっていく。

もぐもぐもぐ……。

「……アトリエのこと知ってるってことは、そういうモノに対する理解はあると思っていいんだな？　アニメとかラノベとか、ゲームとか」

グミの咀嚼を終えたこともあり、ひとまずは気になっていた点に触れてみた。

「人並み以上には、知ってると思ってくれて大丈夫だよ」

「へえ。なんだか意外だな」

「イメージと違った？」

……難しい質問だな、それは。

「そうだな……海ヶ瀬は傍から俺を見て、どう思う？」

質問に質問で返したくはなかったものの、そうじゃないと説明できそうにない。

「えっ、そうだなあ……シュッとしてる、とか？」

へえ。俺の枝みたいに痩せてる風体を切り取ってそう言ったんだとしたら、海ヶ瀬は結構良い奴だな。少なくとも、その辺のクラスメイトや知り合いに比べたら、遥かに。

「……俺はある程度親しい奴からは愛想が良くないだの目つきが悪いだの、終いには女殴ってそう、なんてことを言われたりする。人より表情筋が固いからなのか、腱鞘炎用にテーピングすることが多いからなのかは知らないが……にしたって、ひどい偏見だろ？」

「あー……」

「おいなんだその確かに、みたいなリアクション。やめろ、これ以上定評にするなっ」

「いやいや、思ってないって。勘違いしないで、お願いだから」

強めの否定が返ってきた。とにかく、結局俺が何を言いたいのか、だが。

「他人から見て抱くイメージと実際の人物像に隔たりがあるってのは、よくあることだ。だから海ヶ瀬(うみがせ)が何が好きでも文句を言うつもりは一切ないし、そういう内面的な部分での偏見は押し付けない……俺もどっちかって言うと、される側だからな」

そもそも、他人の趣味に口出すのも無粋だろう。好きなもんは好きで、良(い)いじゃん。

「……そっか。わかったよ、ありがと」

嬉(うれ)しそうな表情の海ヶ瀬。ふむ、俺の人としての寛容さが伝わったようで何より——今さら良い人アピールしたところで意味があるのかと言われたら、無さそうだけども。

「ちなみにさ。私、アトリエ先生のオタクだよ」

え……うん？　どゆこと？

「例えば——アトリエ先生が初めてイラスト担当してたラノベの『瑠璃川(るりかわ)くんはズレている』は全巻初版で持ってるし、今担当してる『モノクローム・ハイスクール』の特典付き限定版があった五巻は、八重洲(やえす)の本屋さんに朝一で駆け込んだし」

「Ｓｃｈｅａｍ(スキーム)で配信してたゲームの『闇色(やみいろ)の魔女は夜しか見えない』は、配信したその日にダウンロードして、三日三晩プレイしてイベントイラストは全部コンプリートしたし」

「去年初めてやった個展だって、見に行ったよ。……本当は、アトリエ先生に会ってサイン欲しかったんだけどね。抽選、外れちゃってさ」

あまりに早口でまくし立てられたので、言葉を返せなかった。

……本当かよ？　いや、まだからかうために暗記してきただけ、という線は残っている。

「なら、瑠璃川くん三巻の表紙のヒロインは？」「紫水寺四季香」

「闇魔女の最終ルートで主人公と結ばれるのは？」「黒薔薇ヤミ」

「アトリエがプレイしてるアイドルもののソシャゲで推してるキャラは？」「竜胆夏音」

「……わかった信じる。お前がアトリエ検定二級レベルの知識を有していると認めよう」

わーいと無邪気に喜ぶ海ヶ瀬と、ぐうの音も出ない俺。

「それで半年くらい前には、アトリエ先生の中で軍服ワンピースのブームが来てたよね」

「そ、そうだっけか？」覚えはないが、来てそうではある。良いよね、軍服ワンピ。

「うん。学校でも、口走ってたし」

「……お前どれくらい前から俺のこと、アトリエかもって思ってたんだ？」

「それは……ひみつ」

秘密らしい。ただ、そこまでの網羅っぷりがわかってしまったら、こっちもこれ以上疑えないというか……なんなら俺より俺に詳しいんじゃねえの？　ファンの鑑かよ。

「ずっと前から、応援してるんだからね」

挙げ句の果てに、古参アピまでされてしまった——。

「どれくらい前かって言うと、アトリエ先生が生放送してた時から知ってるくらい。Ｔｍｉｔｔｅｒ（ツミッター）のフォロワーがまだ、千人くらいの時だったかな」

……待て。待て待て待て。こいつ、そんなことも知ってるのか？

聞いてもいないうえに、聞きたくない話をされそうな気配をビシバシと感じる。

「生放送。アトリエ先生が昔ＮｏｗＴｕｂｅ（ナウチューブ）でやってた生放送、私、すごく楽しみにしてたんだよ。イラスト描いてて雑談して、たまに視聴者のコメント拾ったら、そのコメントにアドバイスしてあげたり、たまには喧嘩（けんか）したりして……こう言ったら変かもだけど、そういうのも人間っぽくて楽しかった。配信の雰囲気も仲良（い）い友達と話してるみたいな感じして、そういうのも好きだった」

「あの、ほんとすみません」

「なのに……どうして、生放送しなくなったの？」

テーピングまみれの右手でうなじをべちべち叩（たた）きながら、悶絶（もんぜつ）するだけの俺。恥ずかしい。穴があったら入りたいを通り越して、なんなら進んで穴掘りしたいまであった。

「あれ、どうかした？」

「お願いだからその話はしないで、というか、忘れてくれ……」

大なり小なり、人には触れられたくない過去――黒歴史のようなものがあるだろう。

そして、俺の場合は中学生の頃――まだ無名の頃のアトリエが、そうだった。

当時の自分の記憶が、黒歴史として心の奥深くに、未だに埋蔵されている。

……黒歴史化したのには色々と理由はあるが、一番は自分の幼さが心底恥ずかしかったから、だろう。海ヶ瀬が言っていたように腹の立つコメントに対してレスバトルを仕掛けたり、世の中を知りもしないのに自らの意見を声高に主張したり、偉そうに語ったり。

そんな暇あったらイラスト描きまくれやと言いたくなる配信を、俺はネットに垂れ流していた。まさにネットタトゥー。もし過去に戻れるなら、間違いなく俺は、当時の自分の配信を止めようとするだろう。なんだそのしょぼいタイムトラベルもの。悲しくなる。

「……簡単な話だ。配信しなくなったのは高校受験の勉強をしなきゃいけないってのと、これからビッグになろうとしている人間の振る舞いとして、配信の時の自分は不適格だと思ったから。そんだけだ」

「ええ～？　……私は、そうは思わなかったけどなあ」

海ヶ瀬がどうこうじゃなく、俺が思ったら終わりなんだっつの。

「それと、良い機会だから一個アドバイスしてやる。ネットに一度でも何かを載せたら、それは二度と取り消せないと思った方がいい。だから、自分の発言には注意しろよ」

「いやいや、忘れろって言われてもね……それに、亜鳥くん本人は忘れちゃったの？」

「忘れた、全部忘れた、綺麗さっぱり忘れた。だから、当時俺がやっていた『リスナーの性癖の統計とろう』配信とか、『神絵師になるにはどうすればいいかを俺らで考えよう』

みたいなふざけた枠のことも覚えてないし、それらの配信アーカイブはＰＣのＨＤＤの奥底に、さながらパンドラの箱の如く封印されている」

「覚えてるし、ちゃんと保存してるんじゃん」

「とにかく！　もう金輪際、その話はしないからな！」

大声で示したら、海ヶ瀬は海ヶ瀬で少しだけむっとした表情を浮かべて、それからわかりやすくため息をついていた。そのリアクションは俺がしたい。

「……じゃあ、もうそれはいいよ。次は、そうだなあ。どうして私がアトリエ先生だってわかったのかは、やっぱり気になるよね」

アトリエオタクであるという前振りがあったぶん「ネットストーカーなのか？」なんて軽口を叩きそうになったが、土壇場で我慢した。素直に肯定された時が怖かったし、そもそも、勝手に海ヶ瀬をモデルにした俺が言えることでもない。マジで俺、何してんの？

「……いや。もうバレてるわけだし、どうでもいい話だと思ってる」

「そうだよね、気になってるよね」

「人の話聞けよっ」

「色々と理由はあるけど……やっぱり決定的だったのは、これかな」

唐突に。そして決定的な言葉を、ぐさりと突き刺された。

「アトリエ先生がＴｍｉｔｔｅｒのプロフィールに固定してる、この娘」

海ヶ瀬の手に持つスマホの液晶上には、見覚えのある絵柄のイラスト。

紛れもなく俺が描いた、青髪えちえちサキュバス少女が映っている。

「これ、私をモデルにして描いたんでしょ？　雰囲気もそうだし、背景の位置的に言えば完全に亜鳥くんの席から見た私の席になってるし……毛先の作り方も、そうだよね」

外にハネた襟足を右手の指で弄りながら、海ヶ瀬は得意げな笑みを作った。

その表情が小悪魔めいた、それこそサキュバスみたいなものに見えて、妙に俺の創作意欲をかき立てられてしまう――馬鹿、そんなん言ってる場合じゃないだろうが。

思うに、この状況はいわゆる詰みというやつなのでは？

一週間前。俺がラフ画で海ヶ瀬をモデルにしたイラストを描いていたあの日――グミをくれた時のお礼がどうこう言ってたのは、もうほとんどお前がアトリエだと確信できてるよみたいな、そんな勝利宣言的な意味合いだったのか？

それで、自分をモデルにしたイラストを投稿されてしまった今は、よくも勝手に私をモデルにしてくれたなこの変態野郎と、やっぱりそう思ってるんだろうか？

……やばい、自分でも擁護できない。裁かれるべきな気すらしてくる。

「さて、時に亜鳥くん。あなたは最近、学校の女子に向かって唐突にデッサンモデルをお願いしてるって聞いたんだけど、それって本当？」

今さら一つ二つ嘘つくのも意味はなさそうなので、黙って首肯した。

「そうなんだ……ちょっと変態っぽい、かもね。イラストレーターとして参考になるのかもしれないけれど、そのうち問題にはなりそう」

変態という言葉に重きを置いた発音だった。デッサンモデル自体は悪いことじゃないだろうにそんなことを言われる辺り、よほど俺という個人を問題視しているらしい。

「今までデッサンモデル頼んできた人たちには、許可取ってたの？」

「もちろん。どんな理由があれど、人としての礼儀は忘れちゃならない」

「そっか。じゃあ訊くけど、これ描くとき、私に一度でも断り入れた？」

すー……はー……。

一度深呼吸をしてから、俺はすぐに土下座した。

「すみませんでした今すぐそのイラストは削除しますしそれによって生じた損害は金銭ないしは肉体的労働によって死ぬ気で埋め合わせしますので何卒、何卒ご容赦をっ」

頭を屋上の床にぶつけての、誠心誠意の謝罪だった。そして、想定よりも勢いが強くなっていたせいで、くっそ痛かった。じんじんと額が痛む。しなきゃよかった。

「容赦ってのは、アトリエ先生の素性をバラすな、って言いたいのかな」

「た、端的に言えば、そうでございます……」

屋上の床に顔を向けて慈悲を請う俺。自分が原因とはいえ、惨めだった。

……だが、ここでしょうもないプライドを発揮する方が後々ダメージになるということを、俺ははっきりと想像できている。だから謝るし、せめてもの誠意を見せる。

インターネットが人々の生活に欠かせないものになっている、昨今。

このご時世において、ネット上での身バレを起点にあれよあれよと状況が最悪なものになる、ということは、まったくもって珍しい話じゃなくなっていた。頼んでもないピザが大量に送りつけられた、なんて話はまだライトな方で、相手に対しての殺害予告にまで発展したりするケースも考えられる。最悪、もっと悪いことだって起こり得る。

よって、相手が海ヶ瀬果澪だろうが誰だろうが、個人情報の生殺与奪を握られていることの状況は非常にまずかった。人生の終わりと言っても、過言じゃないくらいには。

「安心して。そんなことするつもりはないから……でも、悪いとは思ってるんだよね」

「そりゃ、隣の席の奴を勝手にサキュバスにしたわけだし……」

「イラストってワードが抜けてるんだけど。それだと、全然意味変わってくるんだけど」

しなびた茄子みたいにしゅんとしている俺とは違い、海ヶ瀬は饒舌だった。

「亜鳥くんが申し訳ないって思ってるなら、さ——埋め合わせする気、ある?」

実にクリティカルな話題だった。

そのせいで、俺がここに来るより先に明かされた海ヶ瀬の願いが脳裏にちらつく。

——ママになってほしい。

俺がイラストレーターであるということを鑑みれば、その答えは一つだった。

「……今回自分がされたことに対する見返りとして、ママになれ——つまり、自分のためのＶＴｕｂｅｒ(ブイチューバー)の『ガワ』を描けと、そういうことか？」

膝についた埃(ほこり)を払いながら俺は立ち上がって、真っ正面から海ヶ瀬(うみがせ)の顔を見た。

真剣な表情だった。冗談を言っているようには、まるで見えない。

海ヶ瀬果澪(かみお)は、ＶＴｕｂｅｒになりたいらしい。

インターネット上で動画投稿や生放送を行う人間は、配信者やストリーマーなどと呼ばれている。そして、大きくカテゴライズするならば、ＶＴｕｂｅｒもそれらに含まれる。

では、そもそもＶＴｕｂｅｒとは何か？

ざっくり言えば、固有のキャラクターを用いて動画投稿や生放送活動——配信活動を行う存在である。正式名称は『Ｖｉｒｔｕａｌ(バーチャル)　ＮｏｗＴｕｂｅｒ(ナウチューバー)』。

共有プラットフォームである『ＮｏｗＴｕｂｅ(ナウチューブ)』によって爆発的に存在が認知されたこともあり、現在は各メディアも、この呼称を使うようになっている。

そんなＶＴｕｂｅｒが生身の配信者と決定的に異なるのは、自身そのものでなく、自身の分身としてのキャラクターを用いている点だろう。ウェブカメラやスマートフォン端末のカメラによって自らの動きをキャプチャし、現実での表情変化や全身の動きをワイプ代わりに映っている２Ｄ、ないしは３Ｄのキャラクターに直接反映させる。

　そうすることでキャラクターという『ガワ』に、配信する人間の人間性――『魂』とも呼ぶべきものが宿り、ロールプレイ的な要素とメタフィクション的な要素がそれぞれ介在する、一風変わったホットでエキサイティングなコンテンツになるわけだ。

　そして。ガワを描くのは特別なことが無い限り、イラストレーターの手によって行われる――ママ呼ばわりされたのは、生みの親的な意味合いからだろう。自らのデザインを行ったイラストレーターのことを、多くのＶＴｕｂｅｒはそういう風に呼んでいる。

　なんとも聞き慣れない呼び方だと思うかもしれないが、そういうもんなのだ。


「先走っちゃってから言うのもなんだけど……ＶＴｕｂｅｒとか、ママがなんなのかってのは知ってる？　私もちゃんと調べてるから、説明はできるけど」

「イラストレーターとして業界に身を置いている以上、その辺の知識は履修済みだ」

　ならよかったと、海ヶ瀬はほっと胸をなで下ろす仕草を見せた。

「……突然こんなこと頼まれて、驚いてるよね？」

「ああ。ただ、今考えてるのはもっと、別のことだけどな」

　起き抜けにＤＭ（ダイレクトメッセージ）を見た瞬間こそ衝撃を受けたが、今は驚きよりも、今後の身の振り方の方が俺の頭を悩ませていた。仕事を請けるべきか、断るべきか。

　俺に与えられているのは、シンプルな二択だ。

「ここに来てくれたってことは、考える余地はあるってことだよね。だったら――はい」

その後、勝手に状況を好意的に捉えていた海ヶ瀬はごそごそと、ベンチの横に置いていた自らの黒いキャンパスリュックを漁っていた。

中から厚めの茶封筒を取り出してきて、そのままこっちに手渡してくる。

「検めてくれない？」聞いた俺は封筒の中に手を突っ込んで、ホチキス止めされているB4用紙の束と共に、どこかで触ったことのある手触りの『それ』を一息に取り出した。

札束だった。

「くふぁっ」「どうかした？」「ど、どうかするだろがい！」

驚きすぎて、喉から言葉にならない変な音が漏れ出てしまう。

百万円だ。年齢のせいでクレジットカードを持てなかったりするぶん、俺は他のイラストレーターよりも現金を扱うことが多い。よって、言われなくても金額に確信が持てる。

「お、お前、これ、どうやって？」

「それはほら。最近はいくらでも、まとまったお金が貯められる世の中じゃん？　そういう感じで――ちょっと待って。なんだか亜鳥くん、勘違いしてない？」

俺は一度眉間を揉んでから、なるたけ優しい言葉を選んで告げる。

「……自分のことは大切にしろよ。もしも何か事情があってやってるんだとしたら、話聞くぞ？　それとも、俺の知り合いの弁護士とか、その辺の大人に相談したりしてみるか？」

あくまで親切心から、そう言ってやる。

「なっ」だが、聞いた海ヶ瀬の顔は、ほんのりと紅潮していた。わなわなと、心外だ、暴言だ、早く取り消して！　そんなことを言いたげでもある。

「し、してないから！　いったいどんな想像してるのさ!?」

「たまにTmitter（ツミッター）のTL（タイムライン）に流れてくる、パパ活女子漫画の導入みたいなことだが」

「ああ、やっぱり亜鳥くんはアトリエ先生だ……なんでもかんでもそういう方向に持っていかないでよっ」

「じゃあなんだよこの金は。どう考えたって、普通の高校生がポンと出せるもんじゃないだろうが！　俺がイラストレーターでこの額稼ぐまで、どれだけ頑張ったことか……」

勢い余って、嫉妬混じりの恨み言まで飛び出してしまう。一年じゃ利かないだろうな。

「……そんなこと言われても。だって私の家、普通じゃないから」

頬（ほお）を膨らませる海ヶ瀬。あろうことか、続けてそんなことをほざきやがった。

「普通がどうこうって……海ヶ瀬果澪（かみお）の家のことを、他人の俺が知ってるわけないだろ？」

我ながら、清々（すがすが）しいほどの正論カウンターパンチが決まった……海ヶ瀬の顔を見なくてもわかる。きっともごもごと、反論できずに悔しがっているだろう。

ただ。海ヶ瀬の返答でなんとなく、この百万円がどこから来たのかの背景は推察できた。

「……実家が名家かなんかで金持ちで、だから、その辺の高校生とは比べものにならないくらいの小遣いが回ってくる。色々はしょると、だいたいそんな感じになるのか？」

こいつの実家事情に興味はないが、相当裕福なんだろうな、ということは充分に理解できた。

「……そうだよ。だから、これで私からの仕事を請けてくれないかなって、そういうこと」

言われてずいと、どっちつかずになっていた茶封筒を押し付けられる。

にしても、百万そのまま学校に持ってくるか？　まるで宿題提出するみたいなノリでサ
ラッと出してきやがって……もっと厳重に管理しろよ、親の金なんだろ？

とにかく。ズレている、というよりも、なり振り構わない、みたいなものを今の海ケ瀬(うみがせ)

からは感じられた。どんだけ俺に仕事してほしいんだろう。俺が神絵師(かみえし)だからか？

……うん、納得の理由だな。


「そもそも金を払うつもりはあるんだな」

「もちろん。こっちがお仕事をお願いする立場だから、当然、対価は払うよ。それでなく
ても、アトリエ先生はプロで、神絵師って呼ばれてるくらいの人なんだから」

またお前、そんなこと言って……ははっ。あっさりと顔を綻ばせてしまう俺。ちょろっ。

「私が単にお願いするだけじゃ、アトリエ先生は断ると思う。どうせ冗談か、遊び半分な
んだろうって――だから私は、交渉条件になりそうなものをいくつか用意してきたの」

……話の流れで言うと一つ目が金ということになるが、その判断は正しかった。

今のアトリエは絶対に、無償で仕事はやらないと決めている。

なぜか？　それは単に稼ぎたいという気持ちだけではなく、アトリエのように業界で知名度のある人間がそういったことをすると、他の人間の創作物も軽んじられ、安く買(か)い叩(たた)かれる可能性も出てくるから。事実、昔の俺も、そういう経験があった。

『イラストくらいちゃちゃっと、タダで描いてよ（笑）』そんな思い出すも腹立たしい言葉を一人や二人じゃなく、もっと多くの人間から言われたことがある。

よって、些細(ささい)な仕事でもきちんと報酬は貰(もら)うべき、というのが俺の考え。もちろん他のイラストレーターにこの考えを押し付けはしないが、ただでさえやりがい搾取されがちなクリエイターという存在なら、ちゃんと貰うもんは貰った方が良(い)い、とは思っている。

……ただ、今回に限って言えば、身から出た錆(さび)というか俺が悪いので、タダ働きでもしようがないとは思っていたけど。本人が払いたいと言うなら、その方が助かる。

「お金もそうだけど……『それ』も大切だと思うよ」

知らない間に床に落ちていた紙束を指差された。

封筒に大金を納めてから紙束を拾って、それをぱらぱらとめくっていく。

「『私のためのＶＴｕｂｅｒ(ブイチューバー)制作案　～現時点での概要～』……驚いたな。まさか、もう企画書作ってたのか？　まだ俺が仕事を請けるかどうかも、定かじゃないってのに？」

「うん。だって、自分の関わる仕事が信頼できるものか、展望が見えるものか――アトリエ先生が実際に仕事を請けるかどうか決める時も、きっと考えてるよね？　だったら、私もちゃんとしないと」

「それは違いない、が……」

記載されている内容に目を通していく。

とはいえ、この場で何もかもを理解するのは難しい。よって、企画そのものにしっかりとした軸と、明確な目標があるのか、その点をメインに確認していく。

……目標チャンネル登録者数、十万人。

ついでに、上の方に書かれている名前が目に入る。

雫凪ミオ。職業、高校生兼バーチャル灯台管理人。

海ケ瀬が魂を務めるＶＴｕｂｅｒが、彼女というわけか。

「やりたいって気持ちだけじゃなくて、ここまで綿密に考えてたんだな」

「うん。企画書と、ちゃんとした報酬。これならどう？　やる気になってくれた？」

……うんうん唸ることしかできなかった。

感心した、というのもあったがそれよりも、返事を決めかねていたから。

「ふむふむ。どうやらまだ、お悩み中みたいだね。なんなら渋ってる？」

「いや、そういうわけじゃないんだが……」

ここに来るまでの俺をフラットとして置くならば、間違いなく、今の俺は打診に対して前向きになっている。海ヶ瀬の仕事の頼み方にまったく問題は無かったし、普段の仕事先とはメールでのやり取りが主なので、こうして直接熱意を伝えられている状況は、俺の心をそれなりに動かしてくるものだった。

だからこそ、一旦持ち帰りたかった。

一人で考えるだけじゃ得られない視点を第三者からアドバイスしてもらえればなと、どうしても、そう思ってしまって……もっと言えば、俺がこの仕事を請けることにした場合、そいつの協力が必要不可欠じゃないかとすら、思い始めてしまって……。

「私をモデルにして、良い（い）イラスト描けた？」

悩み続けていると、海ヶ瀬から脈絡無くそんな質問が飛んできた。

「ああ、それは間違いない。描いた俺は大満足だったし、Ｔｍｉｔｔｅｒ（ツミッター）での反響もすごかったし」

「完璧に？　百点満点中、百点？」

百点──そう言われると、答えに困る。確かに素晴らしいクオリティに仕上がったものの、今よりももっと、というところを考え出すと難しい。

「それは……衣装とか身体（からだ）の部位のディテールは、俺の想像の産物だからな。その辺加味すると、完璧とまでは言えないかもしれない。けどまあ、満足度としては充分だ」

あくまで辛口採点するならば、そうなるという話。だいたい、んなこと言い出したら、サキュバスなんてこの世界に存在しない。そもそも百点なんて存在しないのかも——いや、わからないぞ？　サキュバスはいるが、俺の目の前にはいないだけかもしれない。来るなら来い。お願いします、早く来てください、コーヒーくらい出しますから。

「帰ったら、サキュバスの召喚の仕方でも検索してみるか……」

「……それじゃあ、さ……完璧に、してみない？」

海ヶ瀬（うみがせ）はベンチから立ち上がり、頭の中がサキュバス一色に染まっていた俺の前に移動してきた。

「なんだ、急にどうし………は？」

思考が停止する。

海ヶ瀬は、制服を脱ぎ始めていた。ブレザーのボタンを外し、ワイシャツをするすると地面に落下させ、終（しま）いには、スカートにまで手を伸ばして——。

「お、おいおいおい！　ま、まさか、そういう趣味なのか⁉　露出癖がお有りで⁉」

海ヶ瀬に対して俺の中で欠片（かけら）ほど残っていたモラルとか申し訳なさとかから、無意識に目線を外してしまって、でも、見ろと俺の中のＤＮＡとか生物的本能とかが叫んでいたのか、再び海ヶ瀬を直視してしまって——。

次の瞬間、海ヶ瀬は水着姿になっていた。

水着。

というより、布面積的に考えたらあれは、マイクロビキニと形容する方が正しい。

俺が描いたのと、ほぼほぼ同じ形状だ。もしネットショッピングしてる時に見かけたなら間違いなく資料として買っていただろうというレベルで、俺のイメージにぴったりの水着。普通のアパレルサイトにはこんな布面積の少ないえちえちな水着は売ってない気がするが、どこで買ったんだろう……いやはや、疑問は尽きない。

そしてそんなことはすべて、どうでもいい。

海ヶ瀬果澪の肉体を眺める、という行動に、無条件で俺の意識が傾いてしまう。

……スレンダーな体型なのに、部分部分の膨らみからは柔らかさを感じる。神様がオーダーメイドした造形だと言われても受け入れてしまいそうなくらい、完成した肉体。

感想は、ただ一つ。

なんかもうこれ、裸よりエロくない？

「その……最近、コスプレの勉強もちょろっとしてるんだけどね。ぴったりのがあったからネットでポチったの」

はあ、そうですか……俺は沈黙しつつ、目線は逸らさない。

「羽根とか翼とか、タトゥーとかは用意できなかったけど、これなら……どうかな？」

どうもこうもなかった。

なんだ、この状況。

どうして俺は海ヶ瀬果澪の、きわどい水着姿を見せ付けられてる？

水泳の授業どころか、プールすらない比奈高において、なぜ？　両目がそっくりそのままマグネットにでも置き換えられたかのように海ヶ瀬の方に視線が吸い寄せられるのはなぜ？　二次元にしか興味無いって言ってたくせに、これはどういう了見だよ俺。

いや待て、俺はそんなこと一言も言ってないし、二次元と三次元にはそれぞれの良さがあることくらい、誰だって……とにかく、なんなんだ、これは！

「……今みたいに。もしもこれからモデルが必要なことがあれば、いつだって私がやってあげる。それが、三つ目の交渉条件」

「……」

「どんな衣装でも、なんなら生まれたままの姿でも……亜鳥くんが、そう言うなら」

「……」

「あのイラストのポーズって、どんな感じだっけ……さ、流石に恥ずかしいね」

頼んでもいないのに、体操座りをしてみせる海ヶ瀬。そして、細かい動作の度に身体は筋肉と連動して、存在としての美しさの中から扇情的なものを思わせてくる。完全に見知らぬ他人じゃなく、学校というコミュニティを共にする存在だからこそ感じるセンシティブが、脳裏を支配していく。控えめに言って最高だった。冗談抜きで鼻血出そうだった。

以上。

目の前で展開された非日常を見終えた俺はぱちぱちと何回か瞬きをして、息をつき、ポケットの中に忍ばせていた目薬の蓋を開け閉めする。余韻に浸り、堪能する。

そうこうしているうちに段々と、のぼせ気味の俺の頭の中は冷静になっていった。

……間違いなく、羞恥心はあるはず。当たり前だ。同じクラスの男子にこんなん見せつけて恥ずかしくない奴、どうかしている。

なのに、今の海ヶ瀬からは身体のラインを隠そうとしたりする素振りは見えない。

精一杯、俺の視界に映り続けようとしている。

金にしろ、企画書にしろ、マイクロビキニにしろ、これこそが海ヶ瀬なりの誠意、というやつなんだろうか？　勝手にモデルにして描いたのは、俺なのに。過失があるのだって、俺なのに。

「……私には、これくらいしか思いつかなかったの。どうすればアトリエ先生が仕事を請けてくれるか。それでいて、できるだけ私が納得できる選択肢は、なんなのか……」

その結果がこれ、らしい。俺がどういう人間だと思われてるかはっきりわかると共に、海ヶ瀬果澪のぶっ飛び方も同時に理解できる。ここまでして断られたらどうすんだよ。

「ママに……なってくれないかな？」

「ママ、なあ……」

到底諦めそうに見えないのが、嬉しいやら悲しいやらだった。断られて、じゃあ他の奴で、って柔軟な方針転換できる人間なら、こんな力技は取らないだろう。

とにかく。なおのこと、適当な返事はできないよな……。

「……六十五点ってところだな」

「低っ」今の自分に対して言われたんだと理解した海ヶ瀬（うみがせ）は、ショックを受けた様子。

「当然だろ。言っとくが、その手のコスプレは本人の素材もさることながら、元のイラストに対しての再現性の高さが大事になってくるんだ、なのに……」

語りながらも俺は、再度じろりと海ヶ瀬果澪（かみお）の頭から爪先までを見やった。

「なのに、サキュバスのくせに羽根も尻尾も生えてないだと？　いん……紋章代わりのタトゥーも無いだって？　ダメだダメだ、無いなら生やせ、彫れないならシールを貼れ。海ヶ瀬よ。その程度のクオリティで俺をノックアウトしようだなんて、百年早いぞ！」

「で、でも、他の人を参考にした時だって、コスプレとかはさせてなかったんでしょ？」

「そうだ。だが、残念だったな。お前の場合、既に『サキュバスである』という前提条件が課されている。よって、ただのマイクロビキニ姿の海ヶ瀬果澪を見せられても高得点には至らない。なぜなら、今のお前は断じてサキュバスじゃないから——ただ屋上でマイクロビキニを着てるだけの、エロくてヤバい奴（やつ）だからだ！」

「そのヤバい奴相手に演説してる亜鳥（あとり）くんも大概だと思うんだけどどっ」

指摘の通り、それはそう。だがこっちはコミケみたいなイベントで、レイヤーのハイレベルな衣装を見てるんだ。第一線を走るクリエイターとして、クオリティで嘘はつけない。

「だから……ほら」

脱ぎ捨てられたワイシャツやらスカートやらを拾ってから海ヶ瀬に放り投げて、それからくるりと後ろを向いてやる。散々凝視してなんだが、いくら俺でもこれ以上は目に毒だ。

「……え。もう、いいの？　準備したのに、描かないの？」

「一度投稿したイラストを描き直すってのは基本やってない……それに、せっかく貰ったデッサンモデルの権利なら、今じゃなく今後の然るべきタイミングでお願いしていきたい」

だいたい、こんなところ他の奴に見られたら俺の立場が危うい。

何より、海ヶ瀬だって変なこと言われるかもしれない。

だから——もういい。風邪引くから、着替えろよ。

背中でそう語ると、ごそごそと布の擦れる音が耳に聞こえてきた。ブレザーを着直しているんだろう。もしかすると、わかりやすい答えをくれなかったことで、不服そうな表情すら浮かべているかもしれない。

でも、それは海ヶ瀬の勘違いだ。

「……待って？」

そのことに、ようやく気づいたらしい。一拍置いてから、海ヶ瀬が再び口を開く。

「今はやらないって、言ったよね」「ああ」

「でも、いつかはお願いするって……」「言ったな」

「それって、つまり……ママになってくれるって、こと？」

答えに辿り着いたことで、最後の方の海ヶ瀬の声は、少しだけ震えていた。

そんなに喜んでくれるなら、ＯＫ出した甲斐があったのかもしれない。

「——ああ。キャラデザ、やってやるよ。俺がお前の、ママになってやる」

本人を見ずに、けれども俺は、確かにそう言った。

……断れる立場でもないしな。俺が嫌じゃないならこれが、ベストな答えだ。

「さて。そうと決まったら、早速キャラの細かい設定やら、なにやっ——」

早速これからのことを話そうとした、その時だった。

全身に、ふにと柔らかな感覚を押し付けられる。

「ありがとう。うん、すごく嬉しい。今まで生きてきた中で、一番嬉しいかも！」

気づいた時には抱き締められていた。えーと、なんですか、この形容しがたい多幸感は。

ディスイズユーフォリア。なるほど、ここが地上の楽園だったのか……じゃない。

「お——大げさだ、そんなわけあるか、お前の人生はもっと素晴らしいものだっ」

「ほんとにありがとう、亜鳥くん。それと、これからよろしくね」

「耳元で囁くな、ＡＳＭＲじゃあるまいし、力抜けるわ！」

なんなのこいつ。人に変態とか言ってたけど、一番の変態は自分じゃねえの？　奇しくもサキュバスにしたの、大正解だったじゃんか。

「……なんか、思ったよりも慌ててないね。こういうスキンシップには慣れてるの？」

慣れてる——引っ付かれるのには人よりはそこそこ慣れているのかもしれないし、姉と妹がいるからか、女子に対して特別緊張するということは、今までの人生で皆無だった。

だが、直接に身体を押し付けられるというのはいくら俺でも流石に緊張するというか、気恥ずかしさが肉体的な意味でも精神的な意味でもせり上がってきて……。

「……これ以上俺に近づいたら、とんでもないことをするぞ、良いのか？」

「とんでもないことって、どういうこと？」

「油性マジックで、お前の下腹部にハートのタトゥーを刻んでやる。コスプレのクオリティ上げてやるためにな！　……どうだ、参ったか。そして恐れおののけ、戦慄しろ。そして、それが嫌なら今すぐ俺から離れろっ」

「……亜鳥くんがしたいなら、私は別に良いけど」

「なんでこれが脅しにならねえんだよ！」

　人と人との縁は、どこでどう繋がるかわかったもんじゃない。

　海ケ瀬果澪との出会いもまた、俺にその事実を深く刻み込む、そんな出会いだった。

【#3】山城桐紗(やましろきりさ)は断らない

VTuber(ブイチューバー)のアバターが完成するまでの過程は、大きく三つに分けられる。

どういうキャラなのかの原案を考え、イラストレーターがキャラのデザインを行い、モデラーがアバターを自然に動かすための作業——今回の場合は２Ｄキャラとして動くようにモデリングを行う。そこまでクリアして、スタートラインに立ったと言える。

だが、ここで問題が発生する。

俺はモデリングができない。純粋なイラストの仕事で忙しくてそんなん勉強したことないし、物理演算もできないし、ＸＹＺ軸をどうにかしろと言われてもできない。

よって。ガワを完成させるためにはモデリングができる第三者のスカウトが必須だったし、さらに言うと、その第三者が信頼できる人間であるか、という点も考慮しないとダメ。

だって、キャラデザ俺だし。ママだし。

愛娘(まなむすめ)をどこぞの馬の骨にやれるわけないだろ？


「——というわけで、俺は海ヶ瀬(うみがせ)のママになったわけだ」

海ヶ瀬からの仕事を承諾した、同日の放課後。

比奈(ひな)高から歩いて十五分ほどのところにある和風喫茶に、俺と、海ヶ瀬と、もう一人。

さらりと伸びたベージュのロングヘアに琥珀色の両目。通った鼻筋に、きめ細やかな肌。女性の柔らかな雰囲気と、色々な意味で大人っぽい佇まいが内包した風貌。

それもあってか、海ヶ瀬と同じくらいには男子から好意を抱かれることが多く、本人の対人コミュニケーション能力も合わさって、女子からも人気を博している彼女。

生真面目ハイスペックな女子高生——山城桐紗が目の前に座っている。

「要点だけ、もう一度整理させて」

俺の話を聞き終えた桐紗は、それはもう、わかりやすく怪訝な表情をしていた。

「勝手にデッサンモデルにしたことや、その他不用意な言動がきっかけでアトリエが身バレして、そこから派生して、海ヶ瀬さんからＶＴｕｂｅｒのキャラデザを描いてって話を請けざるを得なくなった——これで合ってるのよね？」

「だいたいその認識で良い」

「……ママ。海ヶ瀬さんのママ、ね……」

事の顛末を短くまとめた桐紗は、自分のカップに注がれたほうじ茶ラテを一口含んだ。上品な所作。俺はただ、黙って見ていることしかできない。

「千景。今この瞬間、女の子をデッサンモデルにする行為を禁止にします」

まあ、判決はそうなるよな。わかっていた、わかっていましたとも……。

「今までのはともかく、海ヶ瀬さんの件は流石に見過ごせないわ。だって勝手にやったわけでしょ？　……お願い。あたし、千景が学校中で嫌われてるところなんて見たくないの」

いっそ強い言葉で叱責される方が、まだマシだったかもしれない。今の桐紗の瞳に宿っていた感情は怒りではなく、湿っぽいものだった。ごめんって。謝るって。

「うん。私も気を付けた方が良いと思う。独りぼっちって、こたえると思うよ？」

海ヶ瀬までそんな哀れむような、悲しむような目するなよ……深刻さが増すだろ！

「……でも、驚いたなあ。山城さんって、亜鳥くんがアトリエ先生だって知ってるんだね」

その後、海ヶ瀬はさりげなく、それでいてごもっともなことに触れた。

――悪いようにしないから、桐紗にＶＴｕｂｅｒの件の話をさせてくれ。

それだけを海ヶ瀬に伝え、後はほとんど無理矢理連行してきたようなものだったので、ここまでくると当人も、この状況に対しての答えが欲しくなったらしい。俺と桐紗の一連のやり取りを聞いていた海ヶ瀬は、本格的に会話の輪に入ってきた。

「そういうの知ってるくらい、仲が良いってこと？」「ぼちぼち、そうね」「ふうん」

「……」「……」

会話の輪、散開。三人分の飲み物の湯気がわずかに視界に入って、すぐに見えなくなる。

「はいはいはいはいはい黙らない！　若いもん同士、ちょっとはうまくやってくれよな」

「お見合いじゃあるまいし、それに、そんなこと言うなら千景が会話回しなさいよ」

「わかった。じゃあ雑談代わりに、オタクに優しいギャルが実在するかの討論を……」

「ごめん、やっぱり千景は黙ってて」

「どっちだよっ」

……とはいえ俺も、いきなり打ち解けるのは難しいよな、とは思っていた。

俺と桐紗は去年も同じクラスだったから、つまりは桐紗も海ヶ瀬とは、俺の知る限りだと深い絡みが無かったということになる。そういう背景もあって、だろうか？　どことなく、場にはずっと、面接めいた緊張感が漂っていた。

「ぼちぼちって感じはしないけどね。もしかして、特別な関係か何かなのかな」

「たぶんそう、部分的に、そうかもしれないわね」

「アキネー◯ーかよ」

「あたしには」俺のツッコミには一切反応せず、桐紗は腕組みをした。

「今日言われてすんなり今日決められるような話には到底思えないんだけど、千景はどうしてやる気になったの？　もちろん義務感とか謝罪の気持ちとか、そういうのもあるんでしょうけど……でも、それだけとは思えないわ」

……桐紗の指摘は基本的に鋭いので、毎度のことながら俺は、答えるまでに少しだけ時間を要してしまう。無視するには、あまりにも真っ直ぐすぎるし。

「あ、そこは私も気になるかな。思ったより、すんなり請けてくれたしね」

「……興味本位で聞きたいんだけど、千景が断ってたらどうするつもりだったの？」

「請けてくれるまで永遠にお願いする気でいたけど、それがどうかした？」

「……海ヶ瀬さんが本当はどういう人なのか、それだけでよくわかったわ」

「ふふっ。さて、どうだろね」

……よし、まとまった。とにかく、とっかかりの話題としては申し分なさそうだ。

「理由は色々だ。海ヶ瀬が思ったよりも本気だったり、アトリエじゃないとダメだっていう点を推されたからだったり、他には……もしも海ヶ瀬がＶＴｕｂｅｒとして人気になったら、俺にも明確に得があるからな」

「名前を売れるって言いたいのかしら」

「ああ。アトリエのイラストを今以上に色んな人に見てもらえるかもしれない。自分のイラストで、誰かを幸せな気持ちにできるかもしれない。そう考えたら、いてもたってもいられない」

わざとらしいまでに瞳を輝かせてみせる俺とは対照的に、桐紗の目は濁っていた。

「そういうのいいから、本当は？」

「神絵師として、ＶＴｕｂｅｒのデザインというホットコンテンツに触れないのは有り得ないだろうが……というか、大手事務所からずっと誘いを待ってたんだけど、一向に来なかったんだよ……どうしてなんだろうな」

「アトリエ先生の描くイラストがちょっとえっちすぎるからじゃない？」

「ド直球ストレートやめろ」俺も薄々思ってたからこそ、余計に効くんだよ。

「……あたしずっと思ってたんだけど、その『神絵師』ってワード使うのやめたら？　『IQ２００』とか『理論上最強』とかと一緒で、強い言葉すぎて幼稚に聞こえるのよね」

い、いいじゃん別に。それに見合うだけ頑張ってんだよ、桐紗ならわかるだろ。

「ま、千景がやる気になった理由はわかったわ……それで？　あたしをこの場に呼んだ理由、ちゃんとあるんでしょ？」

腕組みして、憮然とした表情で、でもその割に、桐紗は俺の発言を促してくれる。

桐紗は賢いし、何より勘が良い。この場に自分が呼ばれた理由が単なる談笑ではないことは既に察しているはずだし、そのうえで自分はどうするべきかというところに考えを巡らせているはず。さながら、今朝の屋上での俺のように。

だからこそ――俺が今から頼むことも、桐紗なら、冷静に受け止めてくれるはずだ。

「桐紗、いや『きりひめ』――お前には、今回の一件でモデリング担当をお願いしたい」

「……やっぱり、そうなるわよね」

「……………えっ？」

言われた桐紗本人よりも、隣で聞いていた海ヶ瀬の方が驚いていたと思う。

それもそうだろう。何の前触れもなく、業界ではアトリエと並び立つレベルで著名なイラストレーターの名前を出されたんだから。

◆きりひめは、日本のイラストレーター・ＶＴｕｂｅｒ。誕生日は四月五日。山形県出身。代表作は和風ラブコメライトノベル『冥刀恋客』や異世界系ＲＰＧ『リリカ・マギサ』。昨今はＶＴｕｂｅｒ『シリウス・ラヴ・ベリルポッピン』のキャラクターデザインを行ったうえで自身もＶＴｕｂｅｒとして活動するなど、ＶＴｕｂｅｒ事業にも精力的に携わっている。好きな食べ物はラーメン。推しているＶＴｕｂｅｒは、前述のシリウスちゃん。

自分のスマホできりひめについて調べていた海ヶ瀬の手が、ようやく止まった。

「山城さんが、あの、きりひめさんなの？」

「ああ。アトリエ知ってるなら、その辺の有名イラストレーターも押さえてるよな？」

「う、うん。ＶＴｕｂｅｒやってるってのも知ってるし、Ｐｉｘｅｖのランキングできりひめ先生のイラスト、何回も見たことあるし……でも、本当に？」

困惑している様子の海ヶ瀬。ぱちぱちと、瞬きの回数が目に見えて多くなっている。

「……少し時間をちょうだい」

だが、桐紗がおもむろに取り出したルーズリーフと鉛筆を使って三分程度で描き上げたイラストと、右下に描かれたきりひめのサインを見て、その疑念は解消されたようだった。

「ほ、本物だ。この繊細な絵柄に、丁寧な影の落とし方……なにより描くの早っ」

「俺もやろうと思えばこのくらいでいけるぞ」

「どうして張り合ってくるのよ……それで？　他になにか証明してみせろって言われたらするけど。希望はある？」

「い、いや、もう大丈夫、信じたから……というか、ねえ亜鳥くんっ」

　驚きのあまりかなんなのか知らないが、海ヶ瀬はずいと俺の方に顔を近づけてくる。

「きりひめさんのこと、バラしたらダメじゃん！　だいたい山城さんも、怒らないの？」

「あら、どうして？」

「だって、その……私が信用できるかどうかなんて、まだわからないじゃんっ」

「あまりにも正論だが、それ言い出すとアトリエはどうなんだってならないか？」

「アトリエ先生はいいの、しょうがないの。計画のための、最小限の犠牲ってやつだよ」

　なんだそのトロッコ問題みたいな……ただ、俺の場合は勝手にモデルにしたわけだし、文句を言えないのが辛い。くそ、だったらしょうがないのか？

「その点は大丈夫よ。あたしと千景は、そういう約束をした関係だから」

「……約束？」

「お互いに何か問題があったり困ったりした時は協力し合う。アトリエときりひめは、そういう関係なの。だからまあ、そこだけ切り取れば特別っちゃ特別ね」

　そうよね？的な視線を受け、俺は無言で一度だけ、うんと頷いてやった。

この場に二人もいるせいで勘違いされそうだが、高校生の段階から第一線で商業の仕事を行っているようなイラストレーターは本当に珍しい。少なくとも、アトリエがＴｍｉｔｔｅｒでフォローしている人間の中だときりひめ一人だったし、五年近くの俺の活動期間の中でそういった人をＴｍｉｔｔｅｒ上で観測したことすら、片手で数えるほどしかない。

……だから、だろうか。

桐紗から直接、相互扶助の提案をされた時、俺はすんなり受け入れた。

きりひめが信用できる人間であることはそれまでの交流で既にわかっていたし、何より俺自身、一人で全てに対応し続けることに、どこかで限界を感じていたからだ。

「信用できる仕事先と、切った方がよさ気な仕事先の情報共有。どこの税理士事務所に税金周りのこと頼んでるかの相談とか、インターネット上で揉めたときの第三者的アドバイスとか……協力して助かったことを考え出すと、キリが無いな」

「……振り返ると、イラストレーターが被る厄介事、あたしたち二人でだいたい網羅した気がするわね」

「た、確かに……古くは『アトリエ、コミケの差し入れに盗聴器仕込まれる』事件まで遡るし、直近だと『きりひめ、粘着アンチに法的措置事件』とかもあるし……はあ」

「ねえ。その二つの事件、結局どうなったの？」

「前者は今後、湿布とかテーピングみたいな消耗品以外は受け取らずにお返しさせてもらうってことになって、後者は色々あって示談になったが、それがどうかしたか……？」

「そ、そうなんだ。大変だったんだね、色々」

「ああ、まあな……」「ええ、まあね……」

俺も桐紗もげんなりとしてしまう。なんなら最後にはハモっていた。光あるところには必ず影ができる。完全に煌びやかで清潔な世界なんて、どこにもないってこったな……。

「二人はいつ頃からそういう関係なの？」

具合の悪くなっていた俺たちとは違い、海ケ瀬はフラットな態度のまま、自分の気になる部分に対してメスを入れ続けてくる。

「アトリエが活動し始めて一年くらいしてから交流持って、そっからだから……四年くらいか？　ただ、協力関係結んだのは一年前くらいだし、リアルで会ったのもそれくらいだ」

あの時は流石にビビった。出版社の集まりに顔出したら同じクラスの女子がいて、しかも、そいつがきりひめだって……通話でのやり取りで聞く声と普段の声が違いすぎて、全然ピンとこなかった。そりゃVTuberできるわってくらいには、感心したもんだ。

「……へえ、そうなんだ。それなら、うん、了解」

さっきからずっと、海ヶ瀬は俺たちの関係について聞き続けていたが……この様子だとすんなり納得はせずとも、飲み込むくらいはしてくれたようだった。

「しつこく聞いてごめんね。それじゃ、ほんとにこれが最後——きりひめ先生にモデリングを頼むってのは、どうして？　それに、そもそもできるの？」

どうもそこまでは調べていないようだったので、俺が本人の代わりに説明する。

「できる。きりひめは自らのキャラデザからモデリングまで何もかもを自分で賄っているし、キャラデザを担当したVのモデリングもやってる。名前は——」「シリウスちゃんね」

聞いてもいないのに、割り込むように桐紗が答えてきた。

名前が出たついでだ。俺はスマホでシリウスちゃんのNowTubeチャンネルやら何やらを調べて、その中から直近のアーカイブを再生した。

……アーカイブが生成されたのが六時間前になっている点に思うところはあったが、それに関してはすぐに頭の隅っこに追いやる。

今は、どうでもいい話だ。

『闇の帳が降りる時——電脳に血が満ちる時——Welcome to my Galaxy。妾こそ星読みの吸血姫、シリウス・ラヴ・ベリルポッピンだ！』

「こんな挨拶してたっけか？」

「最近考えたらしいわ。可愛いわよね」

きりひめの娘兼推しであるところのシリウスちゃんの声が一瞬だけ聞こえてきて、しかし俺はそれ以上配信内容や厨二病チックな配信開始時の挨拶には触れず、右下でぴょこぴょこ動いているシリウスちゃん自身――ガワの動きに注目するよう指示した。

「モデリングができて、その精度も見ての通り。このシリウスちゃんもそうだし、きりひめ自身のＬｉｖｅ２Ｄの動きはナチュラルでスムーズで、企業勢にすら引けを取ってない」

「え……これも全部、山城さんが一人でやったの？」

「ま、あくまで興味本位の勉強の延長線上――ほとんど趣味みたいなもんだけどね」

「いやいや、軽々と言えるクオリティじゃないでしょ、これ……ほんと、すごいよ！」

「わかってくれたようで何よりだ」


『※モデリング担当は、これからインターネットで探して誰かしらに外注する予定です』

　海ヶ瀬が見せてきた企画書に書かれていた内容の中で、俺にとっては唯一、そこだけが明確に許容できない箇所だった。

　モデリングについては専門外のため聞きかじった知識しかないが、それでも、誰でも良いわけじゃないことくらいは知っている。ワガママ言ってるとは思うが、俺も一枚噛むことを決めた以上はクオリティで手を抜くのは嫌だった。よって、既にきりひめとシリウスちゃん、二つの素晴らしいポートフォリオを有している桐紗を誘わない手は無い。

「そんで、きりひめは俺たちがやろうとしていることの先輩だからこそ、協力してもらおうって話でもある。個人Vの中じゃ、かなりの人気者だからな」

要は人気にあやかろう、人気になるためのノウハウを教えてもらおうと、そういう意味。

「目標チャンネル登録者数、十万人って書いてただろ？　意気込みとしては褒められるべきものだろうし、俺だって、お前には人気になってほしい。それは間違いなく、今後のアトリエの活動において、プラスになるだろうしな」

そう、考えれば考えるほど、きりひめはまさに、今の俺たちに必要な人材だった。

……唯一にして最大の問題は、きりひめがやってくれるかどうか。この一点に尽きる。

「頼まれてくれないか？　もちろん報酬だって用意するし、これまでと同じように、これから桐紗(きりさ)に何かあったときは俺が協力する。面倒かけるが——お願いだ」

屋上の時と違って今度は頭をぶつけない程度に、俺は座りながらも深々と頭を下げる。

「……あたしの優しさにつけ込んでいる自覚、ちゃんとあるのよね？」

「ああ。絶対に借りは返すし、報酬だってちゃんと用意する」

「じゃあ、次にあたしが困った時は、ちゃんと助けてくれる？」

「今まで通り、粉骨砕身のつもりだ」

「……他の女の子にデッサンモデル頼まないって約束、ちゃんと守れる？」

「そ、その辺の女子にむやみやたらに声かけないってのは、約束できる」

嘘は言っていない。海ヶ瀬の場合は、自分から売り込んできたし。

「…………」しばらくの沈黙。俺は少しだけ頭を持ち上げて、感触を確かめる。

呆れたような、ただ、気のせいかもしれないが、それほど嫌じゃなさそうな。

そんな顔で、俺と海ヶ瀬とを交互に見て、桐紗は――。

「……しょうがないわね、もう」

今までの付き合いの中で何十回と聞いてきた言葉を、今回もまた、与えてくれた。

正直、真剣に頼めば桐紗がやってくれることは予想できていた。協力の約束を結んだ間柄だってのもそうだし、そもそも、俺に説教をしてくれる程度にはお節介な桐紗なら、色よい返事をしてくれるはず。その手の打算がまったく無かったとは言えない。

……良い奴だよな、本当に。恥ずかしいから、本人には言わないけど。

「助かる、本当にありがとう……ほら、海ヶ瀬も感謝しろ」

勝手に決めたくせにと思われても仕方ない強引さだったが、それでもこれは、プロジェクトを進めるうえで避けては通れない部分だ。海ヶ瀬にも割り切ってもらうしかない。

「……えーと。それじゃあよろしくね、山城さん」

「ええ、よろしく」

握手でもすれば一件落着、となる場面。

「……その前に」ただ、桐紗にはどうしても確認したいことがあるようで。

「VTuberやりたいってのは、本気で言ってるのよね？」

「うん。じゃなかったら、わざわざアトリエ先生に直接言ったりしないよ」

「……そうね。本気じゃなかったら、どうかしてるわね」

額に手を当て、瞼を閉じる桐紗。冷静に考えると海ヶ瀬の行動はリスキー、どころか、無謀に片足突っ込んでるんだよな。俺に脅し返される可能性とか、少しは考えなかったんだろうか？　お前がVTuberやってること、いずれバラしてやるからな！　……みたいな。可能性だけで言うなら、その世界線だってあったはず。

「けど、覚悟はできてるの？　当然だけど、楽しいことばかりじゃないわよ？　腹立つこととか、うんざりすることだってあるんだから」

「具体的に言えば、どういうこと？」

「ぱっと思いつくところで言うなら、そうね……Twitterですごい嫌なこと書かれてるの見つけちゃったり、コメント欄に文句とか嫌味とか、後は度を超したセクハラとか書かれたり、だけど……」

「なんで俺を見てくる？　言っとくが、俺は初対面の相手とかそこまで親しくない相手には、下ネタと身内ネタは口にしないからな？　そういうのこそ、棲み分け大事なんだから」

「でも亜鳥くん、ほぼ初対面の私にサキュバスについて語ってきたよね」

「う、海ヶ瀬のは例外だ、ノーカン」

「とにかく！　その辺のノイズ、気にしないで割り切れる？」

どうにも不服さを押し潰した様子の桐紗だった。

いやにリアルな話だからこそ、事実なんだろう。

なんならこれはＶＴｕｂｅｒだけに限った話ではなく、イラストレーターでもそう。

不特定多数相手に活動する人間には必ず付いて回る問題で、それが原因で、自分がまったく意図していない方向から攻撃される可能性もある。有名税として割り切るにはひどすぎる悪意をぶつけられることも、あるかもしれない。

そして、もしもそんなことになった時、俺や桐紗のようにメンタルが強い——というより、こういったケースに直面しすぎたせいで感覚が麻痺(まひ)している人間なら、それぞれに粛々と対応していけるだろうが、その点、海ヶ瀬はどうだろうか？

これでも桐紗は、海ヶ瀬のことを心配してるんだろう。

「それに……どうしてＶＴｕｂｅｒなの？」

俺が聞くべきことや聞きそびれていたことを、桐紗はどれもこれも回収してくれる。

仮に人気者になってちやほやされたいからＶＴｕｂｅｒをやるという理屈ならば、そのまま顔出し配信でもやった方が、よほど話が早い。

配信サイトにおいて、何かが突出している人間には需要が発生する。

頭が良(い)い人間や話が面白い人間はもちろん、言動が尖(とが)っている人間や、世間一般的に見ればダメ人間とされるような人間も、生放送というコンテンツでは輝くことができる。

そして当然、海ヶ瀬のように容姿に恵まれた女子高生も、また然り。下世話な話、海ヶ瀬なら画面の前に映っているだけでチャンネル登録者数、十万は超える気がする。

……もちろん、プライバシーとかネットリテラシーの問題で難しいのはわかっている。

つまり、キャラクターを介する必要性ってなんだ？　と、そういう話だろう。

「もしお金が必要だって理由でやるつもりならそんなに甘くはないし、それに……海ヶ瀬さんならモデルとか、そういう選択肢だってあるだろうし」

「ああ、確かにな。女優とかの事務所に売り込めば……」

マジ顔で咎められてしまった……今の、そんなに横槍だったたか？

「ごめん、千景はちょっと黙ってて」

「お金じゃないよ。私は、そうだなあ……アニメとか漫画とかが好きで、そこから擬似的にキャラクターになって配信してみたいって思ったから。そういうのに興味があるから、だからVTuberになりたいの。それだけじゃ、ダメかな？」

変身願望。来世は何々になりたいとか、そういった類いの話だろうか？

わからなくはないな。俺も生まれ変われるならくっそ可愛い二次元美少女になりたいって、小学校の作文で書いたことあるし——担任の先生が絶句してたの、今でも意味わかんないんだよな。なれるかなれないかで言ったら、どう考えてもなった方が楽しそうだろ。

「……別に、ダメじゃないわね」

「だよね。きっと山城さんも、少なからずそういう願望があるからこそ、ＶＴｕｂｅｒやってるんじゃないかな？」

桐紗に心当たりがあったのか、滞りなく続いていた会話はそこで止まった。

「ああ、それとも、私がＶＴｕｂｅｒやるってこと、まだ信じられなかったりする？　らしくないって、そう思ってる？」

問いかける、というよりは、どこか問い詰めるような口調に聞こえた。まだ信じきれないでいる桐紗の気持ちも、そんな桐紗をなんとかして納得させたい海ヶ瀬の気持ちも、俺にはどちらも理解できるが――だからこそ、安易に口を出すのも難しい。

「……いいえ。海ヶ瀬さんがやりたいって思って、煩わしいことも全部自分で受け入れるって言うなら、あたしからは何もないわ。その点に関しては、文句なんてない」

「うん。じゃあ、そうするね」

微妙な面持ちの二人。どうにもまだ、距離感を測りかねているらしい。

さらに言えば。桐紗の用事もまた、まだ終わってないようで。

「なら、そっちは良いわ。だったらもう一つ――海ヶ瀬さん、千景と距離近くない？」

唐突に話が変わったからか、それともＶＴｕｂｅｒの話じゃなかったからか、どちらにせよ、海ヶ瀬は困惑していた。

「うん。今座っている席だって……四人のテーブル席に男一、女二で座るってなったら普通、女子が固まるはずでしょ？　なのに……」

言われて俺は、当然のように隣に座っている海ヶ瀬の横顔を見る。

目が合ってしまった。これ、そんな気にすること？　とでも言いたげ。

実際その通りでどうでもいいっちゃどうでもいい話だが、風紀委員気質で何より、俺という人間の行いを日頃から問題視している桐紗にとっては、目につくことなんだろう。

「あー……言ってなかったけど、ほら。私、アトリエ先生のファンなんだよ」

「へえ……それで？」

「だからかもね。山城さんだって、憧れの人とは一緒にいたいんじゃない？」

「あたしは推しとか好きな相手には、むしろ距離を置きたいタイプよ。全然わからない」

冷たいわけではないものの、桐紗の言い回しは妙にツンとしていた。

「言っておくけど、アトリエは——千景は、たいした人間じゃないからね。とにかく変態だし頭の中ではエッチなイラストを描くことしか考えてないような、どうしようもない人間。褒めるところなんて、ちょっとシュッとしてるところくらい」

「な、流れ弾で俺の悪口言うのやめませんか」

しかも海ヶ瀬と同じこと言ってるんだけど、え、皆ｂｏｔなん？　それとも、俺の長所

ってガチでそこだけなの？　人だけじゃなく風景も描けるとか、そういうのくれよ。

「……ねえ。そうやって印象だけで決めつけるのって、良くないと思うな。山城さんがまだ知らない亜鳥くんの良いところ、あるかもしれないじゃん」

なぜだか海ヶ瀬も不満げだったせいで、二人の間にバチバチとした火花を空目してしまう。でもその言い方だと、ない可能性が出てきますよね？　トドメ刺そうとしてない？

「決めつけてるんじゃなくて、これまでの積み重ねから判断してるの。千景から迷惑を被ったり、逆に助けてもらったり。そういう経験があるあたしだからこそ、断言できるの」

「……あたしだからこそ、ね」

聞いた海ヶ瀬は小首を傾げて、しばらくして「あ」と何かに気づいたような声を出した。

「嫉妬してる？　なら、心配しなくていいよ。私、そういうのじゃないから」

「は、はあ？　何に？　このやり取りで、どうしてそう思ったのかしらね」

「だって、露骨に亜鳥くんのこと下げてたし。貶せば亜鳥くんに悪い虫が――むぐぐ」

即座に立ち上がった桐紗が、おしぼりを海ヶ瀬の口に押し付けていた。小声で「どうしてまあ、高校生は他人のそういう話題に敏感なの……？」とかなんとかとも言ってる。

「海ヶ瀬。俺からも言っとくが、桐紗と俺は単なる仕事仲間――」

「千景は黙ってなさい」

「ええ……」凄む桐紗の表情は、般若を彷彿とさせるそれだった。目の前に鬼が出現していた。同感だったから援護射撃しようと思ったのに、なんも言えない。

「……だいたい、モデルが必要なら、もっと頼みやすい相手にすればよかったのよ。面識の少ない女子に声かけたり許可無く描いたりする度胸があるなら、そっちの方が絶対楽だったはず。こんな面倒くさい状況にだって、なってなかったのよ！」

怒りが治まらないうちに、別の怒りが湧き上がったらしい。急に話がすり替わる。

「具体的に言えば誰だよ」

「そりゃ、その……と、隣の席の、相手とか……」

「海ヶ瀬か」「私だね」

「違う、あたしよあたし！　どこの誰だかもわからないような他人に迷惑かけるくらいなら、あたしがやってあげても良かったたって、そう言ってんのよ！」

「……桐紗があ？」

「ちょっと、何よその態度。あたしじゃ不服なの？」

「いや、別にそういうわけじゃないが、なんというか……」

桐紗との専属契約を結んだ場合、必然的に巨乳キャラしか描けなくなるというか、喩えるなら、一度カレーが入ってしまうと、その後何を入れてもカレー味が拭い去れなくなる、というか……でもまあ、それ言い出すと海ヶ瀬が専属になっても同じ……。

あ、そうだ。そういや桐紗に、海ヶ瀬からデッサンモデル打診されたって件、言わないとなし。何言われるかわかったもんじゃないが、黙ってて後で露呈する方が印象悪そうだし。

「……どうだろうね。山城さんに、亜鳥くんからの要求が呑めるのかな？」

なんて、俺が肝心な話を思い出したタイミングで、女子二人もその話題を広げていた。

「どういう意味よ」

「そりゃもう、そのままだよ。アトリエ先生ほどの人のデッサンモデルをするってなったら、とんでもない衣装とか体勢をさせられるんだよ？　山城さんに、できるの？」

「と、とんでもない衣装って、例えば？」

「そうだなあ……マイクロビキニが、初級レベルってところかな」

「ま、まいくろびきに……」

「これが上級とかになったら、どうなっちゃうんだろ。気になるよね」

「～～～～っ!!」

桐紗の顔は、耳まで真っ赤になっていた。

改めて言うと、桐紗はセンシティブ——要は、エロを思わせる話題が苦手だ。

俺が少しでもその手の冗談を言うとすかさずツッコんでくるし、俺以外の他の奴との会話の中で下ネタが話題に上ったら、何も言わずに愛想笑いだけする。アトリエと違ってきりひめは極めて健全な絵しか描かないあたりからも、性格が出ているなあ、とは思う。

ちなみに。

「な、何よ？」「……ん、何でもない」

ちらと一瞬だけ、桐紗の顔から下へ視線を送って、すぐさま戻す。

中でも特に禁句なのは、桐紗の豊満なボディについて言及することだ。

乳や尻、太ももなどの話は一発アウト。俺からすれば充分魅力的な長所だと思うが、本人的にはコンプレックスらしい。言わないでと随分前から釘を刺されているので、さっき思いついた時も口にはしなかった。

……でもなあ。だったら、癖の腕組みもやめてほしい。それ、胸に視線が誘導されるんだよ。理性云々じゃなくて、全体的な構図として、どうしても気になっちゃうんだよ。

「あ、そうだ。亜鳥くんのデッサンモデルの件なんだけど……今後は私がやることにしたから、だから、その辺の女の子にちょっかいかける、みたいなことにはならないよ」

安心して、みたいな表情の海ケ瀬。素晴らしい気遣いだった。

「は？」言われた桐紗は全然安心していないであろうことを抜かせば、完璧だろう。

「さっき禁止にしたの、聞いてたでしょ？　それにそもそも、誰の許可取って、そんなことやろうって言うの？」

「こ、これって許可制なのかな……それに、私が先に約束しちゃったもん。ママになってくれる代わりにモデルに協力するって。一方的に施しを受けてばっかりじゃ、悪いからね」

「……ほんとにもう、油断も隙もないわね」

今日は桐紗に険しい顔をされてばっかりなわけだが、本日一の渋い表情が出ていた。

「わかったわ。それじゃ、この件については帰り道、当事者のあたしたち二人で、きっちり話し合いましょうか……ほら海ヶ瀬さん、出るわよ」

ぷるぷると震えながら立ち上がった桐紗は、海ヶ瀬の手を引いた。

「えっ……その、まさかだけど、一緒に帰ろうって言おうとしてる？」

「それ以外ないでしょ。もうほとんど夜だし……それにあんたら二人にしてると何するかわかったもんじゃないし。とんでもない間違いが起きる可能性だってゼロじゃないわ」

「間違いってのは具体的にどういう行為のことを言って――あ、ごめんなさい謝るから腕を引っ張らないで、後、私の腕が山城さんの胸に当たってるんだけど痛い痛い痛いっ」

地雷原の上でタップダンスを踊った海ヶ瀬は、そのまま強制連行されていく。

去り際に桐紗からご馳走様、とだけ言われて、二人は去っていった。

「……嵐みたいだったな」

自分のカップに残っていたコーヒーを飲み干し、おもむろに店の天井へ視線を送る。

どっと疲れた。イベントが多すぎる。これが何もない時ならば既に家に帰っていて、仕事絵やったりキャラデザ練ったりしていたはずだったのに。慌ただしさに酔いそうだ。

……明日以降も、こんな感じなんだろうな。

すると、Ｄｉｇｃｏｒｄの――そういう名前のチャットツールからの通知で、『ＶＴｕ

ber制作』というグループに加入させられていることが伝えられた。あまりにも迅速な行動。きっと帰りの道すがら、桐紗がやってくれたんだろう。メンバーの欄には二次元黒髪少女のイラスト、ゴマフアザラシのキャラクター、醤油ラーメンの写真、三つのアイコンが並んでいる。俺、海ヶ瀬、桐紗の三人だ。

『チカ、今日の夕飯はお寿司が良いデス。出前Plz！』

……Digcordだけでなく、Limeからも通知が来ていたことに気づいた。

呑気なもんだが、さて……今から頼んだら、何時くらいに届くんだろうか。

出前アプリを開きながら、俺は桶寿司のラインナップを確認していった——。

§

俺は1LDKのアパートに一人暮らしをしている。

家賃は訳あって格安にもかかわらず、築年数が新しいこともあって小綺麗。立地もまずまず。比奈高に入るのと同時にここへ住み始めたが、今まで何の不満もなく過ごしてきた。

一人暮らししている理由、だが——桐紗のように実家から上京してきたから、というわけでもないし、両親と一悶着（ひともんちゃく）あって家を出た、というわけでもない。実家はしがない東京の美容院でしかないし、家族仲も普通だ。

ざっくり言えば、実際にイラストレーターとしてやっていけるということの証明をするために、親元を離れている。今は仕事も貰（もら）えているし少しずつ貯金もできているが、それが十年後も続いている保証なんてどこにもない。終身雇用というシステムに一石を投じられることの多い今の世の中だが、フリーランスだと、そもそもそんなもの無いし。

一足早い自立、みたいなもんなのかもしれない。そう考えると、自分がそこそこ立派なことをしていると思えて、自己肯定感が高まる。うんうん、今日も生きてて偉いねっ。

『人は、ただ生きてるだけで偉いんデス！』

……そういや、あいつの座右の銘が、そうだったっけか。

「うおおおお！　逆転・満塁・ホームラン！　流石（さすが）ベテラン、頼りになりマスねえ！」

帰宅してリビングに入るなり、テレビの音と歓声が混ざった大音量に出迎えられた。

「……あ。おかえり、チカ。なんか、今日はいつもより遅かったデスね」

「ああ。所用で、ちょっとな」

「そうデスか……ああ、それと出前は受け取っておきましたよ。今日はお寿司（すし）お寿司～」

大きめのビーズソファを踏み潰し、絶叫しながらプロ野球のナイター中継を観戦していたそいつは、俺の帰宅と共にダイニングの方に、とことこやってきた。

まさに呑気そのもの。俺だって、小言なんか言いたくないんだけどな……。

「な、なんデスか？　ニアの顔に、何かついてます？」

「……お前、今日も学校に遅刻しただろ」

「ぎくっ」ぎくじゃない。あれほど言ったのに、またもこいつは寝坊したらしい。

「……客観的に見て、俺はお前を甘やかしすぎているのかもしれないな」

「ま、まさかチカも、キリサみたいに口うるさく説教するつもりデスか？」

そんなんしても、どうせ身に染みないくせに。聞き流しつつ、俺は宣言する。

「お前には、言葉よりも行動で躾ける方が合ってるのかもな……こんな風にっ」

我ながら、一陣の風を思わせる動きの速さだった。

ダイニングテーブルの上に置かれていた寿司の封を開け、瞬時にサーモンを視認。

そのまま、仲睦まじげに並んでいた遅刻常習犯の大好物たちを一個ずつ、醤油も付けずに口に詰め込んで、そのまま全部、平らげてやった……うめ、うめ。

「あ、ああああああっ！　そ、そんな、そ、それが人間のやることデスかあっ！」

「……ふっ。目の前でサーモンが食べられた気分はどうだ？　期待が無に帰した感想は？

悔しいか？　苦しいか？　そして、これに懲りたら遅刻なんてするんじゃないぞ。なぜなら、これから俺はお前が遅刻するたびに、お前から好物という名の希望を刈り取ってやるからな、はははは！」

「うううう～……た、立ち直れない……なんで、どうしてこんな酷(ひど)いことが……」

そいつは――仁愛(にあ)はサーモンだけが消失した桶寿司(おけずし)を見て、がっくりうなだれていた。

やっといてなんだが、そんなに落ち込むことか？

アッシュグレイのロングヘアにエメラルド色の瞳。高校一年生には見えないくらいちんまりとしている風体に、眠たげな垂れ目。両耳には、エグい量のピアス。

名前は才座(さいざ)・フォーサイス・仁愛。

父親がアメリカ人で母親が日本人。ミックスルーツの帰国子女で、春から俺や海ヶ瀬(うみがせ)や桐紗(きりさ)と同じ、比奈(ひな)高の一年生として生活している。

……一度見たら忘れないくらいに特徴的な風体をしたこいつとは、どういった関係と呼ぶのがわかりやすいだろうか？　先輩後輩？　友人知人？　家主と居候？

間違いないのは、隣人だということ。俺の部屋である一〇一号室の隣、一〇二号室に住んでいて、事あるごとにやってくる。

性格はわかりやすく怠惰で、ガキだ。駄々(だだ)捏(こ)ねるわ遅刻するわ俺の部屋に勝手に私物置くわでやりたい放題。野球中継を映すテレビだって、勝手にこいつが持ち込んできた。

そんでもって、日々を漫然と過ごしている。学校から帰ってきたらゴロゴロして、俺と一緒に飯食って、夜になったら自分の部屋に戻っていく。それの繰り返し。

常々思う。こんなんで一人暮らしできていると言えるのか、と。

俺含めた周囲が恵まれた環境を与え、甘やかし続けた結果、このモンスターが生まれてしまったのでは、と――。

「そういや、どうしてニアが遅刻したってわかったんデスか？」

「……この娘(こ)を見る機会があったからだ」

証拠を突きつけるべく、俺はスマートフォンで彼女のことを検索する。

すると――きりひめがデザインとモデリングを担当した、大人気ＶＴｕｂｅｒ(ブイチューバー)。

シリウス・ラヴ・ベリルポッピンちゃんの、公認切り抜きチャンネルが出てきた。

「はっ。そ、それは……」

「……シリウスちゃんについて調べた時に、シリウスちゃんのメイン配信サイトも覗(のぞ)いた。そしたら、直近の配信アーカイブの生成時間が今日の日中になってることにも気づいた――仁愛(にあ)。配信してるせいで学業に支障が出るようじゃ、ロクな人間にならないぞ」

俺のいかにもな説教ワードを聞いた仁愛は、口をへの字に曲げてしまう。

「……ふんっ。ロクでもない奴(やつ)ばっかの世界なのに、そんなん言われたくないデス。それに、人は生きているだけで、とっても偉いんデス！　だから仁愛だって、ただ生きてるだ

momo がんばれ！
なのか？？

けで褒められて……」「次に同じようなことあったら、俺の部屋出禁にしようかな」

「ご、ごめんなさいごめんなさい！　それだけは嫌デス、謝りマス！」

不穏なことをぼやくと仁愛（にあ）は途端に泣きそうな顔になって、俺の身体（からだ）にひしとくっついてきた。すげえ鬱陶しいし、結局そこまではできそうにない自分の甘さに呆（あき）れてしまう。

「口うるさく言っても無駄。こうやって好物を奪ったり罰を与えようとしても効果があるかは微妙だし、何より逐一やるのは俺が面倒くさい……さて、どうしたもんかな」

そもそも論として、どうして俺がここまで仁愛に構うのか、だが。

――それはもう簡単な話で、仁愛のダディに頼まれてしまっているからだ。


高校受験が無事終わり、これからの住まいをどうするか探している時のことだった。

ひょんなことから、俺の親父（おやじ）の知り合いがやっている不動産会社――仁愛のダディがやっている会社だが、そこを紹介された。

で、俺がイラストレーターやってることとか、一人暮らしの理由を話したところ、だったら他の人より家賃安くしてあげるからここ住まない？　と今のアパートを案内された。

自立の証明がしたいとはいえ、節約できる手段があるならば利用しない手はない。

持ちかけられた俺は良（い）いんですかありがとうございますと素直に喜び、引っ越し当日にはニコニコしながら手持ちの荷物と共に、期待を膨らませて部屋に入り――。

そこに、仁愛（にあ）がいた。段ボールの群れに紛れて、部屋の隅っこに仁愛が座っていた。

『諸事情で、アメリカに住んでた娘も日本で一人暮らしすることになってね。歳（とし）も近いしボクはキミのお父さんとも面識あるし、何より——ウチの娘、シャイだからさ。隣の部屋に住んでるわけだし、良かったら面倒見てやってくれない？　ああ、もちろんボクも、定期的に様子見に行くつもりだから、ね？』

後から確認の電話を入れたら明るい声でそう返されて、文句も言えずに月日は流れ……。

今日もまた、仁愛は俺の部屋に、当然のようにやって来ている。

これも俺の経験してきた厄介エピソードのうちの一つ。そして、現在進行形で取り組んでいる問題でもあるため、厄介度で言うと間違いなくティアI（ワン）に来る気がする。

今後、引っ越しを考えている人は、ぜひとも事前に不動産屋に確認してほしい。

敷金が返ってくるのかということと——子守をする必要があるのか、ということを。

ずりずりと、泣き言を喚（わめ）いていた仁愛を伴いながら冷蔵庫の方へ移動。

ペットボトルの水を取り出して、一思いに喉を潤す。さ、本格的な夕飯にするか。

「……罰の代わりにご褒美があれば、ニアも頑張れるかもしれないデス。例えば、ちゃんと学校に行った日には、チカが一緒にゲームをやってくれる、とか」

　ダイニングテーブルに戻ってくるなり、馬に人参(にんじん)作戦を馬の方から提案してきた。

「却下。アトリエの一日のスケジュールにおいて、FPSに割ける時間は存在しない」

　だいたい、なんで当たり前のことしただけで俺がご褒美やらないといけないんだよ。

「そんなかっこいいこと言っちゃって。どうせ、エロい絵描いてるだけのくせに」

　だとしても俺は何一つとして悪いことはしていない……海ヶ瀬(うみがせ)の件、以外は。

「つか、FPSのランクマッチ回す時はネット上のフレンドとやってるじゃないか」

　しかも、くっそハキハキ報告してたし。だったら、それなりに仲良(い)いんじゃねえの？

「……そのフレンドは一位取るための関係であって、友達じゃないデス。FPS以外の他のゲームで遊んだこともないデスし……それに、ニアはチカだから誘ってるんデスよ？」

　きゅぴんとウインクしてきて、さらにすり寄ってくる。屋上で海ヶ瀬に抱きつかれた時と違って微塵(みじん)も動揺しなければ、ときめきもしない。圧倒的虚無だった。

「断る。リアルの恋愛なんてただただ面倒くさいだけだし、それに、どうせお近づきになるならお前みたいに自堕落なガキじゃなく、自立したかっこいい女性が良い」

「む、ムカつく……ただ絵が上手(うま)いだけのオタクのくせに、要求だけは立派デスね。チカみたいなのばっかりだから、この国の出生率はいつまで経(た)っても上がらないんデスよ」

「主語でっか」そして俺に社会問題を押し付けるな。

「……だったら、学校で友達作りゃ良いだろ。ゲームしてる奴なんて、いくらでもいるだろうし。探せば他の趣味が合う奴だって見つかるはずだ」

「うっ」急に胸を押さえ、苦しむ素振りを見せる仁愛。よし、やっと離れたな。

「それができたら苦労しませんし……一から人間関係始めるのって、面倒くさいし、恥ずかしいし……もうグループとか、できちゃってるみたいデスし……」

「最後のはお前が配信にかまけて学校に行かなかったのが悪いだろうが。自業自得だ」

「う、うるさいうるさい！　正論なんて、聞きたくないデス！」

こ、こいつ……あまりにも、ダメ人間すぎる……。

「そうだ！　そんなにもニアに友達作ってほしいって言うなら、チカが連れてきてください。ニアと同じ趣味で、ニアのこと甘やかしてくれて、無条件でニアのことを好きになってくれるような人、そんな人をお願いしマス！」

「お前そんなんでよく俺に文句言えたなっ」

「ついでにＶＴｕｂｅｒやってる人なら、コラボ配信とかもできて最高デスね！」

「やかましいわ！」

今さら、それも、誰にするでもない答え合わせをするならば。さっきから、俺の目の前でくるくると喜怒哀楽を表現し続けている仁愛こそが――。

人気ＶＴｕｂｅｒ、『シリウス・ラヴ・ベリルポッピン』ちゃんの、その魂だ。

『そうそう。それでここだけの話なんだけどね？　ボクの娘、ＶＴｕｂｅｒ？ってのやってるから。イラストレーターやってる業界人のチカゲくんならわかるかな？　そんなわけで、なんかあったらよろしく！』

仁愛の存在を電話口で訊ねた際、同時に仁愛のダディは明らかに軽々しく言っちゃいけない話を、当時はまだ、ほぼ他人だった俺にしてきた。おまけに俺のことも仁愛にバラされていたせいで、初対面の時の仁愛の第一声は『あなたがアトリエとやらデスか』だったし――これ家賃安くなかったら逆に俺キレていいだろ。情報管理がザルすぎる。

にしても。俺の周り、ＶＴｕｂｅｒ（希望者含めて）が多すぎないか？

しかも、皆して一癖も二癖もあるし……まともなのって、桐紗くらいなんじゃや……。

『――デッサンモデルの件だけど。海ヶ瀬さんとあたしがお互い譲歩していった結果、無制限じゃなくて、一回だけってことになったから。以上、文句は聞かない』

……Ｄｉｇｃｏｒｄの通知音が鳴り、確認すると、ＶＴｕｂｅｒ制作用のチャットにわざわざ、その通告が書かれていた。

桐紗の頭の固さも、相当な癖だった。

【＃４】ガワ制作の裏ガワ

海ヶ瀬（うみがせ）からママになってほしいと頼まれたのと同じ週の日曜日、昼下がり。

多忙極まるアトリエときりひめが、どうにか二人ともまとまった時間を作れた日。

我々、海ヶ瀬ＶＴｕｂｅｒ（ブイチューバー）制作チームはその日、初めての打ち合わせを行った。


『私のためのＶＴｕｂｅｒ制作案　～決定版～』
○キャラ設定表
名前：雫凪（しずなぎ）ミオ　デザイン：アトリエ　２Ｄモデリング：きりひめ
年齢：十七　誕生日：八月二十四日　血液型：Ａ型
イメージカラー：ホライゾンブルー　ファンマーク：雫の絵文字
好きなもの・こと：グミ、料理、運動、アコギの弾き語り、ゴマフアザラシ
メインコンテンツ：雑談、ゲーム、面白そうな企画を考えて配信、歌などの音楽配信
活動場所：ＮｏｗＴｕｂｅ（ナウチューブ）　目標登録者数：さしあたり、十万人！
簡易紹介文：バーチャル世界の高校に通いながら、灯台管理人という職にも就いている。
清楚（せいそ）で真面目な頑張り屋。苦手なことにも、果敢に挑戦していく。

手元のA4用紙の束。海ヶ瀬が今日のためにブラッシュアップして持ってきた改訂版の企画書は、以前よりも欲しい情報が詳しく、かつ簡潔に書かれていた——清楚？　耳慣れない単語があったが、見なかったことにする。どんな理由があれど、マイクロビキニを他人に見せ付けようとする人間とは無縁の言葉だろう。

他は……概ね問題ないな。何周目かの再読を終え、ダイニングの方に目を向ける。

黒のトップスにジーンズという、カジュアルな服装の海ヶ瀬。

カーディガンにハイウエストスカートを合わせた、瀟洒(しょうしゃ)な出(い)で立(た)ちの桐紗(きりさ)。

学校では見ることとの無い、私服姿の二人が俺の部屋にいる。

「ここがアトリエ先生の家……いつぞやの取材記事にも書いてたけど、本当にコーヒー豆集めてるんだ。ちゃんと容器に入れて、几帳面(きちょうめん)だね」

「アトリエがよくできてるって言うから心配はしてなかったけれど……良(い)いじゃない。というか、素人でここまでできるなら上出来。やるわね、果澪(かみお)」

「あっ！　これ、アトリエ先生が一番最初に出した同人誌じゃんっ。最初のは持ってなかったんだよね……あの、相談なんだけどこれ、売ってもらうことって……」

「褒めてんだから聞きなさいよっ」

指摘を受け、ちょろちょろ部屋を物色していた海ヶ瀬はダイニングチェアに着席した。

ご覧の通り、気兼ねしなくて良いし、それなりに片付いているからという理由で俺の部屋が打ち合わせの場所に選ばれたわけだが、さて――。

「一応確認しておくんだけど、この『好きなもの』に書かれてる内容は、キャラ付けじゃなくて本当のこと？　海要素強めるために、アザラシ好きってことにした感じ？」

「ううん、違うよ、ほんとに好きだから……ほら、スマホの壁紙もゴマフアザラシにしてるし、Ｄｉｇｃｏｒｄ（ディグコード）のアイコンだってそう。可愛（かわい）いでしょ？」

「まあ、可愛いっちゃ可愛いけれど……わかったわ。じゃあ、この苦手なことにも挑戦するってのは、具体的に言えばどういうものを想像してるの？」

「それは……わかりやすいところでいくとホラーゲームみたいに、怖い系のものかな。そういうの、ちょっと苦手だから。ほんのちょっとね」

「……ちょっとなら、そうでもないってことかしら。じゃあ、今からあたしが百物語し始めても、ちょっとだけ耳塞ぐくらいで済ませられるってこと？」

「て、訂正します。怖いもの、すごく苦手です……だからほんと、やめてね？」

「……この話を聴いた人は、もれなく一週間以内に呪われるんだけど……」

「…………」

「ごめん、冗談よ、そんなに嫌ならしないって……ほら、拗（す）ねないで」

質疑応答が雑談に転じていた辺り、企画書の中身も頭に入りきった頃と思っていいだろう。そろそろ本格的に今後どうしていくかとか、具体的な相談をしたい。

「企画案はほとんどこれでいいとして、後はそれを基に俺がキャラデザをやって、さらにそれを基に、桐紗がモデリングをやる。至って簡単な流れだが、今後は逐一、進捗の共有をするようにしてくれ」

……こうしてわざわざ俺から話を振ったのは、今回のプロジェクトに対してのまとめ役を俺が担うことにしたからだ。

『この手の複数人での仕事は、リーダーが一人決まっている方が緊急時の混乱を防ぐことができるんだ』かつて合同同人制作に参加した際、年上の代表役を担ったイラストレーターの人が、そう話していた——ちなみにその時は何人か原稿を落としたようで、その人は大変なことになっていた。貧乏くじじゃねえか。

とはいえ、その役割を海ヶ瀬に任せるのは荷が重そうだし、かといって、巻き込んだ桐紗に丸投げするのは気が引ける。

よって、俺。ほぼ消去法チックではあるが、丸く収まるなら我慢すべきだろう。

「んで、まずモデリングの部分のために言っとくべきことは——パーツ分けの件だな。やり方はわかってるつもりだが、後になってから問題が発生するのも面倒だ。だから、都度都度で桐紗には質問させてもらうが……問題無いか？」

「ええ、了解。どれくらいの期間で提出できそう、とかはイメージできる？」

「やってみないことには、なんとも。ただ、なるたけ早く送るつもりだ——GW前くらいに出せるように頑張ってみる。先延ばしになったら、そのぶん全員が困るからな」

パーツ分け。知らん人間が聞いたら意味不明な文言だが、この作業は非常に重要だ。

これから俺は本格的にＶＴｕｂｅｒ(ブイチューバー)、雫凪(しずなぎ)ミオちゃんの立ち絵や三面図――前、横、後ろから見た時にどう見えるか説明するための絵を描いたりするわけだが、しかし、それをそのまま渡してもＶＴｕｂｅｒとして滑らかに動かすことは難しい。俺がきりひめに渡す立ち絵は、髪や目や衣装やら、動かす部分ごとで細かく分けて提出する必要があった。

わかりやすく言うなら、買ったときのプラモデルみたいな感じだろうか？

アトリエがメーカーで、きりひめがユーザー。断片的に分かれたパーツを俺が生産し、作り手の桐紗(きりさ)が組み上げることで、最終的な形になる。よって、そもそもパーツが分かれていなかったら動かすことはおろか、完成させることすらままならない。

普段と違った趣の仕事だが、失敗が許されない大切な仕事って点は、同じかもな。

「次、企画書担当の海ヶ瀬(うみがせ)に、一個だけ言いたいことがあるんだが――この『キャラデザ希望として、私の面影を感じるデザインにしてほしい。なんなら、あのサキュバスの娘のイラスト、そのままでも良(い)い』……って、これはなんだ」

「いやまあ、せっかく似てるわけだし使ってもらおうかなって思ったんだけど、ダメ？」

「ダメに決まってるでしょうがっ」

光を思わせる早さ。誰よりも先に、桐紗がＮＯを突きつけていた。

「清楚キャラって書いてるのにサキュバスのイラストそのまま使おうって、どう考えても矛盾してるわ。それに、最初のキャラの属性を、そういう感じで売り出したら……」

「ま、服装も相まって、センシティブとは切っても切り離せなくなる気はするな」

決定的な発言を聞いた桐紗は「分別の付く大人ならともかく高校生なんだから、それはちょっと……」などと、ぶつくさ文句を言っていた。属性がサキュバスなだけならどうとでもなるような気はするが、とはいえ海ヶ瀬果澪本人を無断でモデルにしたという後ろめたさが拭えない以上、これについては俺も反対という立場を取らざるを得ない。魂のビジュアルにガワを寄せる、というのは割かしあることなのかもしれないが、あのサキュバスの娘はあまりにも似すぎているし。

「……最終的なデザインが、どう転ぶにせよ」

加えて。俺からは、もっと細かい点に対する意図を聞きたかった。

「身長体重とか体型とか、描くうえで必要になってくる情報くらいは教えろよ。そこまでやるのも、クライアント側の仕事だぞ」

割かし作り込まれた資料の中で、キャラデザ箇所だけはなんだか、さらっとしている。

服装に対しての希望や拘り、付けさせてほしいアクセサリーとかマスコットキャラがいるかいらないかとか、身体周りに至っては一切書いていない。アトリエ先生に任せます、とだけ書かれている——お前は実家で夕飯何がいいか聞かれた時の俺か。なんでも良いってのが一番困るんだよ。

「あー……じゃあ、今この場で言うね。上から八十三……」「ちょ、はあ!?」

スリーサイズが羅列されそうになって、ある種怒声にも似た音が、それを阻んだ。

「び、びっくりした……山城さん、どうかした？」

「ねえ、果澪には恥じらいみたいなのってないの？　普通そういうのって、口にするのが憚られるものだと思うんだけど！　……ああ、そういえばアトリエのファンって言ってたわねっ。露骨に影響、受けちゃってるわね！」

人を有害コンテンツ扱いするな。本人がここにいるんだぞ？

「そりゃ、私にも慎みの心はあるよ。例えば——いきなりパパ活の疑いをかけられたり、布面積が少ない水着姿を見られたりした時なんかは、いくらなんでも恥ずかしいし」

「そんな機会、現実にあるわけないでしょうが！」

……やっぱり有害コンテンツかもしれない。でも、信じてください。俺はR18イラストは描いたことないんです。コミケで黒塗り修正食らったこともないんです！

「つーか、そんなにきっかり自分に合わせたいのか？　名前からして思ってたが、いくらなんでも自己投影しすぎじゃないか？」

「え～？　アトリエって名前で活動してる亜鳥くんが、そういうこと言うの？」

話を変えたい一心で口を挟んでみたが、正論に制されてしまった。

「言われてみれば、そうだな。じゃあいいや、どうせなら合わせよう」

「……千景が果澪のスリーサイズ知りたがってるだけじゃないの？」

「それもある」

「キリッと顔で言えば許されると思ってんじゃないわよっ」

「そういや山城さんだって、そうだね。きりひめだし、バリバリ自己投影してるよね？」

「そ、それは、その……あたしに振らないでよ」

「……そういえば、きりひめちゃんの胸は結構慎ましやかだったけど、そういうのも山城さんの願望込みだったりするのかな」

「……海ケ瀬、きりひめの雑談配信とか聞いたことあるか？　きりひめ先生は自分のこと貧乳って言ってるんだぞ。どう考えたって、本人の意向反映されてるだろ」

「え、そうなの？　……悪いとはまったく思わないけど、なんだか大変そう」

「わざわざ隠してるあたり、本当にコンプレックスなんだと思うぞ」

「どうして最終的にあたしの話になってるのよ！」

バン！と大きめの台パンの音が鳴る。埒が明かないな、これじゃ。

「わかったわかった。じゃ、そんなに共感性羞恥が気になるなら、桐紗は耳でも塞いでればいい。ほら海ケ瀬、メモするから数字教えろ」

「おっけー……それに身体の雰囲気は一回見せてるから、たぶん補完しやすいよね」

「…………ねえ？　一回見せてるって、なに？」

「ま、待て桐紗、拳を握り締めるな。これにはマリアナ海溝より深い事情があって……」

▼雫凪ミオ、パーソナルデータメモ（ビジュアル周り編）
身長：百六十三センチ　体重：四十八キログラム
スリーサイズ：八十三（D）・五十八・七十九

俺が主だって話を進めていたわけだが、とはいえ俺はVTuberでもなければ、推しているVTuberがいるわけでもない。業界について言うなら、素人に毛が生えた程度。よって、よりディープな話をする場合、桐紗にバトンタッチすることになる。

「目標チャンネル登録者数、十万人って書いてるけど……結構難しいわよ」

リビングの端に配置された俺の作業デスク付近。きりひめ先生の指示を受けモニターの前に三人揃って集まった途端、いきなり残酷な現実が突きつけられた。

「だろうね。『VTuber　人気になる方法』って検索したら、どのサイトでも今からは難しいって言ってるし」

「それに個人って付け加えてみなさい。余計に無理になるから」

別に嫌味を言っているわけじゃなく、間違いなく、桐紗の言葉は正しい。

明確に人気を――数字を追い求めるとなると。それも、なんの後ろ盾もない個人勢ＶＴｕｂｅｒが知名度を得ようとなると、その道のりは高く、険しいものになる。

目標登録者数、十万人。海ヶ瀬（うみがせ）が掲げていた目標は立派だし、圧倒的な知名度を誇るアトリエときりひめが絡んでいるからには、実現させてやりたいとも思っているが――とはいえ、競争激しいレッドオーシャンであることは、肝に銘じておくべきだろう。

「知ってると思うけど、今人気のＶＴｕｂｅｒは、ほとんどが事務所に所属してるわ」

言いながら、桐紗はぱっと出てくるような有名事務所の名前を口にしていった。

個性的で奇抜な人材が多く集まっている老舗『あるふぁ・べーた』。

歌って踊れるアイドルＶＴｕｂｅｒ事業が人気の『Ｆｒａｇｍｅｎｔ（フラグメント） Ｓｔｒｅａｍ（ストリーム）』。

ｅスポーツ事業を盛り上げるのに事務所単位で大きく貢献している『エクス・マキナ』。

大勢が知っているようなビッグネームが続々と並べられた後で、結論。

「企業が運営している事務所には――箱には、ある種一定の信頼と面白さが保証されているわ。だからこそ視聴者も安心して推しやすいし、知名度だって段違いになる」

「広告宣伝だって、事務所の人にやってもらえるもんね」

「その通りよ。だから、そこに個人が割って入ろうってなったら実力とか運とか、他にも色々なものが必要だと思うわ……じゃあ、これを見なさい」

待っていたと言わんばかりに、桐紗はとある配信サイトの、とあるチャンネルを開いた。

『ｗｔｆ！　えっ、マジで今のスナイパー上手すぎじゃない？　今日の妾、くっそ強いんだけど！　エイムあったまりすぎっしょ、明日からプロ名乗って良いか～？』

「おい待てストップ」

子どものような甲高いはしゃぎ声が俺の部屋に垂れ流され、見ると、配信画面の右下にはこれまた見覚えのある、紫髪のキャラクターが映し出されていた。

シリウス・ラヴ・ベリルポッピン。彼女はきりひめがママを担当しているだけあって、素晴らしいデザインになっている。幼げな風体は銀河を思わせるマントと軍服ワンピースという吸血鬼らしい衣装に包まれていて、どことなく生意気そうな表情を飾っている。星の下を生きるロリ吸血鬼というコンセプトを表現するべくあしらわれた星形のアクセサリーや、ほんの少し覗かせる八重歯が、王道さと新鮮さを両者、内在させる。

やはり何度見ても可愛らしくて、しかも印象に残るビジュアルだった。

流石きりひめ。イラストレーターとして目指している方向性は違えど、やはりお前はアトリエの理解者であり、永遠のライバル。これだけの才能を見せ付けられたら、そりゃ俺も日夜頑張らないとなと、思って然るべきだろう。

……でも、なんでシリウスちゃんの配信開いた？　意味がわからなくなった俺はすぐさま桐紗の右手に自分の右手を被せて、そのままマウスの主導権を握り返す。

「な、なんで止めるのよ。言っとくけど、これは生きた教材よ？」

「だとしたら、話の流れがおかしいだろ。どうして海ヶ瀬に勉強させようとして、自分の推しの放送アーカイブを流そうとするんだよ」

「それは……て、手が」

なかなか答えが返ってこない。まさか、ただただ布教しようとかは思ってないよな？

「……あれじゃない？　山城さんはたぶん、シリウスちゃんは個人ＶＴｕｂｅｒで人気があるから、参考にできるところがあるんじゃないかってことを言いたいんだと思う」

「そ、そう、その通り。果澪、あんたもわかってるじゃない！」

桐紗は俺の手をぶんと払いのけながら、正解！と言わんばかりのテンション。

一方の海ヶ瀬は、ほんの少しだけ伏し目がちになっていた。

「……いつの間にか山城さん、私のこと名前で呼んでるよね」

「え、ダメ？　クラスメイトなんだし、いつまでも苗字呼びじゃ距離があるでしょ？」

桐紗は本当に自然に、なんてことのない顔で、そう言った。

「そう……だね。確かに、そういうものなのかも」

言われた海ヶ瀬はぽしょりと返事をして、モニターの方に向き直った。

海ヶ瀬からすると、桐紗がいきなり肩を組んできたように感じたのかもしれない。

ま、距離感は人それぞれだしな。俺がとやかく言ってもしょうがない。

「自分が好きなことやってるうちに自然と人気になるのが理想だし、果澪もそう思ってるんでしょう？　……でも、そのためには自分は何が好きで何が得意なのかとか、それをどうやって知ってもらうかとか、そういうの、具体例込みで考える必要があると思うの」

「……シリウスちゃんが、私が目指すべき姿ってことかな」

「そう、その通りよ！」

かちと、桐紗は俺の手の上からそのまま、配信アーカイブの再生ボタンをクリックした。

【Ａｒｔｉｆｉｃｉａｌ　Ａｒｍｙ】今日こそランク一位になるぞ！【ＳＬＢ】

『ＯＫ聞いて。ラスト三部隊だけどどっちのパーティも一人欠けてる、妾たちは絶対戦闘しなくて良いからな？　いっちゃん大事なのは戦わないこと、死んじゃダメだからな！』

『――よし、キルログ流れたから突っ込もう。妾に付いてきて――Ｈｏｌｙ　Ｓｈｉｔ！　妾強すぎ、一人やった！　一回アーマー回復するから右側見といてほしい！』

『――よっし、やったあああっ！　勝った、ナイスナイス！　そんで、これマジでいったっしょ？　一位なったっしょ？　うわあ……やばい、なんか泣きそうになるんだけど』

「初めて世界ランク一位になったときの配信。これ、何回見ても泣けるわね……」

Ａｒｔｉｆｉｃｉａｌ　Ａｒｍｙ。通称ＡＡ（ダブルエー）は基本プレイ無料のバトルロイヤルＦＰＳで、ＰＣだけでなく家庭用ゲーム機でもプレイできることもあってか現在、日本で最も浸透しているＦＰＳゲームとなっている。

なおかつ、ＦＰＳ猛者であるシリウスちゃんが今一番熱心にランクマッチを回しているゲームだが——どうやらこの瞬間は、シリウスちゃんの視聴者にとって名場面中の名場面らしい。チャット欄は目で追えないくらい、すさまじい速度でコメントが流れている。

スパチャにメンバー（そのチャンネルのファンクラブ会員のようなもので、サブスクと呼ばれたりもする）登録通知。メンバー限定スタンプの連打や、その他コメント。

強すぎだのＧＧだのグッドゲームだの、ｏｍｇだのｗｔｆだの。

日本語と英語。コメント欄は二つの言語で、大いに盛り上がりを見せていた。

「あたしね。この放送見て、ああ、この子のママになれて良かったなって、心の底からそう思ったの」

「……なんか始まったんだけど、これって聞かないとダメな話？」

「今後のために教えておくが、桐紗はシリウスちゃんのことになると、だいたいこうなる」

「目標のために一直線に頑張る人の一番の力になれたんだって、すごく感動したの……最初は本当に本人がＦＰＳプレイしているのかって言われたり、やっぱり飽きたって理由で十分くらいで配信枠ぶつ切りするの連発してプチ炎上したこともあったけど、でも、今は人気のＶＴｕｂｅｒになれてるし、ほんと、そういうの考えると……」

ちーんと、おもむろにポケットからティッシュを取り出し、鼻をかむ桐紗。

静聴を余儀なくされていた海ヶ瀬は、その様子をまじまじと眺めるだけだった。

きりひめがシリウスちゃんを推している最大の理由はやはり、ママだから。

試験的に、自分の手でＶＴｕｂｅｒのキャラデザとモデリングをやってみたいから募集しますとＴｍｉｔｔｅｒで呼びかけた際、一番最初に頼んできたうえに提出資料に興味を惹かれたのが、シリウスちゃんだったらしい。最終的には実際に通話してやり取りを行ったうえで、仕事を請け負うに至った、とのこと。

そういった背景もあってか、今日まできりひめは——桐紗はずっとシリウスちゃんのことを応援し続けているし、配信も欠かさず見ているし、自分でファンアートも描くしハロウィンや正月には限定衣装も積極的に仕立ててあげている。

……いくらママとしての立場とはいえ、ここまでするのはシリウスちゃんが好きだからこそ、だろう。他のＶＴｕｂｅｒに比べても、手厚い対応だとは思う。

「……ねえ、山城さん」

「どうかした？」

「その、あんまりこういうこと、聞いちゃダメだと思うんだけど……山城さんって、シリウスちゃんの魂と会ったことあるの？」

「…………」

「あ、ごめん。やっぱり答えられないよね」

「いえ、そうじゃないいんだけど……」

言われた途端、桐紗はフリーズ気味になってしまった。

俺もまた、隣人に思いを馳せる。

――今日は大切な仕事があるから、夜まで絶対俺の部屋に来るなよ。絶対、だぞ。

――はい、ＯＫデスよ。じゃあその代わり、今日の夜は焼肉でお願いしマス。

――その代わりって言葉の使い方、絶対間違ってるだろ。

「はあ〜〜〜〜〜〜……」「どしたの亜鳥くん」「ああいや、気にするな……」

クソデカため息の理由を説明できないのが、何より口惜しかった。

「果澪。一つ言っておくけど……ＶＴｕｂｅｒとその魂は、別物なの。大前提としてそこを理解した上で、両者をイコールで繋いじゃダメ……あたしが言えるのは、それだけよ」

ふっと乾いた笑いを見せた桐紗は、画面上のシリウスちゃんのことを見つめ、黄昏れていた。見たくないものに蓋をするかのような、そんな風にすら見えてしまう。

「イコールで繋いじゃダメ、ね……」

言われた海ヶ瀬も桐紗の言葉にピンときていないのか、復唱するだけだった。

ま、VTuberという存在の性質上、この件を長々と話すのも野暮だろう。

「で？　この放送を見て、何を学べば良いと？」

聞くと、桐紗の方もさっきの話を無かったことにするように乗っかってきた。

「これだけは負けないってものが必要だと思うの。たとえばほら、シリウスちゃんで言うところのゲームテクニックとか、長時間配信できる持久力とか、海外視聴者取り込めるくらいの英語能力とか。そういう武器があれば、とりあえずは土俵に立てると思う」

「……武器、か」発言に対する理解を深めるべく、俺はキーボードを打鍵し、シリウスちゃんファンの有志によって作られた、非公式ファンサイトを開いた。

【シリウス・ラヴ・ベリルポッピンは星読みの吸血姫VTuber。略称はシリウス(Sirius)・ラヴ（Love)・ベリルポッピン（BerylPoppin）から取ってSLB。どのゲームも達者だが、特にFPSはプロレベルの腕前。元々日本にいなかったらしく、難しい漢字を読むのは苦手。趣味はゲームと野球観戦と星を見ること。二〇二二年三月、配信サイト『Twilight』のチャンネルフォロワー数が百五十万人を突破した】

こうして見るとこいつ、すごい奴なのかもしれない。『Twilight』というゲーム実況が盛んな配信サイトの中に限定すれば一番フォロワー数が多いVTuberで、先月の総配信時間は百五十時間を超えていて——これもう学校いる時間よりも長くね？

「果澪に、そういうのはある？」

「うーん…………あ」思い出したかのように、ぱちんと両手を叩く海ヶ瀬。

「音楽は、結構好きだよ。ピアノとかアコギとかその辺もできるし、ＭＩＸのソフトもちょこっとだけは触ったことあるし」

「へえ、そう……」腕組みする桐紗。相変わらずの仕草に俺の心中はそれすき派とそれやめろ派が戦っていたが、今のところはそれすき派が優勢なので、指摘しないままでいる。

「じゃあ、初配信までに歌ってみた動画を一本作りなさい。任せたわ」

「うん、りょうかい…………じゃない！」

綺麗なノリツッコミに、俺の低俗な思案はぶっ飛ばされた。

「え、任せたって言った？　そんな簡単に言ってくれて、私、全然素人なのに！」

「素人かもしれないけど、そんなのはどうでもいいわ。大切なのは真摯に、それでいて一生懸命に努力できるかどうかってところ……お願い、果澪。初配信前にその手の動画があるのとないのとじゃ、話題性の広がり方もきっと違ってくるはずだから……ね？」

歌ってみた動画兼、ＰＲ動画、のようなものだろうか？　確かに、有名なＶＴｕｂｅｒの中にはデビュー後、すぐに歌ってみた動画を投稿している人もいたっけか。

もしも海ヶ瀬が可能なら——宣伝として、それなりの効果は見込める気はする。

「でも、そ、その……急に言われても心の準備ができないというか」

「大丈夫よ。果澪なら、きっとできるって」

海ケ瀬の両肩に自らの両の掌を置いて、少しだけ低く、しっとりとした声で懇願する桐紗。桐紗の声、というよりはきりひめの声に近い声——言うまでもなく、良い声だ。

「……それに、最悪果澪の歌唱力がたいしたことなくても、サムネとかなんとなくの雰囲気とかでいくらでも誤魔化せるわ。だからまあ、そんなに肩肘張らなくても大丈夫よ」

「け、結構最悪なこと言ってない？」

ごちゃごちゃやってる二人を尻目に、俺はふと思う。

……既存の人気VTuberを参考にするって言うならば、きりひめの配信も充分参考になるのでは、と。

「亜鳥くん？」「千景、どうかした？」

俺は再びマウスを握り、別タブに切り替え、きりひめのチャンネルを閲覧した。


【お絵かき雑談】四月初めての配信【リク絵消化】

『みんなは最近どうなの？ 元気？ ……普通、元気じゃない、元気、仕事が辛い……そっか。ちなみにあたしは、元気な奴が憎いわ。色々事情があって、最近はバカみたいに忙しいからね……忙しいのは良いこと、だって？　まあ、そうね、忙しいってのは、その間は食いっぱぐれないとも言い変えられるから、一見すると良いことなのかもね』
『でもね？　みんなだって、宿題とか仕事が自分の管轄外から隕石みたいにぶっ飛んできたら嫌になるでしょ？　今のあたしの状況って、ほとんどそんな感じなのよね……あ、レインさん、スパチャありがと』
『「冥恋」の新刊、もう買ってくれてる人多いのね、ありがとう……あ。次の朗読配信は新美南吉の「ごんぎつね」にするつもりだから、日どりが決まったら告知するわ』
『あ、そうそう。それで、前話したラーメン屋さんの話なんだけど……』

静々と、それでいて堅苦しくない、聞いていて安らげる声が部屋に響いていた。

……この表現が正しいかはわからないが、きりひめの配信はどこか実家のようだった。落ち着いていて、穏やかなコミュニティ。荒れているところはほとんど見たことが無いし、挨拶以外に流れてるコメントを見る感じだと、社会人の視聴者が多そうだ。

加えて。画面に映っている桜色の髪をハーフアップにし、着物に身を包んだきりひめのガワは当然のように美しいし、配信時の画面やその他、目に付くUIすべてが、和風の要素で統一されている。きりひめの趣味や持ち前のセンスの良さが、これでもかと発揮されている。たまにしか配信を覗かない俺でも人気であることが頷ける、そんな配信だった。

「山城さん、きりひめ先生として配信する時は、ちょっと普段と声の雰囲気違うよね。やっぱりVTuberやってる人って、そういうの気を遣ってるのかな」

「海ケ瀬も地声からずらすつもりなのか？　だとしたら、喉のケアは必須らしいぞ」

「あー……やっぱり普段出さないような声だと、疲れやすかったりするのかなぁ……あれ、山城さん、どうかした？」

　いつの間にか、桐紗は両手で顔を覆っていた。

「……死にたい」

「なんだ、恥ずかしいのか？」

「あ、あ、当たり前でしょっ。家族にも見ないでって言ってるものを、がっつり目の前で知り合いに見られて、あまつさえ感想言われて……」

「そうか」その恥ずかしがる顔を見て、俺はまた沸々と、悪戯心が湧いてきてしまう。

「……こないだの朗読は良かったな。『銀河鉄道の夜』なんて随分前に教科書でしか読んだことなかったが、きりひめの声を通すことで、すんなり情景が頭に思い浮かんだよ」

「な、なんで見てるのよ。というか、やめて、褒めないで、喋らないで、もう許して」

『カムパネルラが手をあげました――』

「果澪は果澪で、黙ってその配信流すなあっ！」

　その日以降、桐紗の前できりひめの配信を流すのは禁止になった。

【＃5】ものぐさヴァンパイアに友人を

『ミオちゃんの三面図とパーツ分けした立ち絵、共有ドライブに送っておいた。問題があったら報告してくれ』

『早いわね。了解』

『ありがとう、亜鳥くん。それと、おつかれさま』

Ｄｉｇｃｏｒｄ内でのチャットのやり取りの最後には、ゴマフアザラシが『お疲れ様』と言いながら前ビレをぶんぶん振っているスタンプがついていた。そんなのあるのか……。

「はい」「さんきゅ……ほら、箸」「ありがと」

食堂の配膳カウンター付近でスマホの画面を眺めていたら、一緒にやってきた桐紗から水を渡された。代わりに俺はカウンターの箸置きから一膳、桐紗のトレーに置いてやる。

……綺麗な役割分担だったが、別に、常日頃から一緒に食っているわけじゃない。今日もまた桐紗の友人が部活に持ってかれてしまって「ねえ、たまには学食に行ってみない？」と桐紗に誘われて、今日に限っては特段の断る理由も無かったので黙々とやってきた。

「お疲れの様子ね。授業中もうつらうつらしてたし、いつにも増して目つきが鋭いし」

「……あんまり寝てないからな」

俺の家での打ち合わせから一週間ほどの時が流れ、今はもう四月の下旬。

そんな短い期間で、既存の仕事と並行しながら雫凪ミオちゃんのデザインの仕事も頑張ったわけだが……その代償は小さくなかった。持病の腱鞘炎は悪化するわ腰は痛いわ寝不足だわで満身創痍。こうも疲労が溜まると、流石に少しくらいは休みが欲しいなと思ってしまうくらい……まあ、無いんですけどね。ははっ（白目）。

「……あいつ、あんな端っこで食ってるのか」

「それで人だかりができるんだから、すごい存在感よね」

俺の注文したカレーと桐紗の醤油ラーメンが、ほぼ同じタイミングで渡されて。

二人してトレーを持ちながらどこに座ろうかとうろうろしていたら、隅っこのテーブル席に見知った背中を発見した――レペゼン比奈高、海ヶ瀬が座っている。

そして、その海ヶ瀬のテーブルを囲むように、女子生徒が三人立っていた。

ゆるっとしたロングヘアの露木。前髪を上げたショートカットの財前。

そして三人目は――黒髪ワンレングスボブが似合う長身の女子。扇谷。

去年までのクラスが被っていたこともあり、一応俺は全員と面識はあった。

しかし雰囲気的に、どうも仲良く食事、という催しではなさそうだが、さて……。

「暇潰しにでも、やってみない？　うちのバスケサークル、そんなガチでやってるわけじゃないから初心者でも始めやすいと思うけど。海ヶ瀬さん、運動神経良いみたいだしさ」

「実を言うと生徒会から睨まれてるの。そろそろ練習試合でもなんでもして実績作らないと、監査だかなんだかが入っちゃうの！　ヤバいの、激ヤバなの！」

「お願い海ヶ瀬さん……どうしても、ダメ、かな……？」

なるほど、どうも熱烈勧誘の最中だったらしい。

「なんでバスケ部に人集まらないんだろうな。危機感足りないとか、問題があるとか？」

「……玲なら真面目に部活に取り組んでるし、今日だって、あたしとお昼食べる時間を削ってまで、部員の勧誘してるのよ？　不運だけど、そういう世代ってだけでしょ」

玲、というのは扇谷の下の名前だ。桐紗と扇谷は特に仲が良く、ここ最近桐紗のソロ昼食が多いのは、こうして、扇谷がバスケ部のために奔走しているからだろう。

……他人の俺でも、早いとこ勧誘が成功すれば良いな、とは思うが。新一年ではなく海ヶ瀬に白羽の矢を立てている辺り、まだまだ苦戦が続いているのかもしれないな。

「……大変だな、お前らも」

「うわ、亜鳥じゃん」「あとりんだ」「亜鳥……」

声をかけると、バスケ部三人から共通して、石の裏にダンゴムシがいるの見ちゃった、みたいなリアクションを返された。ひどない？　俺が何したって言うんだ。

「言っとくけど、頼まれてもデッサンモデルだかなんだかはやらないからね」

……広まりすぎだろ、その話。逐一対応するのも面倒くさくなってきた。モデル頼んだ奴には他言無用って言っときゃ良かったかな。

「生憎だが露木、デッサンモデルは禁止されたよ」

「や、やっぱりそういうのって、裸にならなきゃダメなの？」

「どうして財前の中のデッサンはヌード限定なんだ……校内でできるわけねえだろ」

「千景、話が逸れてる。それで、果澪はバスケ部に入るの？」

桐紗の口調は勧誘していたことを断定するものだったが、やはり合っていたらしい。バスケ部三人組から否定は挟まれず、その場にいた誰しもが、海ヶ瀬の答えを待っていた。

「あー……その、ごめんね。ちょっと今、絶対にやりたいことがあるから、無理かな」

ただ、最終的に海ヶ瀬は丁重に断りの言葉を送った。

「できれば全部の時間、それに使いたいから。そうしないと、ダメな立場なんだよ」

意志の強さを感じさせる理由付けに、背景を知っている俺と桐紗は目配せしてしまう。

複雑な気分ではあった。心意気としてそう思ってくれるのは、こっちとしては嬉しいこと。なんなら、頼んだ側としては当たり前なのかもしれない。

ただ。もしもそれを理由にバスケ部女子からの頼みを一蹴しているならば、それはなんか釈然としないというか。

……海ヶ瀬が本当はバスケ部入りたいなら、別に遠慮しなくていいんだけどな。

「わたしは」ただ。海ヶ瀬は確かに断ったはずだが、扇谷がずいと一歩前に出た。

「わたしは……他でもない、海ヶ瀬さんに入ってほしいと思ってる。いつも一人だけど、体育祭みたいな学校行事とかは真剣にやってくれるから……だから……」

扇谷の切れ長の瞳は、ただ唯一、海ヶ瀬のことだけを見据えていた。か細くて小さな声ではあるものの、真に迫るような粘り強さと意志の強さはしっかりと伝わってくる。

「……ごめん。私にも、事情があるから」

ただ、二度目の拒否は早かった。

「それに、バスケットは苦手なの」

「……先週体育でバスケやった時、あれだけ動けてたのに？」

「それは……」

「わたしには、あの時の海ヶ瀬さん、楽しそうに見えたけどな……」

「……」自分の弁当箱に視線を向けて、海ヶ瀬は黙ってしまった。

「……ごめん、しつこかったね。それじゃ……」

これ以上の説得は厳しそう。感触の悪さと共に微妙なムードを感じたのか、露木と財前はしょうがないなといった様子で踵（きびす）を返した。扇谷も続くように、桐紗と一言二言交わしてから学食を去ろうとする。

「亜鳥（あとり）……」

だが、何を思ったのか扇谷は去り際に俺の方に近づいてきて、耳打ちしてきた。

「海ケ瀬さんには断られちゃったけど、わたし、諦めないから……」

……なるほど。一応報告だけでもしようと、そういうことか。

「その様子だと部活、続けることにしたわけだな」

「うん。それと……こないだはその、ペットボトル投げつけて、ごめん」

「気にするな。こっちはお前のおかげで、また一段高みに上がることができたからな」

「そ、それは、よくわからないけど……協力できたなら、良かったよ……」

そう言って、扇谷ははにかんでから、学食の出入り口の方に向かっていった。

「ねえ」桐紗の低音ボイス。背中に視線が突き刺さっているのを確実に感じて、まだ一口もカレーを食べていないのに、じんわりと全身に汗が広がっていく感覚に襲われる。

「もしかして、玲にもデッサンモデル頼んだのかしら」

「……ま、まあ、うん、そうだな……」

だってその、俺が描こうと思ったキャラの体型と、イメージぴったりだったので……。

……ほら。桐紗に見せたあの銀髪バニーガールのイラスト、良く描けてただろ？

「だから、扇谷にモデル頼んで実際に描いてる途中、向こうから話を振ってきたんだよ。バスケ部に一向に人集まらなくて、勧誘も上手くいかなくて、いっそ辞めちゃおうかなって思ってるんだけど、どうしたら良いと思う、ってな——そこまで親しい間柄じゃないからこそ、中立の立場で意見が貰(もら)えると思ったんだろうな」

「それで？」

「具体的なことは何も言ってない。自分がどうしたいのかを考えて、他の部員たちと話し合って、それで決めれば良いんじゃないのか？　って。後悔しないような選択ができることを陰ながら祈ってるって、それだけだ」

「……なるほど、へえ、そういう手口で近づいたと」

「人聞きが悪すぎるっ」

「興味があるのは女の子の身体(からだ)だけって言ってたくせに……嘘(うそ)つきね」

「そ、それはそれでお前突っかかってきてなかったか？」

というわけで、バスケ部勧誘の一件が終わり――断りを入れてから俺と桐紗は、海ヶ瀬の座っていたテーブルに同席させてもらった。どうもソロで食ってるみたいだったし。

「……玲はともかく」

桐紗は醤油(しょうゆ)ラーメンに胡椒(こしょう)をかけ終えてもなお、隣に座っている俺へ苦言を呈し続ける。

そういや前、座る配置がどうこうって話してたけど、今はどうなんすかね……。

「千景(ちかげ)の無駄にコミュ力高くてお節介焼くところって、どっちかって言うと短所なのよね。そのせいで場合によっては女の子を勘違いさせるし、面倒くさい女の子を呼び寄せる体質してるし、盗聴器事件の相手も女の子だったし……」

「俺のどこがお節介なんだ……しかも、お前が言うのかよ」

「あたしの場合は相手選んでやってるから、お節介じゃなくて打算的って言うの。逆に千景の場合は誰彼構わずだから、本当にタチが悪いわ」

んなこと言い出したら俺だってデッサンモデルのためにリアル女子を利用しているだけだし、桐紗お前も大概面倒な女だろうが……というのは思うだけにして、反論もやめた。別に喧嘩したいわけじゃないし、何より寝不足だから、やりあうだけの気力も無い。

「……海ケ瀬は弁当なんだな」「うん。自炊、好きだから」

「なのにわざわざ学食に来てるのね」「それは……教室は、ほら。賑やかじゃん？」

「ああ……なんとなくわかったわ。果澪も大変ね」

VTuberの件ですっかり忘れていたが、そういや海ケ瀬は高嶺の花的存在だった。クラスメイトの、特に男子の興奮が完全に冷めるまでは、適切な距離を置こうという判断なのかもしれない。なんせ当人が隣にいるのに平気で褒め散らかす連中ばかりだったし。

「……果澪ってさ。もしかして、注目されたりするの、苦手なの？」

「苦手……苦手かもね。それに、身構えちゃうかな。だって、口で何を言われても、相手が本当はどう思ってるかなんてことは、わかんないから」

「……そう、ね」

深いようで、当たり前のことだ。だから人はコミュニケーションを取ってお互いを理解しようとする。友達や恋人など、明確な関係性の定義によって親交の深さを測ろうとする。

そして、それは元来寂しがりな人間ほど、顕著な傾向を見せるもので……。

……仁愛、今日はちゃんと学校来てるだろうか？

「あ、そうだ、せっかくだし……イラスト、見たよ」

それから。

思い出したかのように海ヶ瀬のテンションは高くなって、きょろきょろと、周辺の席に誰もいないのを確認してから、手に持った自分のスマホに雫凪ミオのイラストを映した。

イメージカラーであるホライゾンブルーのロングヘア。灯台管理人兼学生という属性を視覚的に表現するための、白ブレザーがベースの衣装。その他、右足にだけ履かれたソックスやマスコットであるアザラシのワッペンなど、細部に至るまで俺の拘りが詰め込まれていながらもごちゃつかず、シンプルで圧倒的な可愛らしさを感じるビジュアル。

控えめに言って、最高のキャラデザだった。素晴らしすぎる、このデザイン考えた奴は、間違いなく神絵師だろう……え、これ描いたのもアトリエなんですか？　凄すぎる……。

「すっごく良い、感動しちゃった！　……それに、サキュバスの時ほど似てないけど、このイラストからも私っぽい雰囲気はなんとなく感じるし」

そして。この様子を見るに海ヶ瀬もまた、俺と同じ感想を抱いているようだった。ま、体型は完全に一緒だし、デザイン考案の時点で意図的に似るようにしたしな。

「……あたしは、アトリエもこんなデザインできるんだって、ちょっと驚いた。露出少なめなのがそもそも驚きだし、しかも清楚路線で可愛くできてるし、後はアクセサリーとして、澪標形の髪飾りを選んでるところとかも気に入ったわね」

「……うん？　みおつくしって、何？」

「昔の人が使ってた、船舶航路用の標識のことよ。雫凪『ミオ』ちゃんだから、言葉遊びも兼ねてるってわけね」

「へえ、そうなんだ……アトリエ先生、色々なメッセージを込めてくれたんだね」

「ああ、もちろんだ。なんせ俺は、自他共に認める神絵師なんだからな！」

……髪飾りの形に関してはフィーリングで描いただけだぞ、なんて。そんなん今さら言い出せない空気にさせられていた。なんだ、みおつくしって。バレる前に調べよ……。

でも、良かった。

カレーを食しながらも、そう思う。

その賛美の言葉が聞けたなら。その嬉しそうな顔が見れたなら。これから俺が取り組むであろうサムネ用のイラストとか、その他のイラストへのモチベーションも保たれる。

クライアントの喜ぶ様子を直に見れるのは、俺にとっては中々無いことだったし、な。

「ところで……海ケ瀬の方はどうだ？　特に連絡は来てないが、なんか困ってることとか、迷ってることとかってあるか？」

褒められて気分が良くなっていたのか、俺の方から訊(たず)ねてしまった。

俺やきりひめと同じように、海ヶ瀬の行うべきタスクも多い。

ＶＴｕｂｅｒ(ブイチューバー)業界の勉強、必要な機材の購入、宣伝案の考案、他にも、自分がＶＴｕｂｅｒをやるうえで必要なこと、すべて。

自分でやりたいと言い出した話とはいえ、手に余ることも発生しているかもしれない。

「んー……明確に困ってることはないけど、小さく困ってることはあるかも。どのメーカーのパソコン注文しようかなとか、あったら便利な機材ってなんなのかな、とか」

「ふむ……じゃあ、あれは？　桐紗(きりさ)が言ってた歌動画の件は大丈夫か？　もしも厳しそうなら、最悪、今後に取っておくこともできるが……」

「あ、それは安心して。なんとかなりそうだから」

「……そうか？　なら、任せる」

海ヶ瀬は卵焼きを口に運んで、弁当箱に蓋をしていた。

しかし、機材か。

企画のまとめ役を担っている以上、気の利いたアドバイスの一つでもできれば良かったが、ＢＴＯ——受注生産ＰＣを適当に選んで使っている俺には、どうにも難しい話だった。

こまごまとした機材に至っては、役にすら立てないだろう。いくら俺にも配信経験があるとはいえ、当時はくっそ安いマイクと激安デスクトップＰＣがメインデバイスだったし。

「機材は最悪あたしの使ってるメーカーの紹介すればなんとかなるわ。それより宣伝案どうするか、そっちの方が考えるの大変そうじゃない？」

……明確な正解が無いことを考えると、確かにそうだな。

「これが事務所からデビューする新人、とかだったら、同じ事務所の人に宣伝つぶやきとか、初配信後にはコラボ配信のお願いとかもできるんだけど……そうじゃないものね」

「一応アトリエときりひめのネームバリューはあるわけだが、それだけってのも、少し心許ないよな？」

「そうね。アトリエやきりひめはどちらも本職イラストレーターだから。純粋な宣伝ならＶＴｕｂｅｒ——それも、可能な限り有名な人にお願いした方が効果的なはずよ。知名度向上もそうだし、その人の視聴者を引っ張ってこれるかもしれないし」

「……言っちゃ悪いけど、それって売名だよね」

「ええ、その通りよ。そして、使えるものはコネだろうがなんだろうが使う。今のあたしたちに必要なのは綺麗事じゃなくて、明確な結果でしょ？」

『初動が肝心。ＮｏｗＴｕｂｅのレッドオーシャンの中で人気になるために、スタートダッシュを完璧に決める。最初から人気になって、一種の社会現象を生み出す』

ミオちゃんがチャンネル登録者数、十万人を達成するために掲げた目標が、これ。

そして、目標実現のためには綺麗事だけじゃダメで——清濁併せ呑む必要があるだろう。そういう意味では桐紗の言うように、既に有名なＶＴｕｂｅｒに宣伝でもしてもらえれば、ＶＴｕｂｅｒに興味のある層に対しての大きな『引き』になるだろうな。

「……そうだわ。機材や宣伝で困ってるなら、うってつけの人材がいるじゃない」

降って湧いたらしい案を口にする桐紗。

誰のことを言っているのかがわかった俺は、思わず口元に手を当ててしまう。

……小柄なシルエットが、頭の中に思い浮かんでいた。

「いくら困ってるとはいえ、あいつをこの集まりに入れるのは賛成できないな」

「気持ちはわかるけど、単に首突っ込ませるだけのつもりはないわ。ほら、千景だって、あの子があたしたち以外に友達いないこと、心配してたでしょ？　だったらこれは、願ってもないチャンスってやつじゃない？」

桐紗は時折海ヶ瀬に対して視線を送りつつも、俺に意図を伝えようとしてくる。

そういえば、友達連れてこいとかほざいてたっけ……しかし、ううん、それは……。

「……いや、やっぱり現実的じゃない。第一、あいつの前に海ヶ瀬連れてったら色んな意味で緊張して、置物みたいになるのがオチだ」

「そうかもしれないけど……でも、楽してるだけじゃ人間は成長しないわ。これを機に対人交流の場を用意してあげるのも、一種の優しさじゃないの？」

お互い譲らないでいるうちに、次第に俺も桐紗もヒートアップしていく。

「人には人の成長曲線がある。あいつの場合、それが他人よりもゆっくりなだけだ」

「……もう、なんでそんなに頑固なの？　あたしの時は一日経たずに巻き込んだくせに、あの子にはすごい過保護じゃない。なによ、その差は」

「桐紗の場合は事前に交わされた協力関係があったからだし、何より頼れるのが他にいなかったからだっつの。優秀で何より信頼できるやつが、そうポンポンいてたまるか」

「ほ、褒めて誤魔化そうとしても、そうはいかないからね」

「事実を言っただけで褒めてはいない」

「じゃあ褒めなさいよっ」

「ちょっと二人とも、落ち着いてよ」

いきなり言い合いを始めたのを見かねてか、海ケ瀬が割って入ってきた。

「何の話してるのかもわかんないで置いてかれる人の気持ち、少しは考えてほしいな。ほら、ちゃんと説明して」

「……簡単に言えば、有名なＶＴｕｂｅｒに宣伝をお願いするかどうかって話だ」

グラスのコップ、外側に付いた水滴を指で拭き取りながら俺は考える。

桐紗の意見が正しいかはともかくとして、でも、俺に対する指摘は正しかった。

俺はあいつに――仁愛に対して甘いというか、最終的には鬼になりきれない部分があって、それは仁愛のためを思ってのことなのかと、その点を詰められると弱ってしまう。仮に始まりが打算的なものだったとしても、本当に仁愛のことを考えるなら……。

「……わかったよ、あいつも誘う。だが、ちゃんと段階踏んでからだ。話をして、許可取って、そこで満を持して、海ヶ瀬と対面させて……」

首を縦に振りながらも保険をかけまくっていて――ただ、その瞬間。

「おいっす、チカ～！　ねえねえ、今日は見ての通り、遅刻しなかったんデスよ？　昨日の配信は早めに切り上げて、ちゃんと寝たんデスよ？　ふふん、偉いデスよね？」

俺の逡巡は、陽気に現れたそいつの声に完全に封殺された。

俺たちの座っていたテーブルの死角から、唐突に仁愛が現れた。服装はパーカーに学校指定ブレザーを合わせたラフなもので顔には黒マスクという、いつもの装備。

右手にエナジードリンクの缶が握られている辺り、学食に置かれた自販機に寄ったのをきっかけに、俺や桐紗のことを見つけてしまったのかもしれない。しかし、ああ、なんてタイミングで、こいつは……。

「千景が果澪にアトリエバレした時点で、外で不用意に活動についての発言するのはやめようって、そういうルール作っとけば良かったかも……てか、今のあたしたち以外に聞こえてないわよね？　もうこれ以上の厄介事はほんっとにごめんなんだけど……」

「なーにをわけわかんないこと言ってんデスかキリサは………あ、あれ？」

俺と桐紗しか視界に入れていなかったのか、そこでようやく、場の雰囲気を察する仁愛。

同じテーブルにまさかの第三者である海ヶ瀬が座っているのを見て、身体をぴくりと跳ねさせた。

「……もしかしてニア、失言しちゃった感じデス？」

なんかやっちゃいましたかとでも言わんばかりに、おずおずと俺を見てくる。

「少なくとも、外では絶対に言っちゃいけないことだったな」

普段ならいざ知らず、ずっと配信についての話をしていたという背景もあって、だろうか？

「あのさ……もしかしてだけど、あなたも生放送――ＶＴｕｂｅｒとか、やってるの？」

「えっ！」

情報に対する感度が鋭敏になっていた海ヶ瀬は、正解をズバリと当ててくる。ああ、ダメだ。仁愛は絶対に誤魔化せない。そんな器用なことができるなら、そもそもあんなこと口走らないし。

「ち、ちち、ち、違いマスよ。だ、だいたいなんデスか、ＶＴｕｂｅｒって」

「有名どころで言ったらシリウスちゃんって人がいるんだけど、知らない？」

「し、シリウス……知らない子デスね……でも、なんだかゲームが上手くてクレバーで、かつ巷で大人気の女の子みたいな雰囲気は感じるんデスけど。いやあ、誰だろうなー……」

「……も、もしかしてだけどさ。あなた、シリウスちゃん？　さっき亜鳥くんと山城さんが揉めてたのは、あなたを誘うかどうかって話で揉めてたり、して……」

「仁愛あんたもうほんとに一回黙りなさい」

「……ふえん」

桐紗にマジのトーンで怒られたせいか、仁愛は情けない声を上げながら学食から逃げ去っていってしまう。ちょっと待て、せめて失言の件が解決してから逃げろよっ。

「食器返して、すぐ追いかけるぞ」

「……あのさ。一応言っておくけど、私のキャパもそろそろ限界だからね」

「気持ちは痛いほどわかるが、それは俺の台詞でもあるんだよな」

なんともままならないことばかりだなと思った、昼下がりだった……。

§

仁愛を追いかけたついでに、学食から中庭の方に移動してきた。ここなら、ある程度大きな声で話していても問題は無いし、人がやってきたら気づく。

……これ以上の悲劇が繰り返されることもないだろう。たぶん、メイビー。

「紹介する。こいつの名前は才座・フォーサイス・仁愛。二、三年くらい前まではアメリカに住んでた帰国子女で、今年比奈高に入った一年生。呼び方は……海ケ瀬の好きにすればいい」

逃げ去る後ろ姿を桐紗にひしと捕えられ。

そのまま噴水の縁に座らされた仁愛を示しながら、俺は他己紹介を続ける。

「そして、察してるかもしれないが……シリウスちゃんの魂だ。俺や桐紗とは面識があって、俺たちがアトリエやきりひめであることも知ってる。その辺を理解した上で、今後の話を聞いてほしい」

「……なんか、亜鳥くんの周りって、その筋の人多くない？」

「その通りだが、その筋の業界に長く身を置いていて、その筋の人と話す機会も人より多いからこうなってる——ということで、俺の中では結論が出てる。自分でも、嫌な生存者バイアスだなとは思ってるよ」

「……」足をぶらぶら揺らし、左耳のピアスを所在なげに触っている仁愛。黒いマスクに覆われていて表情はわからないが、瞳からは早く家に帰りたいという気持ちだけがしっかりと伝わってくる。俺だって帰りたい。この面倒くさい状況、全部投げ出してな！

「ほら仁愛。黙ってないで、なんか喋りなさい」

「へぶちっ……な、なにするんデスかっ」

桐紗が巧みに仁愛のマスクを取ってやったところ、白っぽい肌の童顔が露わになる。

不機嫌そうに、頬を膨らませていた。これでさらに遅刻常習犯の属性が付与されるので、他人から見れば話しかけづらいこと、この上ないだろう。時代にそぐわない不良、もしくは地雷系ギャル、なんて判断される可能性すらある。

眠たげな瞳は生まれつき。ピアスは格好いいから。黒マスクは喋らなくて良くなるから。

それぞれの要素に理由はあり、いずれも間違いなく仁愛の個性の一部なわけだが――ゼロから関係を深めようとするに当たっては、ハードルの高い風体なのは事実だろうな。

「仁愛はこれでいて人懐っこい奴なんだ。餌付けなんかも効果的だぞ」

海ヶ瀬が話しやすいように、それとなくパスを出してみる。

「人を野生のタヌキかなんかみたいに言ってくれちゃって……ニアはそんなに軽い女じゃないデス。難しく言えば、ジューチンってやつデスよ、ジューチン」

ただ、拾ったのは仁愛だった。お前がパスカットしちゃ意味ないだろ。

「そ、そうなんだ……そういや私グミ持ってるんだけど、食べる？」

「えっ、良いんデスか？」

おい、重鎮なんじゃねえのかよ。どっしり構えろよ。

「しかもこれ……ニアが子どもの時によく食べてたやつじゃないデスか！」

「こういうのもあるよ」海ヶ瀬は胸ポケットから、いつぞやに俺に渡してきた木星グミも取り出していた。海ヶ瀬はどんだけグミ貯蔵してんの？　え、宝物庫？　英雄王かよ。

「うわ、すごい！　おもしろっ！　ジュピターグミだなんて、そんなのあるんデスね！」

とはいえ、グミは仁愛の警戒心をほぐすのに非常に効果的だったようで――見事な即オチ二コマを拝むことができた。右手に熊の形をした色とりどりのグミを掌いっぱいに転がされ、左手には木星グミを渡されて、それから仁愛は熊のグミからもしょもしょともぐつき始める――あまりの懐柔されっぷりに言葉もない。ガキかよ、いや、ガキなんだけどさ。

「……ほんとにもう、この子はどうしようもないんだから」

そんな仁愛を、腕組みと共に厳しい視線で見つめる桐紗。

桐紗と仁愛。二人の、いつものやり取りが始まる予感がした。

「どうも遅刻癖は直ってないみたいだし、この様子だとまだ何もかもで千景におんぶに抱っこなわけ？　あれだけ口酸っぱく言ってるのにほんと、呆れたもんね」

他の奴ならいざ知らず、桐紗からの叱責を受けて黙っている仁愛じゃない。

「そりゃあ、チカは頼れる男デスからね。なんだかんだ言って、いたいけで可憐な少女のニアを、ほっとけないってことデス」

グミをぱくつきながらも、しっかりと反論していた――芯を食った反論になっているかは、さておくとして。いたいけで可憐って、絶対に自分で言うことじゃないよな。

「図々しい言い草ね。あんたが一方的に寄生してるだけでしょうが」

「ぱ、パラサイト扱いなんて、いきなりご挨拶デスね……それに、これは寄生じゃなく共生デス。チカとニアは、支え合って生きてるんデス。それはさながら、兄妹のように……」

「だったら、あんたがいることで千景に発生するメリット、一個でも説明してみなさいよ」

「……えーと、その、うーん、うーん………いや、メリットとかじゃなくないデスか？」

「ほら無いじゃない、わかったら自分の行動改めなさいよ、この馬鹿」

「ば、馬鹿……？　ネットのＩＱチェックで２００を叩きだしたニアに、馬鹿って言いました？　やっか？　良いデスよ？　ステゴロなら、いくらでも買ってやりマスよ！」

「なんで頭脳の話を暴力で解決しようとしてんのよ……そういうところだっての」

そういや、きりひめのいつかの雑談枠で、昔柔道やってたって話してたっけな……。

そんなバッドニュースをお届けしてやろうかなとかなんとか考えていたら、つんつん背中を突かれた。振り返るなり、海ヶ瀬は俺の耳元で質問してくる。

「ねえ。きりひめ先生って、シリウスちゃんのことを溺愛してる風だったよね？」

「風じゃなくて、実際してるぞ。あの早口オタク語り、見てただろ？」

「だ、だよね……で、才座さんのことは？」

「見ての通り、犬猿の仲だ」

「おかしいよね？　その流れなら、普通は仲良くなるはずじゃないのっ？」

びしとツッコミを入れてくる海ヶ瀬。ま、初見だと、そう思うのも無理はないか。

「初対面の頃は、お互いそれなりに上手くやってたらしいがな。段々親しくなっていくうちに桐紗の生真面目なところと仁愛の自堕落なところがぶつかり合って、今ではこうなってる……らしい。その辺のことは本人同士しか知らん。ただまあ、性格がまるで違うから、そりが合わないところも出てもしゃあないとは思うがな」

「そりゃ、そうかもだけど……じゃあ山城さん、シリウスちゃんのことは大大大好きで、才座さんとはしっかり切り離して考えてるってこと？　なにそれ複雑じゃん」

「ああ。でも桐紗の奴、言ってただろ？　ＶＴｕｂｅｒと魂は、イコールじゃないって。画面上の存在と現実の身近な人間は別人なんだから、こういうことも起こり得るんだよ」

「……」

　言葉を失う海ヶ瀬。でも気持ちはわかる。世の中のママとＶＴｕｂｅｒはネット上だろうが実生活だろうが、基本は良好な関係だろう。珍しい関係性ってのは、間違いない。

「他にわかりやすい理由を言うなら、あれだ。仁愛が俺のアパートの隣に住んでるってことが、風紀委員の桐紗からすると、きっと許しがたい――なんだよ」

「と、隣に住んでるの？　あのアパートの？　隣の、一〇二？　ええ……なんで？」

「そりゃ、俺が住んでるアパート管理してんのが、仁愛のダディだからだ。そっから色々と人の繋がりが絡み合っていった結果、こうなってる。狭いよな、世の中って」

「……あーあ、山城さんも大変だね」

「なんで桐紗？　仁愛の件で言うなら、どう考えても大変なのは俺だからな」

「はいはい、そうだね、大変だね」

あやされた。意味わからんし、なんか負けた気はする……くそ、腹立つ！


「ところで、あの……海ヶ瀬果澪さん、デスよね」

グミの咀嚼から始まった桐紗とのじゃれ合いは、ようやく一区切り付いたらしい。

その後は意外にも仁愛の方から海ヶ瀬に話しかけていた。どういう心境の変化かは知らないが、俺の中ではお菓子をくれたことで、勝手に親近感が湧いた説が濃厚──ハロウィンの子どもかよ。

「そうだけど、私のこと知ってるんだ」

「はい。この学校で一番頭が良くて、運動ができて、顔が良いんデスよね？」

「……あのさ。できれば普通にそうだよって言えるような質問にしてくれない？」

「そうだぞ」「私の代わりに答えないでよっ」「あと、なんか、女優の娘なんデスよね」

「…………は？　誰が？」

ノータイムで聞き返してしまうくらい、それは、俺にとって衝撃的な初耳情報だった。

「だから、この人が。それで、お母さんの名前が……あれ、なんでしたっけ」

「……汐見透子よ」

補足した桐紗はそのまま、俺の顔を覗き見てくる。

「なんだ、桐紗は知ってたのか？　だったら教えてくれりゃ良いのに」

「……仁愛の場合は、お父さんの方が覚えてるでしょうね」

「あの、俺の声聞こえてます？」そんで、無視されるような話でもなくない？

「はい。それで……ジーレックスの海ケ瀬選手の娘さん、でもありマスよね！」

「ああ……うん。一応、そうだね」

「こないだも代打で出て、逆転満塁ホームラン打ってましたよね！」

「そ、そうなんだ……私、あんまり野球興味無いから、知らなかったよ」

ジーレックス——東京に本拠地を置く、恐竜がマスコットのプロ野球チーム。野球好きの仁愛が日本にやって来て以降、元々のＭＬＢの推しチームと同じくらい、熱心に応援している球団だが……父親がプロ野球選手で、母親が女優？　サラブレッドすぎるだろ。

「……そんな家なら、俺に仕事代でポンと百万円出せるよな。今さらだが、納得した」

「……じゃ、その話はこの辺にしときましょ」

今はもっと大事なことがある、と言わんばかりに話を流そうとする桐紗。すんなり次に行こうとするには少々ビッグすぎる話題な気はするが、それでも意図は理解できる。

「こうなった以上は、仁愛にもプロジェクトに入ってもらうしかなくなったはずよ。口封じ的な意味も込めて、ね」

その通り。そしてお膳立てしてもらったからには、俺が仁愛に説明するべきだろう。

「さて。突然だが、仁愛。俺たちは今、一人のＶＴｕｂｅｒ（ブイチューバー）をデビューさせようとしている。名前は雫凪（しずなぎ）ミオ。キャラデザが俺で、モデリングが桐紗。そして魂が、海ヶ瀬だ」

「え、そうなんデスか？　へえ……はえ～……なかなかの豪華布陣デスね」

自身が既にＶＴｕｂｅｒであることもあってか、仁愛は特別驚いた様子もなくリラックスしていた。これから頼まれ事をされるなんて、微塵（みじん）も思っていない様子でもある。

「それで、だ。関連して、お前に頼みたいことがあるんだが……簡単だ。ミオちゃんがＶＴｕｂｅｒとしてデビューする時、初配信の前辺りに、シリウスちゃんにＴｍｉｔｔｅｒ（ツミッター）で反応してほしい……シリウスちゃんレベルの超有名ＶＴｕｂｅｒなら、それだけでも充分拡散されて、充分な宣伝になるだろうからな」

できるだけ俺たちの打算的な意図が伝わるよう、正直に伝える。

「……別にいいデスけど、それ、ニアに見返りはあるんデスか？」

「ああ。お前が以前言っていた友達になってくれる人を連れてこいって件だが――それに海ヶ瀬がなってやる」「えっ」

勝手に友達にされたせいか、海ヶ瀬は驚きの声を上げていた。

「ねえ」そのままがしと腕を掴まれたが、もう遅い。最後まで言わせてもらう。

「ここにいる海ヶ瀬が、そして雫凪ミオちゃんが、友達になってやる。一緒にゲームしたいっていうならやってやるだろうし、シリウスちゃんがコラボ配信したいって思ったら、叶えてくれるかもな。とにかく、ＶＴｕｂｅｒとしても実生活でも……」

「亜鳥くん。ちょーっとこっちに来てくれない？」

「ち、力強っ」そこまで言ってから、言葉通りの待ったが入った。

二人きりで話したいらしい。海ヶ瀬にきつく腕を引っ張られ、中庭に隣接する校舎際の方へ連れて行かれた。

「あのさ。どうしてこっちの相談抜きに、次々と仲間を増やそうとするのかな。亜鳥くんは少年漫画の主人公か何か？　変な実でも食べたりしたのかな？」

「一理あるが、結果だけ見れば、お前にとっては得でしかない話だろ」

「それは、そうだけど……でも、そういう問題じゃないの」

報連相ができてないって話だろうか？　だとしたらその通りなので、あんまり突かないでほしい——けどしゃあないじゃん、流れでそうなってしまうことってあるだろ。

「だいたい友達って、本気で言ってるの？」

「嫌か？」

「別に嫌とか、そういうことじゃないよ。そういうの決めれるほど私、才座さんのこと知らないし……でも、友達って、そういう感じで作るものじゃない気がするっていうか、人見知りするなら、なおさら私で良いの？って気はするけどね」

その通りすぎて何も言えない。友達なんて、他人が斡旋するようなものじゃなく勝手にできてるもので、周囲がとやかく口を出す話じゃない。なんなら、別にぼっちでもいい。いじめや嫌がらせを受けているわけじゃないのなら、それもまた、個人の自由だ。

そう思ったからこそ、最初のうちは俺も、桐紗と意見が食い違っていた。

……だが。

それでも話を進めることに決めたのは、俺なりに少しだけ考えを改めたから。

「仁愛の奴、入学してそれなりに経ったってのに、未だに誰とも絡んでないっぽいんだ。話すのめんどくさいとかなんとか言って、遅刻癖も相まって、友達が一人もできてない」

「……それはもしかして、対人恐怖症だから、とか？」

一度もくしゃみも咳もしていないのにマスクをつけていたり、話しかけられるまでは頑なに海ヶ瀬と目を合わせないでいた辺りから、そう判断したらしい。

「近からず、遠からずってとこだな」

指摘の通り、仁愛は知らない人と話すのが苦手だから極力避けている。それは事実。

けどそれは、他人に一切の興味が無いから、ということじゃない。

「俺や海ヶ瀬は、一人なら一人で楽しめる人間だろ？　話したいと思えば話すけど、自分がその時したいことが一番。俺で言うところのイラスト、海ヶ瀬で言うところのVTuber。そっちを優先するためなら、一人でいてもなんら構わないって感じの」

扇谷たちとのやり取りを思い出しながら、俺は断定した。

「……それが、どうしたの？」

妙に神妙な顔で訊ねてくる海ヶ瀬の声は、普段よりも低く聞こえた。

「仁愛は違うんだよ。人見知りだけど本質的に一人は嫌いっていう、面倒くさい性格なんだ。シリウスちゃんの配信見たならわかるだろ？　タメ口で、視聴者に対しても友達に話すみたいに気安くて——でもそれは、普段の仁愛には、できないことだ」

孤独と孤高は違う。学校での仁愛の立場はきっと、前者。

だが、一度家に帰れば違う。完全に一人で孤独、というわけじゃないからこそ、現状に満足している。俺や桐紗、時折アパートを訪れる仁愛のダディや数人の知り合い、他には、シリウスちゃんの配信を見に来る視聴者がいるから、心が満たされてしまっている。

当たり前だが悪いことじゃないし、今だけ切り取って考えれば良いことだろう。

だが。

満たされることの弊害として、自分自身が苦手なことを頑張るという能力が育たない。

人見知りで、面倒なことを嫌って、学校に行くのを億劫がって、打ち解けた知り合いとだけ会話する。仁愛が変わらない限り、そのサイクルは続く。

そして、世界は一個人の未熟を待ってはくれない。こうやって学校に通っていれば嫌でも対人交流の場が設けられるし、これから社会に出れば、興味も無ければ下の名前すら知らない相手とも、上手くやっていかなくちゃならなくなる。今よりも少しだけ頑張らなくちゃいけなくなるし、自分だけの力でなんとかしなくちゃいけないことだって、ある。

ＶＴｕｂｅｒにも、現実はある。

……仁愛のこれからを考えると、ずっとこのままで良い、とは言ってやれなかった。

「どうして……」「うん？」

「どうして亜鳥くんが、そこまで考えてあげるの？　亜鳥くんにとって、才座さんはそこまでしなきゃいけない相手なの？　……私には、わからないよ」

なんだか悲しそうな雰囲気だったのが、どうもらしくないなという気分にさせられて、だからこそ、俺は海ヶ瀬の言葉の真意を探ろうとしてみる。

海ヶ瀬は、俺の本音を引き出したいのか？　……だったら。

「言ってなかったが、仁愛のダディにあいつの面倒見てあげてくれって頼まれてるんだ。家賃が安くなるって交換条件付きでな。だからまあ、そういう背景もある」

鬱陶しいと思ったり、なんで俺がこんなことを、と思ったことも当然ある。

「ミオちゃんをプッシュするのにシリウスちゃんの名前を借りれるのは大きかったり、つまりは自分たちにとっての都合のために、こう言ってるってのもある。それも事実だ」

損得で動いている側面も、確実にある。

でも、それだけじゃない。そして、それだけだったらどれほど楽か、とも思う。

「ただ……仁愛（にあ）は怠け者で悪目立ちするような奴（やつ）だけど……それでも、悪い奴じゃないんだよ。ちょっと人よりも得意なことが内向きなだけで、ただただ純粋なだけなんだ。だから、後で困ることがないように注意したりしたくなって、とにかく、そうだな……」

「心配、してるの？　助けてあげたいって……そう思ってるの？」

「助けるなんて、そんな大げさな話じゃない。なんていうか、その……エゴだよ、俺の」

簡単なフレーズで括（くく）るならば、俺は仁愛に、少しでも楽しい日々を送ってほしかった。

仁愛は俺にとって、他人じゃないから。どうでもいいと割り切るにはあいつのことを知りすぎてしまって、だから、俺や桐紗（きりさ）以外にも友達を作ってほしかった。別に完璧じゃなくて良（い）い。ほんの少し、今よりも苦手なことを頑張れる人間になってほしいだけ。

……こうしてまとめてみると、すげえ押しつけがましいな、俺。

「どの立場でそんな偉そうなこと言ってるんだって言われたら、何も言えないけどな」

最後の最後に言い訳めいた言葉を述べて、ふと、海ケ瀬（うみがせ）はどんな表情をしてるんだろうなと気になった。呆（あき）れられているだろうか？　それとも、そんなの知らないよとでも言いたげだろうか？　ああ、ちょっと喋（しゃべ）りすぎたな……。

「……もっと早く出会えてたら良かったのにね」

どっちでもなかった。海ヶ瀬は両の目を閉じ、下を向き、何かを懐かしむように両の指を組み合わせている。それは茫漠とした何かへの、祈りにすら見えてしまう。

「そんなこと、俺に言われても困る。根本的に仁愛が変わらない限り、周囲がちょこちょこ指摘したところで、いずれ限界が来るだろうしな」

海ヶ瀬は何も言わないまま、やがて、開かれた瞳はこっちを向いた。

目は口ほどにモノを言う、じゃないけど、その時の海ヶ瀬は何かを言いたげだった。

「優しいよね、亜鳥くんって」

「はあ？」

「才座さんのこともそうだし、扇谷さんにもデッサンって機会を通じて、アドバイスしてあげたんでしょ？　……それに私にも。仕事をいきなり頼んだのに山城さんや才座さんまで仲間に引き込んで、ここまでやってくれて。クリエイターとして自分の作品に拘りたいって気持ちはわかるけど、それにしたって頑張りすぎだよ」

……素直に褒められていたんだろうが、照れたり誇ったりする気にはなれなかった。

優しい、か。嫌いとまではいかずとも、苦手な言葉だ。

だって……今の俺は仁愛に、自分の主張や都合を押し付けているだけ。

──過去のアトリエが生放送でやっていたことと、変わらないんだから。


「あのっ」間隙を縫うかのように、声が挟み込まれる。

いつの間にやら仁愛(にあ)と、それから桐紗(きりさ)も、俺と海ヶ瀬(うみがせ)の方に来ていた。

「どうかしたか」

「その、さっきの話デスけど──友達にさせられるってのは、なんか違う気がしマス」

俺が言うより先に、仁愛の方から切り出してくる。……やっぱりダメか。

「そうか。悪かったな、冗談を本気にして」

「い、いえ、そういうことじゃ、ないんデス」

断られるのかと思って、今日のことは黙っておくように言わないとなと、そこまで考えた。アトリエの件で海ヶ瀬が喧伝(けんでん)しない人間だということはなんとなくわかっていたが、一応の保険は必要だろう。口約束でも、ある程度の拘束力はあるはずだ。

「……カミィ」「えっ」「果澪(かみお)、なんデスよね？　だから、カミィ」

だが。何を思ったのか仁愛は海ヶ瀬のことを、いきなり愛称で呼び始めた。チカに続き、二人目。桐紗のことは普通に呼んでいる辺り、かなり珍しいが……これは？

「その……ニアはゲームと野球と星を見ることと、後はだらだらすることが好きデス」

「そういえば、シリウスちゃんの非公式サイトに、そう書いてあったね」

「はい。それから、嫌なことを頑張るのは嫌いデス。できればゲームだけして、そうやって一生過ごしていきたいと思ってます」

「な、なかなかの怠け者だね」

「はい、だから……もしかしたら、チカが信頼しているカミィみたいな人とは、つり合わないかもしれないデス……でも……」

もじもじと、けれど確かに、仁愛は言葉を紡ぎ続ける。

「そういう人間でも……まずは知り合いから、お願いできマスか？」

最後には、そう言った。

「……驚いたわね」「ああ」

俺はもちろん、たぶん桐紗も感動していた。あれだけ言っても俺たち以外とは交流しようとしなかった仁愛が、一歩を踏み出してくれた。俺と桐紗が仲介した以上は完全に自分から、とは言えないだろうが、それでも、俺たちの自分勝手な打診を受け入れてくれた。

単なる気まぐれなのかもしれないが、それでも間違いなく、良いことだと思う。

人を育むためには、人がいなければならないから。足りないところを補って、長所を認め合って。脈々と流れていく毎日こそが、とても大切だ。

だから、仁愛がその選択をしたことは、俺にとっても嬉しくて——。

「うん。よろしく……それじゃ、ねえ、才座さん。私からもお願いしていい？」

「は、はい。なんでしょう……」

承諾してすぐ、海ヶ瀬は腰をわずかに落とし、後ろで重心を取って、ちょうど仁愛の目線に合うようにした。

「……遅刻、しちゃダメだよ」

そして。俺や桐紗が幾度となく言い続けてきた言葉を、海ヶ瀬も口にした。

「ちゃんと学校に通って、色々な人と話さなきゃ」

「うっ……うーん、それは、どうしましょうか……」

「大丈夫。才座さんの周りには、本当の才座さんのことを見てくれる人がいる。もしも辛いこととか悲しいことがあっても、亜鳥くんや山城さんは支えてくれるはず。だから――」

今まで聞いたことがないほどに優しい海ヶ瀬の声が、真昼の空に溶けていく。

「自分を大切に思ってくれる人たちの言葉は――才座さんにも大切にしてほしいな」

こくりと頷く仁愛。それを見て、うん、と満足そうに笑っている海ヶ瀬。

さっき海ヶ瀬は、俺に優しいと言っていたが……冗談じゃない。

本当に他人を思いやれる人間は、お前の方じゃないか。初対面の相手に面と向かって、相手の心に寄り添いながら、それでも言ってやるべきことは言ってやって。

眩しすぎる光景に、俺は思わず目を逸らしてしまった。

——それは、過去のアトリエの行いと、あまりに正反対だったから。


「と、ところでカミィはゲームとかやったりするんデスか？　好きなジャンルは？　一番好きなゲームは？　てか、ＦＰＳとかやってマス？」

「きょ、距離詰めるの早くない？」

「それとニア、コラボＰＣとかも出してるんデスけど買ってみませんか？　ＶＴｕｂｅｒやるうえでもＦＰＳやるうえでも、間違いない仕上がりになってますよ？　一番安いのからだと、二十万円台からあるんデスけど……」

「……えーと、その話は詳しく聞かせてもらおうかな」


何はともあれ。こうして海ヶ瀬のためのＶＴｕｂｅｒ制作グループに、新たなメンバーが加わったのだった。

ちなみに。最終的に海ヶ瀬はシリウスちゃんモデルのゲーミングＰＣを買うことに決めていた。営業に成功した仁愛がほくほく顔で喜んでいたのは、言うまでもない。

【#6】彼女が生まれた日

ＶＴｕｂｅｒの２Ｄモデリングにどれくらい時間がかかるのかは過去に自分で調べたりしたこともあるし、その道で食っている人から教えてもらったこともある。

個人の場合はピンキリだ。早ければ一週間程度で完成する場合もあるし、細部まで極限まで拘ろうとすれば一ヶ月とか、それ以上の日数がかかる場合もある。

一方。母体が個人ではなく企業となると、一人のＶＴｕｂｅｒに対して長いスパンで製作スケジュールを組み、複数人のチームで制作進行を行い、デビュー前には宣伝広告を伴った万全の状態で、彼ら彼女らを世の中へ送り出すことになる。

……それらの背景を鑑みると、個人勢よりも企業勢が人気になるのは、しょうがないことのように思えてくる。やはり人が多ければ多いほど大きなビジョンが描けるもので、対する個人勢が張り合って埋もれないようにするには、人一倍の努力も、そして運も必要となってくるだろう。俺も、今回の仕事は既存のＶＴｕｂｅｒ業界に殴り込みをかけるつもりで取り組んでいたが、果たして、この拳はネットの海に届くのだろうか――。

と、まあ、そんなこんなで。桐紗から『一泊する準備をして、今からうちに集まって』と連絡が来たのはＧＷ明け、最初の土曜日のことだった。

早くね？

　時刻は十八時を過ぎた辺り。春先の肌寒かった夜風は、今はほんの少しだけ暖かい。マンションのエントランス前に植えられた木々の葉も、夜闇を混ぜた若葉色をしていた。

「仁愛もできれば、こういうとこに住みたかったもんデスねえ……もしくはタワマン」

「贅沢言うな」お前のダディ、相当お前のこと甘やかしてんだからな？

「高校生の一人暮らしでここ？　よく審査通ったね」

　何度か足を運んだことのある俺や仁愛と違って、海ヶ瀬は呆けて頭上を見上げていた。

「きりひめは業界でもトップクラスに真面目な働き者だからな。問題なく家賃は払えるんだろう。審査は――実家が老舗の旅館だったっけな」

「なるほどね……ところで亜鳥くん、何回か山城さんの家には来てるの？」

「ああ、来てる。だが、どうしてそう思った？」

「いや、だって、女の子の家に泊まるっていうのにぜんぜん狼狽えてないどころか、自信満々に歩いてくから……ねえ。私、邪魔じゃない？」

「……知らない相手ならともかく、相手が桐紗って知ってるんだからその辺のビジホと変わらないっつの。それに、海ヶ瀬のために集まってるのに本人が邪魔なわけないだろ」

「ニアもカミィと一緒に帰っちゃいましょうかね……邪魔かもデスし。エロい意味で」

「アホ共、とっとと行くぞ」

小綺麗なエントランスを抜け、三人でエレベーターに乗り、七階のボタンを押す。

……海ヶ瀬が抱えていた、差し入れの袋。中には今川焼きと玉露のティーバッグが入っているらしい。エレベーターの中でそれを眺めながら、なんとなく桐紗のことを考える。

大変だったはずだ。俺と同じく現在進行しているきりひめとしての仕事も並行して行っていかなければならないし、そして、今現在本人がモデリングで生計を立てようとしていない以上、そっちで名声を得てもあるかわからない未来への投資にしかならない。なんというか、今さらこんなこと言うのも遅いが、結構申し訳ない。

そういえば。今回の件の報酬について結局どうするのかも、桐紗はまだ答えてくれてなかった。このままなし崩し的に消滅させるのは俺の信条的に許せないし、落ち着いたタイミングでちゃんと聞かないとな。

「いらっしゃい……」

マンション七〇一号室のインターホンを鳴らすと、桜色の作務衣に身を包んだ桐紗が出迎えてきた——パジャマ代わりにするにしては渋いが、和が好きな桐紗からしたらお気に入りの格好なんだろう。

「お、お疲れのようで」「うん……」

コンタクトを付けるのすら面倒で満身創痍、といった様子だった。ボストン型の眼鏡越しにちらつく目の下のクマは一目見ただけで寝不足なんだとわかる深さをしていたし、俺と同じように、右手には腱鞘炎用のテーピングが施されている。

「お、お疲れさま、山城さん。お茶と和菓子が好きだって亜鳥くんから聞いたから、これ。差し入れに大判焼きでもどうかなって——あ。家だと眼鏡なんだね」

海ヶ瀬は大判焼き呼び派らしい。まあ、今川焼きと双璧を成す、ポピュラーな名称よな。

「……へえ。あじまんって何だ。こいつの地元だと、そう言うの？　聞いたことねえぞ。おい、あじまんって持ってきてくれるなんて、良いセンスね」

「くふふっ。疲れのせいで、なんかキリサ、一気に歳取ったように見えますね」

「……」「みぎゃっ」和菓子の名前に注目する俺を尻目に、桐紗は無表情で無言のまま、仁愛を抱き締めて自分の身体に押し付けていた。身長差的に、ちょうど桐紗の胸が仁愛の顔面にうずまっているらしい。仁愛は苦しそうに、じたばたと動いている。

三十秒ほど折檻が続き。目をパキパキにキメていた桐紗が、仁愛を解放する。

「ぜぇ……お、おっぱいで窒息死させられるところでした……」

「次同じこと言ったら、振りじゃ済まさないから……」

「それに、なんか全身から異様に湿布の匂いがしましたし……こうなったら、カミィで中和します。くんくん」

「ひ、人にこんなに嗅がれたの、初めての経験なんだけど……」

助けを求めて海ヶ瀬に引っ付く仁愛。こういう行為がなんとなく許されてしまうキャラクター性に少しだけ感心する。俺が同じことやったら、当然ぶっ飛ばされるだろうし。

「そういや、俺が見てない間に海ヶ瀬と仁愛は随分仲良くなったんだな」

「はい！　カミィは優しいデスし、GW中にゲームで遊んでって連絡したら構ってくれましたし、一緒に遊びに行ってもくれましたし、何より……シンパシー感じるのでっ」

「……そか。ありがとな」

俺から感謝を伝えられた海ヶ瀬は、ただただ苦笑いを浮かべるだけだった。

シンパシーは勝手に仁愛が感じてるだけなんじゃねえのとか、甘やかす人間が増えただけじゃねとか、多少思ったものの、それでも、仁愛は海ヶ瀬と約束した日以降、遅刻せずに学校へ行っているようだった。学校ではマスクを欠かさず基本は黙っているだけ、というのはそのままのようだが、でも、一歩ずつでも前進しているのは偉い。

……そして、仁愛の心を動かしてくれた海ヶ瀬にもまた、感謝しかない。

「外出って、どこ行ったんだ？」

「秋葉原デス。電気街行って、ローストビーフ食べて、最後にコスプレショップ寄ってから帰りました。楽しかったデスね、ふふ……」

ふむ。海ヶ瀬はレイヤー業にも興味があるんだろうか？　そういや屋上に呼び出された時も、コスプレの勉強してるって言ってたような。ガワを被るという点で言うならVTuberと同じだが……とはいえ、似て非なるものな気はする。

「ほら、入りなさい」

桐紗は海ヶ瀬から差し入れを受け取って、ふらふらよろめきながら俺たちを案内した。

そういえば、ここは玄関先だった。褒めるにしろ何にしろ、中に入ってからだな。


俺のアパートの二倍は広いリビングの奥が、きりひめの作業スペースだ。

また、廊下を挟んだ一室には一・五畳の防音室が導入されていて、配信する時はその小さな空間の中に入って行っているらしい。仁愛の部屋にも同じメーカーのものがあるので、その様子がすんなりと想像できた——ブルジョワな奴め。ちゃんと貯金してるのか？

「……ここ最近の苦労が反映された部屋模様だな」

「いいのよ、いっそ汚いって言ってくれても」

モダンな黒デスクの回りには、作業PCや液タブの他に、空のカップラーメンの容器や飲みかけのペットボトル、リップクリームやら小銭用のがま口やら、とにかく大量の物が放置されていた——健康で文化的な生活に重きを置く桐紗がここまで部屋を荒廃させるとは、よほど追い込んでいたのがわかるな。お疲れ様しか出てこねえ。

「あ、私掃除するよ。それくらいはやらないとね」

「海ヶ瀬はやることがあるだろ？　掃除は後で俺がやるから、そっち優先してくれ」

今日のメインが2Dモデルの動作確認ならば、おそらく海ヶ瀬と桐紗はかかりっきりになるはず。だとしたら、掃除なんてやってる場合じゃないだろう。

それが正解だったのか、桐紗は俺に「悪いわね」とだけ言ってくる。

「さて。今日集まってもらったのは、他でもないわ——この週末で、初配信できるところまで進めちゃいましょうって話よ」

泊まる準備をしろって言ってきたあたり、納得の理屈ではある。部活の合宿みたいなもんだと考えれば良さそう……まあ、部活入ったことないからわからないんですけどね。

「……一応言っておくと、千景がイラスト描きたいなら、ウチにある道具は好きに使ってくれて構わないわ。液タブは腐るほどあるし、だいたいのツールが入ってるノートPCもあるし」

「ん、前来た時に借りてるからそれは知ってる……でも、一個だけ。この場に仁愛って必要か？……つーか、仁愛もよく配信せずに付いて来たな。今日は配信休みか？」

シリウスちゃんの基本的な配信コアタイムは二十一時頃から翌日の三時付近。

時間で見れば、今日は配信できなそうだが……。

「いえ、配信はしマス——キリサの防音室にあるきりひめ先生の配信PCには、シリウスの2Dモデル入ってマスから、それ使って配信しても良いって言われたんデス。そういうわけで、今日はここで単発ゲームかなんかの配信しようと思ってて……」

「あ、そうそう。ウチで配信させるって話、嘘だから」

「……嘘？　それはつまり、Ｌｉｅ？」

　きょとんとする仁愛は、まだ現実を受け止めれていない様子。

「少し冷静に考えてみなさいよ。あんたのゲームのパスワードとかウチの端末に打ってないか問題が起きた場合、面倒くさいでしょ？　そのリスク考えたら、させるわけないじゃない」

「き、キリサのファッキンこんちくしょう！」あっさり騙したことを告げる桐紗は、本格的にぎゃあぎゃあ喚き出す寸前の仁愛に対して、にべもない言葉を送った。

「それに、来週には何が控えてるか言ってみなさい」

「……なんかありましたっけ」

「中間テストよ。わかったら、黙って勉強しなさい。高校入って初っ端から赤点取るようじゃ、今だけじゃなくてもっと長い期間配信できなくなるかもしれないのよ？」

「ぐっ、ぐぬぬ……助けてカミィ！　チカもキリサも現実的なことばっか言ってきて……」

「才座さん。私も、赤点回避するくらいの勉強はした方が良いと思うよ」

「…………ふえん」

　満場一致の指摘に、最終的に仁愛はしょぼんと萎えていた。どうも海ヶ瀬の言うことには従う傾向があるらしい。今度から、仁愛への小言は全部海ヶ瀬を通そうかな……。

「じゃ、果澪はここに座って」

仁愛を説得し終えた桐紗は眼鏡のフレームを持ち上げると、本題に入った。

「で、これとこれ開いて……防音室にある配信用ＰＣじゃないから、なんか慣れないわね」

「りょうかいっ」

その後、桐紗はぼやきながらも『ＶＴｕｂｅ　Ｓａｌｏｎ』や、『Ｆｒｅｅ　Ｂｒｏａｄｃａｓｔｅｒ　Ｓｏｆｔｗａｒｅ』、通称『ＦＢＳ』などのソフトを次々に立ち上げていた。前者が２Ｄイラストを動かすためのアプリケーションで、後者が配信・録画アプリケーションだったか——黒歴史もたまには役に立つもんだな。ＦＢＳに関しては、俺も調べてダウンロードした記憶がある。

「トラッキングはこのスマートフォンにやらせるから、こっち向いてなさい」

「うん……あ、そうだ。ウェブカメも一応買っておいたけど、それは使えない感じ？」

「いえ、あるに越したことはないわ。でも、スマホアプリ版のＶＴｕｂｅ　Ｓａｌｏｎとスマホのカメラでトラッキングする方がパソコンへの負荷も少ないし、ミオちゃんの表情再現も綺麗で自然な感じになるの。だから、基本はスマホ使った方が良いってだけ、教えておくわ」

「ふむふむ、なるほどね」

——この場におけるトラッキングの意味をざっくり説明すると、『カメラに映った人物の表情追尾』といった具合になるだろうか。海ヶ瀬の表情をミオちゃんにリンクさせるために、カメラで海ヶ瀬を映しておく必要がある。どうやってVTuber（ブイチューバー）のガワは動いているのかというメカニズムを簡単に言えば、こういった背景があるわけだ。

「……スマホの顔認識だけでトラッキングしておけば、事故も起こらないしね」

「事故？」

「配信終わらせたって勘違いしたまま色々操作して、ウェブカメに魂の人の顔が映っちゃう、なんてことも考えられるでしょ？　そうなったら、配信どころの騒ぎじゃないわ」

「……そだね。そんなことしたら、魂の方が、どうしてもちらついちゃうもんね」

「ええ。人のやることだからミスはあるでしょうけど、注意はしないと」

リスク管理とモデリングのクオリティ。両方の部分での説明を終えると、桐紗はマウスから手を離した。

「準備できたし、早速やってみましょう――ほら果澪（かみお）、なんか喋（しゃべ）ってみなさい」

桐紗がそう言うと、俺が描いた雑談配信時用の背景左下に、ミオちゃんが出現した。

大多数の配信者と同じ。よく見る、オーソドックスな配信スタイル。

「あーあー……『えー、初めまして。雫凪（しずなぎ）ミオです。はろわ～』」

「うわっ……なんか、声優さんみたいデスね」

いつもの海ヶ瀬の声――より、ほんの少しだけ高くて、透明感が増した声が響く。

品質の優れたマイクにちゃんとオーディオインターフェースを使っているというのもあ

るだろうが、それ以上に、そもそもの声質が優れているんだろう。散々海ヶ瀬と話してきた俺や仁愛ですら、ちょっとくらっとしてしまうくらいの良い声だった。

「はろわ……その挨拶はどういう意味なのかしら」

「ハローワールドの略。どう、いいでしょ？」

「……本人が気に入ってるなら、別にどうもこうもないわ。それに、こんミオ、とかだと既存の『みお』って名前のVTuberの人と被りそうだし」

「ありがと。『それじゃあ、今日は初配信ということで、張り切って――』」

マイクに向かって海ヶ瀬はテスト代わりに考えた文言を話す。その合間で、瞬きをする。すると、ミオちゃんも同じように口を開いたし、瞬きをした。

自然な表情を浮かべていて、首を捻れば同じ方を向いた。海ヶ瀬が笑えばミオちゃんも笑顔になって、若干悲しそうな表情を浮かべると、ミオちゃんの眉も下がった。

ぱっと見の違和感は、まったくもって見受けられない。

素晴らしいモデリング。そして、きりひめに頼んで良かったなと、心の底から俺は、そう思った――桐紗のやつ、イラストじゃなくても、こっちでも食っていけそうだな。

「リアルタイムで命が吹き込まれたかのような、そんな感じがしマスねっ」

『ね、凄いよねっ。これ、私が想像してたやつより、もっとクオリティ高いよ』

「……ああ。ちょっと感動するレベルだな」

画面上のミオちゃんに言われて、俺もまた、感慨深さに浸ってしまう。

……出来もさることながら、ここまでの苦労を考えればこそ、喜びもひとしおだった。俺と桐紗は当然だし、海ヶ瀬もそう。仁愛だって、協力してくれた。

皆、頑張ったもんな。

「倍率おかしくない……可動域は想定通り……明らかにおかしな挙動しない……果澪のPCとスペック多少違うとしても、1PCでFBSと一緒にゲーム開いてもカクつかない……後はミオちゃんの挙動が果澪に完全にフィットするように微調整して……」

「あれっ」動作テストで色々といじくり回していた海ヶ瀬が、驚きの声をあげた。

「なんか、ミオちゃんの目から光が消えたんだけど……これは、意図してないやつ？　それとも仕様？」

「ああ、それは仕様よ。あると便利だと思って、そういうセットアップも組んどいたの。他にも頬を赤らめてるパターンとか、泣きそうな顔の差分もあるわ」

見ると、ミオちゃんがヤンデレみたいな目になっていた。ハイライトが無く、目元にわかりやすく影がある――これ、簡単に切り替えられるなら、とんでもない技術力じゃね？

「それは便利だし、凄いと思うけど……じゃあ例えば、この表情はいつ使えばいいの？」

「そりゃもう、あれよ……誰かを包丁で刺したくなった時とかなんか、ぴったりよね」

「ニッチすぎるっ。というか、怖いよ！　そんな時、来ないでしょっ！」

「ニッチというか、エッジだな」

「……くふっ、ちょっと面白いジョークデスね、チカ」

「つまんないから亜鳥くんは黙ってて、才座さんも笑わないでっ」

珍しく海ヶ瀬がツッコミに回る状況。ただ、それほど嫌じゃなさそうで、むしろ嬉しそうな顔をしていたのが、やけに印象的だった。

§

海ヶ瀬と桐紗はモデリングとトラッキングを実際に合わせつつの調整作業。

掃除を終えた俺は、ミオちゃんの配信用に使えそうなイラスト各種を描く作業。

仁愛はＵｂｏｒＥＡＴＳで取った夕食のハンバーガーをバクバク食ったり、欠伸しながらテスト勉強する作業。

それぞれがそれぞれの作業を続けるうちに時刻は夜中の二時を回っていて、桐紗が風呂に入りたいと言ったタイミングに合わせて、小休憩を挟むことにした。

「……ちょっと良いかな？」

だだっ広いベランダに出て夜の町並みを観察していると、後ろから声をかけられた。

振り返ると、海ヶ瀬がいた。いつの間にやら着替えたらしい。寝間着代わりの白いスウエットを着た海ヶ瀬(うみがせ)は俺の隣に来ると、ポケットからごそごそと何かを取り出す。

「外の空気吸ってるだけだ。そっちは?」

「んとさ……はい、これ」

海ヶ瀬の手にはスマホと共に有線イヤホンが握られていて、それらがまとめてグミの要領で俺に手渡される。

「歌ってみた動画、完成したから聞いてもらおうと思って」

「おっ。マジか、ご苦労さん……共有クラウドにはアップしたか?」

「ううん。一番最初に、亜鳥(あとり)くんに聞いてもらってからにしようって思って」

「……そか。じゃあ、桐紗(きりさ)と仁愛(にあ)が確認できるように、後でちゃんと送っといてくれよ」

さしもの海ヶ瀬も緊張しているのだろうか? よく考えてみると、他人に自分の歌を聴かせる機会なんてカラオケくらいのもんだろう。加えて、今回はミックスやら何やらまで可能ならやれと言われているわけだしな。最小限の客観的な意見を得るために、俺だけに聴かせたいのかもしれない。

どちらにせよ、俺からすれば良(い)い気分転換になりそうだ。受け取ったイヤホンを耳に挿し、企画のまとめ役として、というよりかは、単なる一介のユーザーとして。そんな感じの緩い態度のままで、俺は、海ヶ瀬の歌を聴いてみることにした。

「…………………」

「どう？」

――最初に鼓膜を撫でたのは、アコースティックギターの旋律。

やがて海ヶ瀬の歌声が混ざり始め、あっという間に三分ほどの再生時間が経過する。

この世界の夜には自分と、この歌しか存在しない。

そんな気分にさせられた。

「俺は聴いたこと無いんだが、これ、誰の曲だ？」「私」「……まさか、自分で？」

「うん。折角だし、頑張ってみよっかなって思って。アコギの弾き語りなら過度なミックスもいらないから、作詞作曲に集中できるしね」

「…………………」

言葉が出なかった。

だって、凄すぎたから。

惚れ惚れするくらいの歌声だった。揺らぎ、重なった透明を思わせる歌声は、繊細さの中に確かな力強さも内在していた。アコースティックギターのみで作られた素朴なメロディも相まって、サビを聞いた時には鳥肌が立った。一回目の後にすぐに二回目の再生を行って、三回目も聴いて、最終的に、ああこれは名曲だと、ある種の確信を得た。

これにちゃんとしたサムネを載せて、初配信の前に投稿したならば――。

宣伝になるだろうし、数多のＶＴｕｂｅｒの中に混じっても、スタートダッシュは決めれる気がする。何の確証も無いが、俺は主観で、そう思ってしまった。

「……曲のタイトルは決まってるのか？」

「うん。『五十二ヘルツの鯨』ってタイトル」

「へえ。なんか元になった題材とか、モデルとかってあったりするのか？」

なんとも聞き慣れない単語だったので、反射的に問いかけてしまう。

「モノによるだろうけど、その曲にはあるよ——そういう鯨がいるの」

がさがさと、隣で音が鳴る。ポケットからグミの袋を取り出す海ヶ瀬。そのグミが俺にも二、三粒渡されて——手すりに体重を預けながら、海ヶ瀬は説明を始めた。

今日は珍しく見たことのあるパッケージ。市販のラムネ味のやつ。そのグミが俺にも二、

「鯨って、同じ周波数の鳴き声で他の個体とコミュニケーションを取ってるんだけどね」

「でも、五十二ヘルツで鳴いてる鯨って、世界に一頭だけしかいないんだって」

「突然変異かなんなのか、その辺は、よくわかってないみたい」

「でもとにかく、その鯨の声って、他の鯨に届いていないって言われてて——だからその鯨は『世界で最も孤独な鯨』なんて、呼ばれてるんだって」

「そういう鯨がいるよって話」

恋焦がれても、声は届かない。

けれど、それでいい。青い周波数、やがて透明な海に消えた――。

海ヶ瀬の言葉とリンクしているであろう曲のサビ部分を、思わず想起してしまう。

「子どもの頃、子守唄代わりに母親から教えてもらった話なんだけど……別にたいした話じゃないのに、すごい印象に残っちゃって。不思議だよね」

母親――女優、だったっけか？

有名人だろうが、なんだろうが。親なら、自分の娘にはそういうことをしてあげたくなるもんなのかもしれない。子どもの俺には、まだわからないけれども。

「未(いま)だに覚えてるってことは、海ヶ瀬にとって、大切な思い出なんじゃねえの？」

「……どうだろ、わかんない。忘れてないってことは記憶には残ってるんだろうけど、でも、別にどうでもいいことだな、とも思う――それだけ、かな」

いつの間にか、海ヶ瀬は遠くを見ていた。

ふっと、真夜中の湿っぽい空気だけが、俺たちの間をすり抜けていく。

「じゃあ、今度はこっちが話題振る番ね」

寄っかかった体勢からくるりと身体(からだ)を回して、海ヶ瀬は俺の方を向いてくる。

「問題です。私はどうして、アトリエ先生のファンになったのでしょうか？」

難っ……ウミガメのスープかよ。情報が少なすぎるし、多少ヒントが欲しいところ。

「あれか。えちえちイラストをこよなく愛しているからか？」

「ぶぶー。だいたい、昔はあんまりそういうの描いてなかったでしょ？」

「好きというのは否定しない、と」

「ね、ねえ、それはちょっとしたセクハラじゃない？」

「屋上水着事件の時のこと、思い出してほしいもんだな」

「事件扱いしないでよ」

むっとした顔で、最後には黙ってしまう海ヶ瀬。それ以上追及するのも、俺に考えさせるのも、どっちも無駄だと判断したらしい。そのまま自動的に、答え合わせがされた。

「きっかけはやっぱり、生放送だったんだよ」

「……なんだ、またその話擦るのかよ」

露骨に嫌な顔をする俺とは違って、海ヶ瀬は変わらず熱を上げている。

「アニメのイラスト描いてて、なんとなく、ふらっと見てるうちに段々興味持つようになって、そこからは——あっという間に、ファンになっちゃった」

……一人でもファンを増やせたならば、あの毎日に意味があったのかもしれない。

なんてエモいまとめ方をしようとしてみたが、黒歴史の苦々しさの方が全然勝っていた。

風の噂によると、ネット掲示板のアトリエスレでは時折、その頃の話をほじくり返される

 こともあるらしいし——ほんと、やらなきゃ良かった。これに関しては俺に責任があるので、ただただ後悔の感情しか生まれない。

「それで、私ね。アトリエ先生に一回だけ、コメント拾ってもらったことあるんだよ」

思わず耳を塞ぎたくなる俺。でも、海ヶ瀬は許さなかった。延々とその話をしてくる。

ここまでくると、しつこいとかうるさいとかよりも、そんなにファンでいてくれたことに感心しそうになる。はいはい、ありがとう。その程度言うくらいは、やぶさかじゃない。

「で、なんて言ってたんだ、当時のアトリエ大先生は」

「——欲しいものは」

聞くと、間髪を容れずに海ヶ瀬は答えてくる。

まるで、ずっと前からそのことを、伝えたかったかのように。

「欲しいものは、ただ欲しいって思うだけじゃダメなんだ。それを得るために痛みを伴って、何かを犠牲にして、その先に奪い取らないとダメなんだ……って、そう言ってた」

ああ、と。

聞いて、噛みしめて、再確認した。

過去のアトリエのこういうところが、俺は本当に嫌で、許せなかった。

思い出したくないし、二度と生配信なんてできないと、そう思ってしまうくらいには。

「……悪かったな」

「えっ、どうして謝るの？」

「だって……無責任だろ。他人の置かれている状況を知りもしないくせに一方的な価値観だけを押し付けて、偉そうなこと言って。今の俺には、到底できない行いだ」

中学生の時——俺が配信していた時の当時のアトリエの配信にはだいたい二、三十人ほどの視聴者が見に来ていたわけだが、それくらいの人数だとコメントの流れも緩やかで、拾う前に流れてしまうということも少なかった。

そして、禁止していなかった、ということもあってか、時折コメント欄にはおおよそ答えの無い質問や、個人の抱える悩みなどが書き込まれることもあった。

それらのコメントに対しての、俺の対応……それこそが、黒歴史化した真の理由。

「……前に、俺が生放送やめた理由について聞いたことがあったよな？」

「あ、うん……受験とか、今後のこととか考えて、やめたんだよね？」

黙って頷く。ただ、あの時は言えなかった、言いたくなかったこと。

なんだか今の海ケ瀬には吐露したくなってしまって、俺はもそもそと語り始めてしまう。

「俺さ。自分の配信に来る人間のことは、大切にしたいって思ってた。だから、雑談配信中にたまーに書き込まれる質問とか悩みとかには、当時の俺なりに、素直に返してたんだ」

『好きなことを仕事にしたくて、脱サラして今の仕事を退職しようか迷っています』

――仕事なんて金稼ぐ手段でしかないんだから、好きなこととして生きていこう。

『浪人するか決めかねてるんだけど、どうしたら良いと思う？』

――人生の分水嶺だから、できるだけ上を目指した方が良い。東大行こうぜ、東大。

『人間関係について悩んでいます。生きるのがままならなくて、辛いです』

――そいつは辛いな、ただ――。

配信中に寄せられるコメントの先には一人一人の人間がいて、時に悩みがあって、そして、それに対して俺が発した言葉は今でも、断片的に覚えている。

「だが……それは間違ってた。視聴者を大切に思うなら、少なくとも俺が言うべきは、俺の身勝手な主張じゃないってことを知ったんだよ」

配信しつつ、アトリエとして、段々と仕事を貰えるようになって。

付随して、周りの同年代よりかは早く、社会のことを知っていって。嫌なこととか、ままならないこととか、我慢しなきゃいけないことが沢山あることを理解して――。

そう、言うだけなら簡単なんだ。だって結局は、他人のことだから。自分には関係ない。

俺が自己陶酔に浸れる言葉を選んで、そのまま口にしても許される。

……その自らの愚かさと無責任さに、ある瞬間からふと、気づいてしまった。

「最悪、俺だけが恥を掻くなら、まだ良い。でも、他人の人生に直結する相談に対して俺が適当なこと言って、少しでも相手に影響を与えてしまったら……責任が取れないだろ」

それに気づいたのが早いのか、遅いのか。なんにせよ。

「だから俺は、配信しなくなった」

「……」

「ついでに、自分の行動を省みるようになった。自分の発言が相手にどういう意味を与えるのかも考えるようになったし、干渉するかしないか、はっきり区別するようになった」

基準は単純で、その相手のことを深く知っているかどうか。

自分にとって、その相手が大切かどうか、だ。

「だから、面識の少ない他人から相談みたいなことをされた時は俺の主観は押し付けないようにしてるし……協力関係でもなかった仁愛(にあ)のことを今回のプロジェクトの仲間に引き入れようって桐紗(きりさ)に言われた時も躊躇(ためら)った。特に仁愛は、どうでもいい人間じゃないしな」

結局、仁愛には俺のエゴを押し付けてしまったが、ただ、それでも直接の顔見知りなぶん、見ず知らずの人間に持論を垂れ流すよりかはまだ許容できるし、いざとなった時に俺本人の行動で責任を取ることもできる。

……過去のアトリエの発言は、不可能だけど。

「アトリエが自分の生放送を黒歴史だと思ってるのは、そういう背景からだ……以上！」

後を引かないよう、結論はとりわけ元気に告げてみた。

……しっかし、聞いてる側からしたら。特に当時のアトリエの配信を見ていて、当時のアトリエの言葉を覚えている人間からしたら、面白くない話、だったろうな。

「やっぱり……」「なんだ」「亜鳥くんは、優しいね」「お前俺の話聞いてた?」

どうしてその感想になるんだと俺が言うよりも、海ヶ瀬の二の句の方が早かった。

「きっと皆、そこまで考えてないよ。だって、自分のことで精一杯だから。相手のことを考えることと同じくらい、自分を大切にしなきゃだから」

「……そんなん人によるだろうし、俺の発言が正当化される理由にはならないだろ」

「ふふ。自罰的だね、亜鳥くんって……でもさ。アトリエ先生がくれた言葉で救われた人だって、一人くらいはいるんじゃない?」

……それは。

俺には、持ち得ない視点だった。持っちゃいけない視点とすら、認識していた。

だって、たかが一人救われたくらいで、俺の黒歴史は拭い去れないだろうから。

「アトリエ先生本人は、過去の自分のことを認められないかもしれない。本当に、世界中にたった一人だけかもしれない。無責任の言葉だったたってのも、事実なのかもしれない」

夜空に吸い込まれていく海ヶ瀬の声を、俺はただ、黙って追っていた。

「それでも……たった一人でも、アトリエ先生の言葉が誰かの人生の光になれたとしたなら、私はアトリエ先生の放送に、意味があったんだと思うよ」

「…………」

「だいたい、生放送のコメントだけで何もかも決めちゃう人なんて、そっちの方がどうかしてるって。一つの意見として。自分のこれからを考えるうえでの選択肢として、視聴者の人は聞いてたんじゃないかな？」

仁愛(にあ)と初対面の時と同じように、相手を慮(おもんぱか)った言葉選びで。

あの時と同じような穏やかな笑みを、今の海ヶ瀬(うみがせ)は俺に与えてくれていた。

「……ありがとな」

「ううん、こちらこそだよ」

色々と思考が巡って、声が詰まる。それで、結局はその言葉しか思い浮かばない。

過去のアトリエが口にしていた言葉は無くならないし、やっぱり俺は、アトリエの生放送は黒歴史だと思ってしまう。だって、ほら、配信せずにイラストのことだけ考えてたらもっと上達早かっただろうし……俺は俺で、苦い思いをしなくて済んだだろうし。

ただ、過去のアトリエの生放送を知っている海ヶ瀬が、そう言ってくれたのは……。

……素直に嬉(うれ)しかった。

ほんの少しだけでも、救われた気がしてしまった。

こんな些細なことで心が解されてしまう自分に嫌気が差して、でも、本当に嫌なわけじゃないのが余計に恥ずかしくて、まるで、自分が幼い子どものように思えて。

「……ＶＴｕｂｅｒデビュー、成功させような」

海ヶ瀬の言葉にいっぱいいっぱいになってしまった俺は、かろうじて、そう口にした。

「え？　う、うん……それはもちろん、そのつもりだけど、急にどしたの？」

「……別に。急に頑張りたくなって、やる気を口にしたくなっただけだよ」

口にした自分でも、らしからぬ台詞だとは思っている。

ただ、はっきりと決意するには充分すぎた。

俺は、雫凪ミオちゃんを陰ながら支えていこう、と。

クリエイターとして良いモノを作りたいという感情と同じくらい、その言葉をくれた海ヶ瀬果澪のために頑張ってみようかな、と。

そんな風に思ってしまうくらい、今の海ヶ瀬の言葉に心が動かされてしまったから。

「――お待たせ。ほら果澪？　お風呂上がったから、作業再開するわよ」

「……だって。亜鳥くんも、戻る？」「……ああ」

網戸越し、部屋の中から桐紗の声が聞こえた。ほんのりと、檜の入浴剤の香りすら漂ってきて、その声に導かれるように、俺と海ヶ瀬は二人して中に戻った。

「……千景、なんか楽しいことでもあった？」

「え？　どうして、そんな……」

「だって、笑ってるから」

部屋に戻ったら桐紗に指摘されて、そこでようやく、自分の口角が少し上がっているのに気づいた。うわ、なんかすげえ恥ずかしい。せめてこれ以上ニヤついた顔、見られないようにしないとな——俺は右手でそっと、口元を押さえた。

でも。気分自体はやっぱり、悪くなかった。

§

仮眠や休憩代わりの雑談を挟んだりして。

朝方には、鳥の鳴き声や車の通過する音が外から聞こえてきたりして。

そうして今、時計を見ると日曜日、昼の十二時前くらいになっていて——そこでようやく、桐紗は口を開いた。

「……これで完成にしましょ」「納得できた？」「ええ」

ソファに座って作業の成り行きを見守っていた海ケ瀬が、桐紗の方に寄っていく。

「一応、あたしの中の目標だった『横顔を綺麗に表現する』ってところはクリアできたから、とりあえずはこれでいいわ。後はこれから、時間作れたら2・0みたいな感じでアップデートする方向で……今回は、これで終わり」

まとめ代わりに締めの言葉を結び、桐紗は床にぐでんと身体を投げ出した。

「あああああ、もう、疲れたああああああ！　しぬうううう……仕事、やだあああ。遊びたいいいいいい、ラーメン食べに行きたい、温泉行きたい、買い物したいいいいいっ…………」

そのままごろんごろんとフローリングに寝返りを打ちながら、唸るように叫び始める。

「ぶはっ」

「……千景、今笑った？　笑ったわよね？　なに、面白い？　あたしが滑稽に見えた？」

「い、いや笑ってない。なんかシュールな画だなとかは、一切思ってない」

「思ってるじゃない！」

「ねえねえ」助け船にしては嬉々とした声が、渦中の俺と桐紗に浴びせられる。

「つぶやいていいかな？　初配信の日付とか載せた文章、実はもう作ってあるんだよね」

はしゃぐ海ヶ瀬からは、待ちきれないといった様子が露骨に伝わってくる。

「……本格的にトレンドにのせるのは後で狙えるしね。そんなにしたいなら、良いわよ」

桐紗が了解と言うと、海ヶ瀬はスマホを取り出して、すらすらと何度かフリックを行う。

まだフォローはしていなかったが、ミオちゃんのＴｍｉｔｔｅｒアカウント自体は教えてもらっていた。そのため、すぐに俺も桐紗も、自分のスマホで内容を確認する。

【雫凪ミオ@Sizunagi_Mio】
はろわ～。
バーチャル灯台管理人の、雫凪ミオだよ
5月15日の18時に初めての配信やるから、みんな見に来てね～
配信の場所は、次のつぶやきにURL貼り付けるね(^^)
#雫凪ミオ初配信　#ＶＴｕｂｅｒ準備中　#初めてのつぶやき

ミオちゃんの初めてのつぶやきには、俺が描いた一枚絵が貼られている。

一九二〇ピクセル×一〇八〇ピクセルに描かれた世界の中で、ミオちゃんは透き通る海と真っ白な灯台を背景に、屈託の無い表情をしている。

海ヶ瀬果澪の雰囲気を残しつつ、キャラクターとしての雫凪ミオを作り上げる。

俺がイラストを描く前に掲げていたテーマは、一貫してきっちり押さえられているはず。

「ほら千景。あたしも反応したから、アトリエもとっとと反応しなさい」

「わかってる」


【アトリエ@4telier】

俺もまた、宣伝用の文章を打ち込んで、Ｔｍｉｔｔｅｒ上につぶやいた。

告知です！　このたび、雫凪ミオちゃんのデザインを担当させていただきました！

初配信の日取りも決まってるようなので、皆様、ぜひぜひ推してあげてくださいねっ！

【きりひめ @Kirihime】
雫凪ミオさんのモデリングを担当させていただきました。可愛くて良い子で、何より頑張り屋の子です。よろしければチェックしていただけると、嬉しいです。

「……なんか二人とも、Ｔｍｉｔｔｅｒの口調が普段と違うよね」

「ああ。こっちの方がウケが良いし、キャラ作った方が客観的に、冷静に振る舞えるし、なによりアイコンも相まって、自分が美少女になったかのような感覚を楽しめるからな」

「い、今まで聞いてきた亜鳥くんの言葉の中で、一番アレだったんだけど」

アレ。日本語は便利なもので、直接的表現は使わずともニュアンスだけを相手に伝えることができる。文句があるなら聞こうじゃないか、ええ？

「あたしの、場合は、自分の一挙手一投足が色々な影響を与える、から……」

「……おい、桐紗？」

「…………………くぅ」

どうやら、桐紗の体力はとうに限界だったらしい。

急に無言になって、床に崩れ落ちて、それからものの一分ほどで眠ってしまった。

「……ありがとう。お前のおかげで、俺はママになれた」

スヤァ、と眠る桐紗に向けて、素直に感謝を口にする。本当は直接言うべきなんだろうが、なら、後でもう一度言えばいい。わざわざ起こすのも迷惑だろう。

「このまま放置するのもあれだし、ベッドに運んであげた方が良いよね」

言うと、すぐに海ヶ瀬は背中に眠り姫を抱えていた。桐紗の髪に引っかかっていた眼鏡を机の上に置いて「私のこと、受け入れてくれてありがとう……」なんて小さな声で呟いて、海ヶ瀬はリビングの奥の部屋へと向かっていく。重なる二人の背中。俺はそれを見て、言い知れない達成感を抱いてしまう。

……感想だが。始まり方は多少歪でも、やったことがないことに皆で挑戦するってのは変わらない。偽らざる本心を言うなら、俺は楽しかった。

海ヶ瀬はどうだろう。俺に頼んで良かったと、思ってくれただろうか？

桐紗と仁愛、二人はどうだろう。巻き込まれた立場でも、ほんの少しでも楽しいと思ってくれただろうか？　……だったら、良いな。

来る前よりは綺麗になったリビングを見ながら、俺は自分勝手に、そう思った。

初配信、楽しみだな――。

「あれ……でも、なんか忘れてる気が……」「ふわぁ……」

大口を開き、そして大欠伸をかます仁愛が、ぴょこぴょことリビングにやってきた。

「あ。ぐっもーにん、チカ」

「今は昼だ……そんでお前、夕飯食ってからどこにいた？」

「そりゃ、あっちデス。いやぁ、久々に据え置きハードのソフトやりましたが、こっちはこっちで面白いデスね」

目を擦りながらやけに偉そうな感想をしゃべくる仁愛は廊下の先の防音室がある方を指差していて、余っている手でゲーム機を握っていた。

「桐紗の防音室の中で、ゲーム？　……勉強は？」

「それは……まあ、最悪補習受ければ良いんデスよ。それじゃ仁愛は夜まで寝マスから……」

一度深呼吸をして、努めて冷静になるように自分を諌めて――。

「一時間で良いから勉強しろ。しなかったら、俺の部屋出禁にする」

「え、い、今から⁉　そんなぁ……ふえん」

「泣きたいのは見張ってなきゃいけない俺の方だっつのっ」

俺だって眠いのに。くそ、仁愛の奴、まだまだ要観察だな。

【#7】五月のバーチャル・シンデレラ

人事を尽くして天命を待つ、という諺(ことわざ)がある。

今の俺たちにとっては、まさにぴったりの言葉だ。


2Dモデルが完成し、ちょうど一週間後。日付にすると、五月十五日。

雫凪(しずなぎ)ミオちゃんの、待ちに待った初配信の日——海ケ瀬(うみがせ)以外の俺たち三人は、パブリックビューイング代わりに俺の部屋、俺の作業スペースのモニターの前に集まっていた。

気になる具体的な内容についてだが……一切聞いていない。

付随して、配信であれやれこれやれと話したことは一度も無かった。

本人のやりたいことをやる、というのが大前提として存在し、俺たちがするのは、そのための補佐や助言。配信以外の部分をサポートしているぶん、配信内容そのものには口を出さない——というか海ケ瀬も、ごちゃごちゃ言われたらダルいはず。俺ですらそう思うのだから、実際にVTuber(ブイチューバー)をしている桐紗(きりさ)や仁愛(にあ)が気を遣わないはずもない。

だからこそ。

……これからどうなるのかがまったくわからなくて、こっちも緊張するんだけどな。

「そろそろ十八時になります……うぷっ。なんか、心臓が口から出そうデス……」

「うん、『雫凪ミオ初配信』ってタグがトレンドランキングに入ってる。このタイミングでもっかい宣伝のために、引用でつぶやいといて……ほら、仁愛も同じことしなさい」

「はい……」

　殊勝に桐紗に従う仁愛。おいおい、普段なら有り得ない姿だな、それは。

「な、なんか素直ね。どうかしたの？」

「……だって、今のキリサはきりひめ先生としての立場で動いてるんデスよね？　だったらそりゃ、素直に従います。きりひめ先生は、ニアにとっては恩人なんデスから。ニアが楽しく配信できているのだって、きりひめ先生のおかげデスし」

「……仁愛」

「ま、普段のキリサはやかましくて細かくて口を開けば説教ばかりで乳と尻ばっかり育ったスケアリー・モンスターデスけ……うぶぶ……おえっ」

「ちょっと感動した時間返しなさいよっ」

　むきーと憤る桐紗に両肩を掴まれて、仁愛はぶるぶると全身を揺さぶられていた。ここで吐くなよ？　片付け面倒くさすぎるから、せめてトイレ行ってくれよ？

　……そんで、そんな恒例のじゃれ合いに気を取られている場合でもない。華麗にスルーした俺は自分の作業ＰＣで、事前に打った布石の成果確認作業を続けていく。

　いずれも、上々だった。

泊まりがけの徹夜を敢行した結果、雫凪ミオちゃんが生まれた、あの日。

作業の熱量を引き継ぐかのように、翌日から俺たちは、宣伝施策を打っていった。

『いくら素晴らしいものをクリエイトしても、人々の目に触れなければ意味が無い。今の煩雑な世の中で生き残っていくには、クオリティと、コンテンツパワーと、引きと、運が必要よ——あとはコネと、自分にしかない特技があるなら、なお良しね』

以前、桐紗がＤｉｇｃｏｒｄに書いていたその言葉こそ、俺たちの原動力に他ならない。

……必要なものが多すぎるだろ、ってのはさておくとして。

ミオちゃんが自分の手札すべて使わないといけないというのは、完全同意だった。

そうでもなければ、スタートダッシュなんて決めれないだろう。

「あんまりやる前から持ち上げたくはないんだが、正直ＳＮＳ戦略に関しては完璧だと思う。仕掛けた側のこっちからしても、ここまで上手くいくと思ってなかった」

ともすれば油断ともとれる発言。

だが、聞いていた二人が頷いたのを見て、これは共通認識なんだなと理解する。

あれから一週間——ミオちゃんの初めてのつぶやきには『可愛い』『顔が良すぎる』『初配信絶対見に行きます！』『マジで楽しみ』などのリプライが三百件以上付いている。

いいねに至っては、五万を超えていた。

まず第一に、アトリエときりひめのネームバリューは強かった、ということだろう。俺ときりひめが行った告知ツイートもまた、ミオちゃんのつぶやきと同じか、それ以上にいいねが付いていた。しかし、ここまではあくまで、予想通りといったところ。


【シリウス・ラヴ・ベリルポッピン@XxX_SLB_XxX】

おい！　妾（わらわ）の友達が初配信するらしいから、暇な奴（やつ）は見てくれ！

ちなみに声めっちゃ可愛いし、歌も上手いぞ！　推すなら最初からだぞ！


加えて、シリウスちゃんが反応したのも大きかった。

他のＶＴｕｂｅｒ（ブイチューバー）とは交流が少なく、なおかつＳＮＳは配信通知ができるチラシの裏くらいにしか思っていないシリウスちゃんが、初めて行った純粋な宣伝告知ツイート。

これが引きにならないはずがなかった。

投じられた拡散の一石はＴｍｉｔｔｅｒ（ツミッター）上に波紋のように広がっていき、シリウスちゃんを起点にイラストレーター、ＦＰＳのプロゲーマー、声優……果ては、なんの接点も無い別の箱の有名ＶＴｕｂｅｒまでもが反応を重ねていった結果、個人勢で企業に所属していないＶＴｕｂｅｒとは到底思えないレベルの注目を浴びていた。

「それと……やっぱり、カミィの弾き語り動画が効いてるんですかね」

「そうね。それは間違いないと思う。どう考えてもあれ、素人とは思えないくらい上手いし。ミュージシャンにでもなった方が良いんじゃないってくらい、良い曲だしね……」

そして。今日までで準備してきた引きの中で、最後がそれだった。

ミオちゃんのチャンネルには初配信の予約枠の他に、もう一つ動画がアップされている。

タイトルは、五十二ヘルツの鯨。サムネイルは、俺が描き下ろした一枚絵。ミオちゃんがアコースティックギターを抱えながら防波堤に座り、夜明けの海と灯台を背景に佇んでいるという一枚。

単なる有名楽曲の歌ってみた、というわけじゃなく、自作楽曲の弾き語り動画。これだと、いくら完成度が高くても、単体で見れば注目されずにネットの海に沈んでいたかもしれないが……しかし、ここに俺たちの打った宣伝施策と、ＶＴｕｂｅｒというコンテンツパワーのうねりが合わされば、話は変わってくる。

ミオちゃんのチャンネルを開いて再生数を確認したところ、五十二ヘルツの鯨は既に十万回以上再生されていて、動画のコメントには『歌手なんかな』『めっちゃ良い』『初配信も期待』などのコメントが残されていた。

チャンネル登録者も、まだ初配信すらしていないのに、五万人を超えていた。

……五万人。ちょっとしたドームの収容人数くらいの数。もちろん視聴者は生身の人間だから、何もかもを数字で判断するのは良くない。それはわかっているが……。

　ここまでの規模感になると、そりゃ俺も緊張するし、コーヒー飲みまくってトイレ往復するし、そわそわするというものだろう。もういっそ、早く配信が始まってくれれば後は、腹を括(くく)るだけなのに。時間が進むのが、異様に遅く感じる。

「……あ。放送、始まったみたいデスよ」

　配信待機画面に切り替わり、画面の右上にチャット欄が表示される。

「うわ、コメントの流れ速いな……そんで視聴者数は……い、一万っ？」

　この時点で破格とも言える視聴者数。だが、一万じゃ収まらない。

　二万、三万、五万……リアルタイムでの視聴者数更新が行われる度に数字は大きくなっていって、最終的には……。

「じゅ、十万人!?　ＯＭＧ(オーマイガー)！　やばいやばいやばい、くっそ人いるじゃないデスか！」

　座っていたダイニングチェアから、転げ落ちそうになる仁愛(にあ)。俺も実際に目で確認したら本当に十万人いたし、なんならまだ、千人単位でちょっとずつ増えていた。

　――近年はＶＴｕｂｅｒ全体の視聴者数が増加していることもあって、人気のＶＴｕｂｅｒの放送視聴者数が万を超えること自体は少なくない。現にシリウスちゃんは英語を話せるのが相まってかアベレージで二、三万人くらいの視聴者が放送を見ているし、有名絵師のきりひめもまた、配信すれば一万人ほどの視聴者が見に来ている。これが本当に旬でトップレベルのＶＴｕｂｅｒ（ブイチューバー）になると、平均で五万人ほどの視聴者が配信に詰めかける。

　事実として、ＶＴｕｂｅｒは既に、押しも押されもしない人気コンテンツとなっている。

……だが、これが無名の新人で、事務所に所属していない個人勢で、なおかつ初配信で。

そういった条件が重なったうえでの、この数字は……はっきり言って凄（すご）いとかそういう次元じゃない。異例で、前例が無い。尋常じゃない。実際こうなるように仕向けたのは俺たちなわけだが、本当に実現されるとそれはそれで、腰を抜かしそうになる。

　この圧倒的なまでの視聴者数に、ミオちゃんがプレッシャーを感じなければ良（い）いが……。

「つ、遂（つい）に始まるんデスね……頑張れ、カミィ」

「失言に気を付けるように言った。掌（てのひら）に人って書いて飲むようにも言った。後は……うん。もう、本人の能力を信じるしかないわね」

　俺はタンブラーに注（つ）がれたコーヒーを一口含んでから、一度深呼吸する。

　とうの昔に賽（さい）は投げられた。今さらじたばたしてもしょうがない。別に犯罪やろうってわけでもないし、第一、初回から完璧な放送ができる方が珍しいはず。

　俺たちはどんな放送になろうとも、最後まで見届けるだけ。

「……頑張れよ、ミオちゃん」

　海ケ瀬（うみがせ）がやりたくてしょうがなかったことを、裏方として応援するだけだ。

【初配信】雫凪ミオです、よろしく〰〰〰(^○^)【兼自己紹介】

『あー、あー……皆さん聞こえてますか〜、声の大きさとか、だいじょぶですか?』

『……それじゃ改めて。はろわ〜、雫凪ミオです。今日がＶＴｕｂｅｒとしての初配信なのですっごく緊張してますが、明るく楽しくやっていけるように頑張ります、よろしくね』

「思ったより、落ち着いて話してる気はするわね」

「はい。カミィ、人前に立つみたいなことに慣れてるんデスかね」

「……カミィじゃなくて、ミオちゃんな」

「そ、そうデスね。つい、うっかり……」

出だしは上々、といった具合だろうか。コメントも『可愛い』『きた』『はろわ』などなど、おおむね好意的なコメントが多く流れている。『弾き語り聴きました!』なんてコメントも流れている辺り、あの動画を見て初配信にやって来た視聴者も多いだろう。

一通りの軽い挨拶が終わってから、やがて自己紹介に移った。

『じゃあ最初の挨拶はこんな感じで、次は自己紹介やるね〜……よいしょ』
☆名前：雫凪ミオ　☆身長：百六十三センチ　☆血液型：Ａ型

☆職業：バーチャル灯台管理人兼高校生　☆住んでるところ：バーチャル灯台
☆ママ：アトリエせんせー　☆パパ：きりひめせんせー
☆好きなこと：音楽、料理、運動、色んなゲーム、アニメ
☆好きなもの：グミ、イラスト、楽器、ゴマフアザラシ
『アザラシ好きなんだ、って？　そう！　特に赤ちゃんだと丸々してて、ぴょこぴょこ動いててね！　……ごほん。ごめん、なんか熱くなっちゃった……でも、可愛(かわい)いよ』

「……色んなゲームが好きってことは、ＦＰＳに偏見は無いってことデスよね」

「はい。いっつも勝つことばっかり考えてやってマスから。だから、友達と楽しくやりたいって、ミオちゃんと遊びたいって……大丈夫、でしょうか？」

「後でそうやって、本人に頼んでみればいい。大丈夫かどうかは、ミオちゃん次第だ」

配信画面に映し出されていたスライドには、ミオちゃんのパーソナルデータがまとめて記載されている。

ミオちゃんの衣装にもあしらわれているからだろうか？　アザラシに食いついている視聴者が多い印象だった。『わかる』『ゴマフアザラシ良(い)いよね』『ゴマちゃんね？』などのコメントが目に付く——類は友を呼ぶじゃないが、好きな人はコメントしがちなのかもし

しずなき
☆名前：雫凪ミ
☆身長：163センチ ☆血
☆職業：バーチャル灯台
☆住んでるところ：バー
☆ママ：アトリエせん
☆好きなこと：音楽、
☆好きなもの：グミ、
RIO2 服にもゴ
みみこ 可愛い
アルパカ楽団
てれ太郎 ゴ

れない。

とまあ、自己紹介に関連したコメント読みが続き、いつの間にか十五分ほどが経過。

やがて、Ｔｍｉｔｔｅｒ（ツミッター）等で配信告知を行う際に必要となってくる配信タグを、視聴者と考える運びとなった。

『アンケートの結果、生放送タグは「＃雫凪（しずなぎ）灯台放送」で、ファンアートのタグは「ミオの澪標（みおつくし）」に決定ってことで。ぱちぱちぱち……そうだね。皆、良かったらイラスト描いてほしいな。三面図とかはＴｍｉｔｔｅｒに貼ってるから、それ参考にしてね～』

「ファンアート描いてもらえるの、すげえ楽しみなんだよな」

「アトリエの知名度向上に繋（つな）がるから、かしら。最初に言ってたわよね」

「あー……まあ、それもそうだが、普通に気持ちの話だ。こうやって自分が描いた娘の創作したいって思ってくれるって、やっぱり嬉（うれ）しいもんだ――きりひめだって、そうだろ？」

「……ええ、それはもちろん、そうね」

「な、なんでニアの方見るんデスか」

「あまりのギャップに打ちひしがれてるだけよ……」

いつの間にか配信開始から五十分ほどが経（た）っていた。

一応、初配信は一時間程度でまとめるという話だったが……どうするんだろうか？

『わっ。もう一時間経ちそうじゃんっ……どうしよう。本当は事前に募集しておいた質問箱の質問とかも読もうと思ってたんだけど、このままじゃ一時間超えそう』

『……別枠取ればって？　よし、それ採用します。とりあえず初配信枠はこの辺でまとめちゃって、一時間休憩挟んで、二十時になったら質問答える枠やりますっ。急だけど、もし見に来れるって人いたら、来てくれると嬉しいな』

『あ、そうだ。知ってる人もいると思うけど、一応宣伝』

『チャンネルに弾き語りの動画あるから、そっちも見てくれると私がとても喜びます。できたら聞いてね～……と、いうわけで。とりあえず、一回締めます』

『初配信、見に来てくれてありがとう。楽しい配信になるように私も楽しむつもりだから、これからもよろしく。それじゃ、またね～』

「……終わったわね」

「終わったんデスね……はあ、疲れた」

雫凪ミオちゃんの初配信、終了。

完全に枠が閉じられるまでの間、軽快なフリー音源と共に、余韻に浸る視聴者たちのコメントが流れ続けていた。『お疲れ様でした』『次枠までに風呂入ってこよ』『声が良すぎる〜』かろうじて視認できたいくつかのコメントはやっぱり、好意的なそれだった。

とりあえずは、一安心して良いかもしれない。

「初めてだけど、良い放送になったんじゃないデスか？」

「ええ。初回で、まったくの配信経験無しでこれなら、百点レベルだと思うわ」

腕組みと共に高評価を与える桐紗。俺も同感だった。雫凪ミオというＶＴｕｂｅｒがどういう雰囲気の配信をするのか、今回見てくれた視聴者にはしっかりと伝わったはず。

声は綺麗で、発言内容に問題は無く、つまりは王道で正統派なＶＴｕｂｅｒ。

レッドオーシャンの中に舞い降りた大型新人として、ブレイクするに相応しいはず。

後は、最初の勢いをどこまで維持できるか、だが……。

「……おい、ちょっと待ってくれ」

「やっと気づいたようね」

画面を眺めていたら、ちょこんと表示されていた数字が目に入る。

チャンネル登録者数：二十万人。

異様な存在感を放ちながらも、確かにそう書かれている。

「じゅ、十万人見に来て、登録者数が二十万人超えてって、すごい……すごすぎマスよ！」

喜び勇む仁愛。反対に、桐紗は腕組みしながら緊張の面持ちを崩さない。

本当は桐紗だって、手放しに喜びたいはずだが……いや、まだまだ始まったばかりだしな。ここで浮かれすぎて足を掬われないように、自制しているのかもしれない。

「もしかしたら俺たちは、とんでもないスターを生み出しちまったのかもな」

「それもそうだし、なんならこれからも大変よ。こんなに人気になっちゃった以上、裏方でやれることは協力してあげて、メンタル的にも支えてあげたりしなくちゃ……で。それじゃ、まず手始めに」

「なんかやることでもあるんデスか？」

仁愛からの質問を受けて。

そこでようやく、桐紗は破顔した。

「――十万人の目標達成記念に、ホールケーキでも注文しましょうか」

§

こうしてミオちゃんは鮮烈なデビューを飾ったわけだが、とはいえ雫凪ミオが何の後ろ盾もない個人勢ＶＴｕｂｅｒであることは変わらない。

なんならむしろ、大きく脚光を浴びたからこそ、本来ならば一人で賄えたはずのことができなくなったり、想定したものを大きく上回る規模感にてんてこ舞い、という可能性だって考えられる。

故に。初配信したし、じゃあ後はそっちで勝手に……と投げ出すのではなく、最初のうちは俺たちも引き続きできる範囲で協力しようということで、話が動いていた。

そして、以下が、その備忘録及び、都度都度でのミオちゃんのつぶやきである——。

§

◆五月十八日（水曜日）

「一応確認しておくと……『クラウン・ナイトメア』は制作した会社が自由に動画サイトで実況してOKって言ってる。良かったわね、果澪。問題なく、次の配信はできそうよ」

「…………………」

「黙ってたって、もう決まったことよ。そもそもルーレット引いたのは果澪でしょ？」

「しかも、ホラゲー抜くのは卑怯だからって理由で入れたわけだしな。だったら、やっぱりRPGやります、とか言うわけにもいかないだろ」

「でも、ねえ～……もう、無理なんだって……どうしよう……」

【Clown Nightmare】ピエロから逃げます！【雫凪ミオ】

『ねえ待って、めっちゃこわい！　なにこれ、ちゃんと隠れてるのに！　……ひゃあ！』

初配信、ならびに質問への回答を行った次の放送で、ミオちゃんはホラーゲーム配信を行った。ゲームタイトルは『クラウン・ナイトメア』。ピエロから逃げ続け、洋館からの脱出を図るシンプルなゲームで、近頃VTuber（ブイチューバー）の間で話題になっていたタイトルだ。
で。どうして初のゲーム配信でホラゲーをやっているのか？　こんなにもビビりまくって、苦手そうにしているのに……という点についてだが。

これはもう、ミオちゃん自身の運が悪かった、としか言いようがない。初ゲーム配信でどういったジャンルをやるのかを一個前の枠の生放送中にルーレットアプリを使って決めた結果、見事ホラゲーを引き当ててしまったから——吸い寄せられるようにしてホラゲーが割り当てられた穴に玉が吸い込まれていった時は、正直吹き出しそうになってしまった。

つーか、そんなにホラゲーが苦手なら、そもそもホラゲーってジャンルをルーレットから外せば良かったのに。無駄に正々堂々としているというか、馬鹿正直というか。

……しかしまあ、可哀想（かわいそう）は可愛い（かわいい）、なんて言葉もある。

このホラゲー放送のアーカイブは既に百万回再生されていて、その配信をきっかけにチャンネル登録者数は三十万人を超えた。

【雫凪ミオ @Sizunagi_Mio】

ホラゲー配信お疲れ様～……叫びすぎて、喉痛くなっちゃった。

それと。サムネ用の画像描いてくれたり、ファンアート描いてくれてる人、感謝です。

みんなのイラスト見てるだけで、すっごく幸せな気分になれます！

良かったら、これからも私の配信見てほしいな。

◆五月二十二日（日曜日）
「今度歌枠やろうと思ってるんだけど、一軒家だったら防音室とか買わなくて良い？」

「……防音室って、どんくらいするんだっけか」

「ニアとキリサが使ってる会社のは、どっちも百万超えてますね」

「たっけえ」

「あ。でもレンタルもありますし、ニアの口利きで多少安くできるかもデス」

「一軒家ならそこまでしなくてたぶん大丈夫よ。それよりも、放送に周囲の環境音が乗らないかどうかを気にした方が良いわ」

「りょうかい～」


【弾き語り】三十万人突破記念！　リクエストも募集中です！【雫凪ミオ】

『――というわけで、三曲目は二人組バンド「ナナヨル」さんの「可燃性少女」でした。やっぱこの曲、サビの盛り上がりでテンション上がるよね～』

チャンネル登録者数三十万人突破を記念し、その日ミオちゃんは歌枠兼演奏枠を行った。この配信によって、ミオちゃんはＶＴｕｂｅｒ（ブイチューバー）としてだけでなく、一人の音楽家としてもスタートを切れたような気がする。裏付けとして、五十二ヘルツの鯨の再生回数は百万再生を超えていたし、歌枠でのコメントには『初見』というコメントも多く流れていた。

……やはり、ミオちゃんの音楽センスは非凡なものだったんだろう。というのも、プロのシンガーソングライターやアニソンシンガーなども五十二ヘルツの鯨という楽曲に反応していたから。絶賛のコメントを自らのＴｍｉｔｔｅｒ（ツミッター）に呟（つぶや）いていたから。プロの目から見ても素晴らしいものだと、評価を受けていたから。

と、いうわけで。ミオちゃんは自らの話題性に加えて類（たぐ）い稀（まれ）なる音楽センスによって、今までＶＴｕｂｅｒを見てこなかった層からも支持を集めることに成功し――チャンネル登録者数は、それまでよりもさらに、加速度的に増えていった。

【雫凪ミオ @Sizunagi_Mio】
弾き語り枠お疲れ様でした！　久しぶりに歌えて、気分転換にもなりました(>◯<)

配信してて思うんだけど、コメントしてくれてる人、本当にありがとう。見てくれるだけで嬉しいけど、コメントがあればもっと、誰かが見てくれてるんだって気分になるよね。

最近は、毎日が楽しいです！

◆五月二十九日（日曜日）

「FPSがどういうものなのかってのは、カミィも知ってますか？」

「うん。銃を撃って敵を殺すゲームだよね」

「そ、その通りなんだけど、いざ言われると物騒な発言に聞こえるわね」

「OKデス。それだけわかってたら、後はもう実際にやってみて覚える感じで行きましょう――あ、そうだ。『AA』は三人で一チームなんデスけど、キリサもどうデス？」

「あたしは……良いわ。また、次の機会ってことにしましょ」

「仁愛には強気で説教できるのに、推し相手には距離を置いちゃう、と……」

「い、いきなり会話に入ってこないでよ」

【Artificial Army】シリウスちゃんに教えてもらう！【雫凪ミオ】

『こんばんはー……あれ、聞こえてますか？』

『き、聞こえてる。大丈夫デ……大丈夫だ』

『あ、良かった——お疲れ様、雫凪ミオです。今日はよろしくお願いします～』

『うむ。なら、挨拶を——闇の帳(とばり)が降りる時——電脳に血が満ちる時——Ｗｅｌｃｏｍｅ(ウェルカム) ｔｏ(トゥー) ｍｙ(マイ) Ｇａｌａｘｙ(ギャラクシー)。妾(わらわ)こそ星読みの吸血姫(きゅうけつき)、シリウス・ラヴ・ベリルポッピンだ！　——よし、早速やるぞ！』

『おっけー……でも、本当に大丈夫かな。私ＦＰＳって初めてやるから、たぶんめっちゃ下手くそだよ』

『最初は誰でも下手だから気にするな。それに、妾がやろうって誘ったんだから、呆(あき)れたり怒ったりは絶対しない。そこは安心しろ』

『……ねえみんな。こういう感じで、シリウスちゃんは結構優しいんだよ』

『ちょ、ちょっとそれ、営業妨害なんデス……だが！』


その日、ミオちゃんは初めてのコラボ配信を、シリウスちゃんと共に行った。

……少しずつ周知されていたことだが、ミオちゃんは天性のゲームセンスを持っていた。

最初のホラゲーこそ恐怖のあまり同じ場所をぐるぐる回るポンコツっぷりを披露していたが、以降に挑戦したアドベンチャーゲームやアクションゲームは一つの枠できっちりとそのゲームを終わらせていて、なおかつゲーム進行もスムーズだった。

シリウスちゃんとやったＦＰＳも、最初はぎこちない動きだったが、操作に慣れ始め自分の使うキャラクターのスキルを理解し始めると、すぐさまキルを取ることができていた。

ちなみに、ミオちゃんのお気に入りのキャラは周囲の敵が何人いるかを把握できる、スキャン系のキャラらしい。

と、いったこともあり。

シリウスちゃん経由でミオちゃんの配信にやってきた視聴者も多いようで、この配信からしばらくして、ミオちゃんのチャンネル登録者数は見事、八十万人を突破した。

【雫凪ミオ@Sizunagi_Mio】
初FPS、見てくれた？　シリウスちゃんの教え方が良かったからだけど、思ったよりもキル取れてすごい楽しかった(*^^*)
今まで、ゲームは一人でやってきたんだけど、誰かと一緒に遊ぶって、凄く楽しいね。
こんな楽しみ知っちゃったら、一人でやるのがなんだか寂しく思えちゃうかも。

◆六月十二日（日曜日）
「そろそろ一ヶ月、ね」

「本当に、こんなにも皆を楽しませられるなんて、カミィはすごいデスよ！」

「ううん。私じゃなくて、周りの人たちのおかげだよ。今日までこうやって支えてくれて、配信も見てくれて。ありがとうって言葉じゃ、やっぱり足りないよね」

「そう思うなら、これからもＶＴｕｂｅｒ(ブイチューバー)として頑張ってくれよ。そうしてくれたらアトリエも、きりひめも、シリウスちゃんも、もちろんミオちゃんも。全員が全員、すごいってことで、ハッピーになれるからな」


【一ヶ月記念兼、収益化記念】感謝の雑談配信【雫凪ミオ】

『ちょっと聞きたいんだけど。みんなはさ。どうして、私の配信見に来てくれるようになったの？　……よく寝れるからって、ふふっ。ねえ、それって褒めてるの？』

『……コメント拾ってくれたから？　それは、うん、結構嬉(うれ)しい。私、みんなのコメント見るのすごい好きだから。今同じ時間に生きてる人がいるんだなあって、そう思えるから。一人じゃないんだって、そんな気分になれ……なんか恥ずかしいこと言ってるね』

『スパチャの使い道どうするのって？　んー……貯金かな。それで、いつか大きなことがしたいってなった時にできるように、今から貯(た)めておこうって感じ——あ、ごめん、やっぱ嘘(うそ)。グミだけ、ほんのちょっと買わせて。それだけは、私の生きがいなの！』

『それじゃあ、そろそろみんなが事前に送ってくれた質問とか、読もうかな——』

その日、ミオちゃんは一ヶ月記念の雑談配信を行った。

ＮｏｗＴｕｂｅ(ナウチューブ)の審査にも通ったようで、その日からスーパーチャット——いわゆる投げ銭が開放されていた。チャット欄は少額から万単位の金額まで幅広い額のスパチャが飛んでいて、他にも純粋に配信を見に来ている視聴者も多く、同時視聴者数は初配信の時の十万人を超える、十五万人もの視聴者が詰めかけていた。コメント欄に至っては早すぎて、読めなかった。

今日まで積み上げてきたものが、すべて形になっていたと思う。

枠が終わった翌日、ミオちゃんのチャンネル登録者数は遂(つい)に百万人を超え、配信アーカイブには五千件近くのコメントが残り——。

最初に目指していた、社会現象とも呼ぶべきバズりっぷりの実現。

間違いなくミオちゃんは、今をときめく大人気ＶＴｕｂｅｒ(ブイチューバー)となっていた。


【雫凪(しずなぎ)ミオ @Sizunagi_Mio】

この活動を初めて一ヶ月が経(た)ちました。

色々な配信をしてきたけれど、そのどれもが、私にとってはとても大切な思い出です。

今日まで見てくれてる皆、ありがとう。

この世界で本当の私のことを見てくれて、ありがとう。

皆が見てくれる限り、私は――この世界で生きていけます。

§

「こんなに順調なことって、あるもんなんだな……」

真夜中。自分の作業用ＰＣの前で、俺は思わず一人ごちてしまった。

当初海ケ瀬（うみがせ）が掲げていた目標はチャンネル登録者数、十万人。

しかし現実は、一ヶ月でまさかの百万人。十万人記念の銀の盾はおろか、百万人記念の金の盾すらＮｏｗＴｕｂｅ運営から貰（もら）えるほどに圧倒的な存在になっていて、そしてもちろん、ミオちゃんの活躍はアトリエにも無関係じゃなかった。

俺のフォロワー数は雫凪ミオ誕生以降ぐんぐんと増えていき、今では百二十万人までに達していた。ただでさえ多かったイラストへのレスポンスは日増しに多くなり、今ではいいね数は十万がデフォルト、そのレベルの巨大アカウントに成長していた。

今までのようにえっちイラストを上げるのが少しだけ躊躇（ため）われるくらい、それほどに多くの人がミオちゃんのママであるアトリエのことを認知し始めていたし、ビジネス用のメールアドレスには、今までの絵描き人生の中で最も、仕事依頼のメールが溜（た）まっていた。

……なんというか、今の俺の気持ちを表すのは難しい。

ただ、間違いないのは嬉しかったということ。

俺は、ミオちゃんが羽ばたくための一助になれて、本当に良かったと思っている。

それは自分が得をしたからとか、イラストレーターとして大きくなれたからとか、そういうのもあったが、何よりも……。

自分のイラストが好きだと言ってくれて、自分に拘ってくれて。

そんな人間を、自分のイラストによって、高みに連れて行ってやれた。

単なる一つの成功体験としてはあまりにも大きすぎるその事実が俺をどうしようもなく高揚させていて、今では、気づけばミオちゃんの放送を開き、同時にTmitter上で有志が描いたミオちゃんのファンアートをいいねしてしまうくらい、それくらい肩入れしてしまっていた。これからも応援していこうと、当然のように思っていた。

§

……そして。海ヶ瀬から誘いの連絡が入ったのは、そんな時のことだった。

『息抜きがてら、明日の放課後どこか行かない？』

翌日。

授業が終わるなり、品川にある水族館へと連れて行かれた。

「あああ～、可愛い可愛い可愛い……持って帰っちゃいたいくらい、可愛い～……」

しかし、なあ。ゴマフアザラシが好きだ好きだとは聞いていたが、まさか外出先を水族館に指定してくるほどの固執っぷりだとは……。

「言っちゃなんだが、アザラシってそんな可愛いか？」

トンネル水槽の中でゆらゆら泳ぐ海棲哺乳類を見ているうちに、思わず本音が漏れる。

「は？　亜鳥くん、今なんて言った？」

しっかり拾われてしまった。まるでヤンデレ差分時のミオちゃんみたいな顔で、つかつかと俺の方に歩いてくる海ヶ瀬。このまま刺されるんじゃね、くらいの勢い。怖っ。

「い、いや、だって、もっとわかりやすく可愛い動物っているだろ？　犬とか猫とか。なのに、わざわざアザラシを選んで萌えを感じるのは、よくわからないというか」

「ただのアザラシじゃなくて、ゴマフアザラシね。まずその時点で何もわかってない」

わかんないって言ったじゃん……。

「それに、私だって犬とか猫は好きだよ。好きで、でも、それ以上にゴマフアザラシが好きって話――見てよ、この大きいとも小さいとも言えないサイズ感に特徴的な斑点。くりくりっとしててキュートな目。あ、うわ、ふわ～……」

目をとろんとさせ、最終的には語彙すらも消失させていたが、とにかく好きだということは理解できた。わかったよ。そこまで言うなら、もっかい見てみるか？

……ガラス越しに、ゴマフアザラシと目が合った気がした。

やあ、こんにちは——ぼってりとした彼、いや、彼女かもしれないが、テレパシーで話しかけられた気すらしてくる。

なるほど確かに、独特のひょうきんさと、癖になる感覚がある……かもしれない。

「よくイラストになってる白いゴマフアザラシって、全部赤ちゃんなんだよ？　産毛が白くて、段々大人になると黒っぽくなっていって——」

「へえ」その後、二十分近くゴマフアザラシのことを語られて。俺は相槌を打つだけで。

ようやっと濃い青色で彩られた館内の中を歩き始めた辺りで、海ケ瀬は冷静になった。

「……急なのに付き合ってくれてありがとう。ほんとは仕事したかったよね？」

特別な目的や所用が無い限り、俺は、授業が終わればどこにも寄らずまっすぐ家に帰っている。俺にとってはイラストを描く行為が遊びに行く行為のようなものだったし、何より、仁愛と夕飯を食うことが、ほぼほぼ習慣のようになっていたし。

なのに、今日こうして珍しいことをしている理由は一つ。

「いや、気にしなくていいぞ。最近は割かしスケジュールに余裕あるし、それに……俺もこういう機会、作りたかったし」

正直に言うと、俺も海ヶ瀬と話がしたかった。話題は山ほどある。とりあえず一ヶ月お疲れ様だとか、広告収入はちゃんと貯金するんだな偉いなとか、後は……。

こんなこと思うのは初めてだった。自分でも謎だ。俺にとってイラストを描くことの優先順位は常に一位だったのに、それを押しのけてまで海ヶ瀬と話そう、だなんて。

……それだけ俺にとっても、ミオちゃんは大切な存在だった、のかもしれないな。

「どうだ、ここまでの人気者になれた感想は」

さしあたり、そんなことから聞いてみた。

「すごく嬉しいよ、満たされてるって感じ。でも、そのぶん忙しいけどね。今後やろうと思っている企画考えたり、やるゲームの洗い出しとか。後は、メンバーシップで使えるスタンプ考えたりもしなくちゃ」

「そうか……大変だな。人が見てくれるぶん、適当にはできないってことだろ？」

ねぎらいに対して、海ヶ瀬は首を振る。

「ううん。皆に楽しんでもらうためなら、私はなんでもやれるよ。だって、あんなにいっぱいの人が、私の配信を見に来てくれてるんだよ。なら応えないと……他でもない私が皆に望まれてるんだから」

館内の照明のせいだろうか？　心なしか、海ヶ瀬の瞳は輝いているようにも見えた。

自覚があるのは良いことだ。

　贔屓目抜きに見ても、雫凪ミオは今、最も熱いVTuber。配信が始まれば一万人をゆうに超える大勢の視聴者がミオちゃんの配信を見に来るし、チャンネル登録者数の伸びだって、未だに収まらない。であれば、見てくれる人のことを考えて放送しなきゃと思うのも自然なこと――敢えて言うなら、立派なことだろう。

「視聴者を大切にするってのは、素晴らしい姿勢だな」

「そう言ってくれるのは嬉しいけど……でも、これも全部、自分のためだから」

　自分のため。頑張れば頑張るだけ楽しくなるし、海ケ瀬当人が最初に言っていた変身願望――キャラクターとしての自分になりたい、という願いも擬似的に叶うわけだしな。そう考えると、自分のためってのもあながち間違いじゃない、のか？

「そうだ。そういや、スタンプって言ってたが」

「うん」

「どういう感じのものか教えてくれれば、描くぞ」

　小魚が納められた水槽エリアに差し掛かったところで、俺はその提案を持ちかけた。

「乗りかかった船だし、普段スタンプとかに使うようなSDキャラって描かないしな。機会があれば、描いてみたいと思ってた。報酬については……言い出しっぺの俺から言うのもなんだが、後々詰めていくことにして、さ」

　一度イラスト周りに触れたせいか、どんどんとアイデアや希望が膨らむ。

「後は……そうだ。違う衣装とか欲しくないか？　企業所属の人たちとかシリウスちゃんとかって、いろいろな衣装持ってるだろ？　デフォルトの服の他に私服とか、フォーマルな衣装とか。だから、ミオちゃんも他の衣装考えるのありだなって思ってだな。ちな、俺が最近ハマっているのはニットなんだが……」

「……」「海ヶ瀬？」

ニットはこれからの季節にそぐわないでしょ、とでも思っているんだろうか？　確かにそうだな。じゃあ、別に他のでもいい。夏服で白いワンピース、なんてのも良さそうだ。

「……亜鳥くんは」「なんだ」

「アトリエ先生は……これからも私の放送、見るつもり？」

俺の打診に対する答えは返ってこなくて、上から質問を被せられた。

「そりゃ見るだろ。あんだけ人気になってるわけだし、第一、普通に俺が気になるし」

イラスト描くための作業用ＢＧＭとしてサブモニターに流してても、たまにそっちを見てばっかりになることもある——本末転倒だけども。

とにかく、いわゆる『推し』と形容しても構わないくらいには、俺は雫凪ミオの放送を欠かさずに見ていた。桐紗がシリウスちゃんに心酔していた理由も、今の俺なら理解できる。きっと、頑張りを傍で見ていたからこそ、余計にそう思うんだろうな。

「……そっかそっか。うん、ありがとう、見てくれて」

「ああ。でも、あれだぞ？　ちょっとこれは言っておきたいんだが」

仁愛という悪しき前例がある以上、口にしたくなってしまう。こういうのをマネージャー面って言うんだろうか？　……いやでも俺ら実際マネージャーみたいなことしてたし、これは配信者としてではなく、学生としての話。耳に入れておくくらい、許してほしい。

「配信ばっかして、他のことが疎かにならないようにな。勉強とかはまあ、たぶん大丈夫なんだろうが。他にも大切なことって、あるだろうしさ」

口にして、しばらく間が空いた。

「……これ以上に大切なことって、あるのかな？」

「あるに決まってるだろ。なんせ我々は、青い春を生きる高校生なんだからな」

即帰宅してイラストばかり描いてる奴がよくもそんな薄っぺらいこと言えるなと、自嘲と共にツッコミ待ちしていた俺。そのまま、海ケ瀬の顔を見る。

不思議だった。

今まで何十回と見てきた表情だったのに、その時だけ、まるで別人みたいに見えた。

「……亜鳥くんにとって、山城さんや才座さんは大切な人？」

「な、なんだよ、藪から棒に」

素面で答えるのが憚られる質問だった。そりゃイエスかノーかの単純な二択だが、なんでこのタイミングでそんなん聞いてくるんだろう。わかんねえ……。

「……大雑把に言えば、そうだよ――あいつらには言うなよ、調子乗るから」

特に仁愛。

「じゃあ……私は？」

続けて海ヶ瀬は、主語を自分にして問いかけてくる。だから、恥ずいってのに。

「亜鳥くんは私のこと、そう思ってくれる？」

……でも。なんだかその言葉には、有無を言わさぬ重圧みたいなものがあって。

そのせいで俺は、心の底からの感情を言葉にすることしかできなかった。

「大切だよ。ミオちゃんは俺たちにとって、かけがえのない存在だからな」

「……………うん」

割に長い沈黙が、海ヶ瀬の歩幅が俺よりも大きくなっていたことに気づかせてくる。

「じゃあ、亜鳥くん――あなたには、これからも私を見ていてほしい。私のやりたいことも、これから私がどういう存在になっていくのかも、丸ごと全部」

一メートルくらい前を歩いていた海ヶ瀬は振り返って、そう口にした。

「？　ああ、うん」

「それで、その時は――」続く言葉は途切れる。

「……海ヶ瀬？」

「見ててね、私のこと。私がこれからやることを、何もかも」

どうしてだろう。承諾も疑問もそれ以外のことも、何もかも言えなかった。

実際のところ、さっきから海ヶ瀬(うみがせ)の言葉は抽象的で、結局何が言いたいのかがわからなくて、それなのに、理由を聞くのが躊躇(ためら)われてしまう。なんだか、それを知ってしまったらそれこそ水槽のように厚くて堅い壁が、俺たちを隔ててしまうような気がしたから。

目の前の海ヶ瀬が、いなくなってしまうんじゃないかとすら、思ったから――。

閉館間際になって、俺たちは水族館を後にした。

オレンジとパープルが混ざる空の下を、二人で歩く。

「今日は楽しかった。それじゃ――ばいばい」

「ああ……じゃあな。また、学校で」

そうして。最寄り駅に着いた頃には、さっきまでの海ヶ瀬に対して一瞬だけ感じた違和感とかは完全に消え去っていて、だからこそ、人の喧噪(けんそう)で賑(にぎ)わう駅の構内で別れを告げられた俺もまた、小さく手を上げて別れを告げるしかなかった。

一人になり、自分のアパートに繋(つな)がる電車のホームへと向かう。

大丈夫、だよな?

形容しがたい不安が足下にまとわりついているような気がして、拭い去るために俺は耳に無線イヤホンを挿した。

続けて、ミオちゃんの三十万人記念の弾き語り枠を流し始める。

楽しそうなミオちゃんの歌声——それすらも、俺の心残りをかき消せなかった。

後になって、思うに。雫凪ミオ誕生プロジェクトは間違いなく成功していた。

それだけを考えていたのだから、当然だろう。

本当に、俺は徹頭徹尾、雫凪ミオちゃんのことばかり考えていて。

——海ヶ瀬果澪のことを、まるっきり知ろうとしていなかったのだから。

【#8】凪が止む時

海ケ瀬と一緒に水族館に行った先週の金曜日から、一週間後の朝のこと。

「今日の欠席は男子がいなくて、女子は——海ヶ瀬さん、と」

教室の壇上でシニヨンヘアを揺らす2A担任——穂積先生は、欠席者の確認をし終えると立て続けに連絡事項を伝えた。海岸でのゴミ拾いボランティアへの参加希望は来週までだとか、週末は校舎の空調工事で学校に入れなくなるだとか、おおよそ俺には関係の無い話が五分ほど行われた後、SHRそのものが閉められる。

……無意識のうちに、意味もなく窓際に視線を送ってしまう。

今日も変わらず、俺の左隣は空席だ。

「先生」それから、生徒各々が一限の準備を始めている最中、俺は抜き足で廊下に出て、職員室に戻ろうとする穂積先生の背中を呼び止めた。

「……あら亜鳥くん。もしかして、慈善事業に興味アリ?」

「いえ。諸事情で参加する時間が無いので、すみません」

「良かった、助かるわ。あんまりに参加希望が少ないから、最悪各クラスから一人二人見繕うことも視野に入れないとって話だったの。よろしくお願いね」

「よろしくしませんって」

どうも教員サイドにも事情があるらしくゴリ押そうとしてきていたが、断固として拒否。知らないだろうが、こっちには仕事があるんだ。海岸の美化に熱を上げたり、それの休憩時間に浅瀬でチャプチャプ遊ぶ、なんてことしてる時間、俺にはない。

それでなくとも――大きめの心配事があるわけだし。

「海ヶ瀬の奴、また欠席ですか」

その名前を出された穂積先生は、表情を硬くしていた。

今週の月曜日から今日、金曜日に至るまで五日連続。今週に至っては一度も登校してきていないことになる。盲腸やインフルエンザなんかのわかりやすい理由などが付け足されているわけでもないので流石に、こうも続くと心配になるってもんだろう。

「体調不良、らしいのよね」

「らしいってのは？」

「電話対応してる事務員さんの話だと、欠席連絡はずっと親御さんじゃなくて、本人が電話してきているそうなの。だから、邪推するなら電話をかけられる程度には元気なんだとは思うわ……実際、昨日大丈夫？って連絡したら、海ヶ瀬さんの声は聞けたしね」

俺がごちゃごちゃ詳細を教えてくれと喚く前に、先生の方から全てを話してくれた。

「心配なの？」

「率直に言うと、心配しています」

「ふうん……良いわね、青春ね」

男子高校生＋女子高生＝青春、みたいな方程式を思い描いてるのか知らないが、穂積先生はふむふむと顎に手を当てて満足そうだった。あんた教師だろ。

「……人生は一度しかないわ。もしも自らの心に萌えるような恋のざわめきを感じたならば、その感情の芽吹きに身を任せてダイブしてみるのも一興かもね」

「俺から話しかけといてなんですが、一限の授業の準備遅れますよ」

「少なくとも、私のように後悔を引きずったまま生きるのは辛い……ああ、当時好きだった三橋くん。どうして私は、彼に告白しなかったのかしら……」

朝っぱらからカロリー高えな、この人……担当が現代文だからか知らんけど、すぐポエミーになるし。変人が過ぎる。俺に言われてしまう辺り、相当だ。

「わかりました。先生、ありがとうございます」

「あ。ちなみに海岸美化の当日はバスが出るから、学校に朝六時集合よ」

「行かねえって言ってるでしょうがっ」

残念そうな面持ちの穂積先生に踵を返し、俺は教室に戻った。

「それで、なんだって？」

自分の席に座るなり、右隣の桐紗に成果を問われた。

俺が穂積先生にどんな質問をしてきたのか、まるっきりお見通しの様子。

「自分で具合悪いって連絡して、休んでいるらしい」

「……そのくせ、ミオちゃんは、配信し続けている、と」

手元は一限の世界史の教科書をぱらぱらめくりつつ、口調は淡々と。

ただ、どこか心ここにあらずといった風に見える桐紗。

そりゃそうだろう――だって海ヶ瀬（うみがせ）は、俺たちがそれぞれチャットで連絡しても、一向に連絡を返さなかったのだから。

『風邪？　病院には行った？』『大丈夫デスか？　カミィ』『おい、皆心配してるぞ』

いずれに対しても返事やレスポンスのスタンプは無くて、そして、それなのに。


【雑談】じめじめ梅雨雑談！【雫凪（しずなぎ）ミオ】


スマホで雫凪ミオのチャンネルを開くと、直近のアーカイブは昨日の夜の日付を示している。昨日は二時間ほどの雑談枠からの、ゲーム配信枠が行われていた。

昨日だけじゃない。海ヶ瀬が休んでいる間、ミオちゃんは昼夜問わず毎日のように配信をし続けていたし、声も元気そうで、少なくとも、到底病床に伏しているとは思えないほどのパフォーマンスでもあった。

……仁愛に学校に来るよう諭してくれていたお前が、どうして？

海ヶ瀬なりに事情があると思い込もうとしても、虚しい自己暗示は上滑りしてしまう。

「どうしたんだろうな、海ヶ瀬さん」「サボり？」「あの真面目な海ヶ瀬さんが、まさか」

「そもそも真面目なん？」「いや、そこは……知らんけどさ」「イメージ的にそうだよね」

「裏でなんかしてんじゃないの、モデルの仕事とか」「それはあるな、親が親だし」

「なんかの事件に巻き込まれてたりして」「ヤバいじゃん、それ」

海ヶ瀬にまつわる教室内のざわめきが、別の世界の話のように聞こえた。現実味がない。

海ヶ瀬に最後に会ったのは、たぶん俺だ。

でも、ゴマフアザラシを愛でていた瞬間からは、こんなことになるなんて想像もできなかった。顔色だって悪くなかった。私生活だって、ミオちゃんが軌道に乗っているんだから充実していると総括して問題ないはず。

……だからこそ。

最後に会ったときの海ヶ瀬の様子が、気になって仕方がない。

「来週まで様子見て、それでもダメだったら会いに行ってみましょう」

俺の不安な様子が伝わったのかもしれない。桐紗は具体的な提案をしてくれる。

「桐紗も心配か？」

「当然でしょ。だって果澪はあたしの、あたしたちの――友達だもの」

場を持たせるためだけの俺の愚問に、曇りない答えが示された。

わからないことだらけの中で、それだけは、間違いないことだな。

§

しかし――俺たちを取り巻いている状況がそうゆったりと構えていられるものじゃないのだということは放課後、家に帰ってから知った。

「……チカ」

授業が終わってすぐにアパートに戻ってくると、シリウスちゃんグッズのTシャツにハーフパンツという格好（かっこう）の仁愛が、愛用のビーズソファの上にちょこんと座っていた。

「……どうかしたか？」

心なしか顔色が悪い。どこか暗く、傷心しているように見える仁愛は俺が声をかけてすぐに、手に持っていたタブレットを差し出してきた。

画面には、とあるまとめサイトのとあるネット記事が映されている。

「……Tmitter（ツミッター）見てたら、たまたま流れてきたんデス」

【VTuber（ブイチューバー）】話題の雫凪（しずなぎ）ミオちゃんの魂、ガチのマジでJKかも【朗報】

『いいから ソース貼れよ』『1は希代の大無能』『メインで配信してるの土日だし、結構可能性あるな』『声の感じ若いし、そう言われても信じちゃうわ』

『声とか作ってるに決まってんだろアホ』『マジならガチ恋する奴増えそうだなw』

『前世掘られてんのに未だに特定されてないし、配信経験無い素人なのは本当だろうね』

『イラスト担当してるアトリエも、確か高校生だったっけか』『裏で付き合ってたりしてんのバレたらくそ炎上しそう』『ミオちゃん……嘘だよな?』


途中までで、もうお腹いっぱいになってしまった。タブレットを仁愛に押し返す。

……一度深呼吸して、振れた感情の針を中央に戻す。

ま、しゃあない。あれだけ爆発的に人気になればそりゃ、ネット上の至る所で騒がれるだろう。そして、それが好意的なものであれ、否定的なものであれ、話題の当事者からしたらどうすることもできない。一喜一憂したくないならば俺が普段からしているように、情報の取捨選択という名の自衛をするしかない。

……仮に。仮に、何の信憑性もなく適当に流れている噂が、実は事実だったとしても。

ミオちゃんの魂が、本当に高校生だったとしても。

それを赤の他人が確認する術は無い。気にする必要なんか、皆無だ。

「心配してるのか知らんが、この手の記事は色んなとこで、日夜出るもんだ。ミオちゃんだけじゃなく、アトリエもきりひめもシリウスちゃんも、俺たちが知らないだけできっと色々言われてる。良い気分はしないが、それはそれとして割り切るしかないだろ？」

「それはわかってます。ニアが言いたいのは、そこじゃないんデス」

「……じゃあ、まとめの中でたまにアトリエの話題が出てることについてか？　それこそ問題無い。匿名の人間にあーだこーだ言われるのなんか、今に始まったことじゃないしな」

「そうじゃなくて、そっちでもなくて」

　ぶんぶんと大きく首を振る仁愛。それは俺を強い人間だと信じてるってことで良いんだろうか？　ちょ、ちょっとは心配してくれても良いんですよ？

　どうにもわかってないと言いたいようで、仁愛は俺の方に寄ってきて、さっきの記事を再びスワイプしていった。

　最終的に、Ｉｎｓｔａｎｔ（インスタント）　Ｐｈｏｔｏｇｒａｍ（フォトグラム）——インスタの、とあるアカウントに到達する。

「記事の後半の方に、このアカウントが載ってますよね？　これ、記事の中ではミオちゃんの魂のアカウントって疑惑で、貼られてるんデスけど……」

　インスタはどちらかと言えば写真を載せることに重きを置いたＳＮＳであるためか、キャプションは一切無かった。

　そのアカウントが過去に投稿していた写真を遡っていくと、特に変哲の無い写真が、くるくると流れていく。渋谷の町並み。秋葉原の一角。丸の内の時計台。

これだけなら、別段おかしな点は無い。個人を特定するような要素だって拾えない。

ただ。

直近に投稿された写真に近づくにつれ、雲行きが怪しくなる。

自炊したらしい夕食。ＰＣデバイス。大量のグミ。水族館のゴマフアザラシ。

白くて細い指と共に、ゴマフアザラシのぬいぐるみが撮影された一枚。

これは確か……この前海ケ瀬と行った水族館の、マスコットのぬいぐるみだ。

写真の投稿された日付は、水族館当日とぴったり合っている。


『これ本当に雫凪ミオの魂じゃね？』『投稿してる写真の内容的にマジっぽくて草』

『フォロワーすげえ増えてる』『おいお前らフォローすんじゃねえよｗ』

『つーか、仮に都内住みのＪＫまで絞れてたなら、そのうち特定されそうだな』『ここ品川の水族館だろ？　張り込んでそれっぽい奴探すとかしたら見つかりそう』『本人にバレたらアカウント消されるだろうから、今のうちに写真保存しとけ』『アカウント消されるなら、それはそれで答え合わせになるよな』『鍵かけずにこんなアカウント使っちゃうとか、ミオちゃんアホすぎないか』『高校生ならそんなもんじゃね』『しかも晒されてるんだから、身内に裏切られてるってことだろ？』『特定班はよ』『魂の顔見たすぎる』

「……仁愛。桐紗に連絡して、ここに来るように言ってくれないか？　緊急だ」

「は、はいっ」

匿名という状況下において、多くの人間はVTuberのタブーに触れることになんの躊躇いもなかったらしい。Tmitterで雫凪ミオと検索すると早くも『雫凪ミオ　東京』『雫凪ミオ　高校生』『雫凪ミオ　前世』などのワードが並び始めていた。

まとめ記事は今朝方。本スレの書き込みは昨日の夜中がメインというわずかな期間でもここまで話題になっている以上、話題の昂ぶりが治まるまでには時間を要すだろう。

……今はまだ、海ヶ瀬果澪を知っている俺たちにしか、危機感は伝わらない。何ならこのアカウントは、海ヶ瀬のものじゃなくて、別人のものかもしれない。全ては偶然で、愉快犯による悪質なイタズラである可能性だってあり得る。

でも、事実なら？

小出しにされている情報から、ネット上の特定班が海ヶ瀬果澪という個人にまで辿り着いたとしたら？　果たしてその時、ミオちゃんは穏やかに配信できるのか？

……四の五の言わず、一刻も早く手を打つべきだろう。

「さて、どうしましょうか」

エマージェンシーを聞いた桐紗は制服姿のまま、すぐに俺のアパートにやってきた。

……学校で何も言われなかったあたり、桐紗も家に帰ってから状況を知ったんだろうな。

「この手の問題をまったく警戒してなかったわけじゃないけど、いくらなんでも急よね」

落ち着き払った様子に装っているが、なんだかんだ動揺は隠せていない。さっきから椅子に座りながら、ダイニングテーブルを爪先で叩いてばかり。反対側に座る仁愛もまた、しょんぼりとした様子で黙りこくっている。

俺の部屋は、かつてないほどのブルーな雰囲気に包まれていた。

……これもまた、プロジェクトのまとめ役として、俺が話を進めるべき、か。

「桐紗に連絡入れるついでに、仁愛にこのアカウントが自分のものかどうかって、海ケ瀬に聞いてもらっといた。現状は、返事がくるのを待っている状況だ」

「……正直、本人とも成りすましとも、どっちとも取れるのよね。ピンポイントでミオちゃんっぽい写真が投稿されてるぶん、それっぽさは出てるけど、最寄り駅みたいな核心を突くような写真は無かったから……どちらにせよ、果澪から答えを聞かないとね」

「……他にSNSやってるかどうかって、事前にチカもキリサも確認してたのに」

今にも泣き出してしまいそうなほどに、弱々しくてくぐもった声だった。

「身バレが心配だからできるならやめた方が良いって、やってるにしても把握はしておきたいって、正直に教えてって、言ってたのに……」

「まだこれが海ヶ瀬のものって決まったわけじゃないだろ？　……それに、そうだとしても後の祭りだ。海ヶ瀬的には、隠したいものだったんだろう」

「わかってマス、そんなこと。ニアが言ってるのはそうじゃなくて……ごめんなさい」

ぶつけようの無い仁愛のフラストレーションは、宙ぶらりんになっていた。

思うに仁愛は、今の状況に対して不安を感じている、ということ以上に、どうして教えてくれなかったんだ、という事実に引っかかりを感じているのだと思う。

それは一緒のようで、全然違う。極端な話、肝心な部分で隠し事をされていたようなものなのだから……友人同士だからこそ、隠し事をすることもあるだろうが。

「話を進めよう。これが仮に海ヶ瀬のアカウントだと仮定して……どこから漏れた？」

「あたしが気になってるのも、そこね」

ため息混じりの腕組み。見慣れた桐紗の素振りが、どこか重苦しく見える。

「果澪疑惑のアカウントで一番古い写真は、今年の二月くらいに上げられたやつよ。だから、特定するならこれらの写真のみで判断していく必要がある」

「……それって、いくらなんでも難しい気がするんだよな」

「ええ。そして、だからこそ問題の根は深いとも言えるわ」

インスタに投稿されていた写真は、雫凪ミオという要素を抜けば何の変哲もないものだった。誰かの顔が映った写真だって載っていないし、よく調べると、フォローしているアカウントはどれも有名人のアカウントや何かの公式アカウントだけ。プライベートな繋(つな)がりは見受けられない。ただ愚直に、写真だけが記録されている。

「ここから拾える情報ってたぶん東京住み、くらい……でも、匿名掲示板にこのアカウントのことを投下したIDの人間は、まるでこれがミオちゃんの……果澪(かみお)のアカウントだって、確信を持っている風にも見える」

　確認したところ、まとめサイトの元スレでアカウントの書き込みをしたIDと、そのスレッドを立てたIDは同じだった。

『↑これが、雫凪(しずなぎ)ミオの魂のアカウント』

　……これでもかと、断定されていた。本当に、どうしてここまで自信満々なんだ？

「例えば……リアルで果澪と面識のある人間が、ひょんなことからミオちゃんの魂の情報を得て、それを餌に果澪を脅している。魂のアカウントは、わかりやすい脅しの手段の一環として晒(さら)した……とか、そういうパターンだとしたら？」

「それだと確信しているのも説明が付くが、なら、現状でミオちゃんが普通に配信してたの、おかしくないか？　……バラされたくなかったら配信止(や)めて自分の言うこと聞け、みたいな流れになってそうなもんだし、そうじゃなくてもまともに配信できる精神状況にはならないだろうに」

　ここ一週間のミオちゃんの配信は、もちろん追っかけている。

　……でも、声が震えていたり、配信中に変な中断があったり、そういったことはなかった。脅迫を受けているものの取り繕っている、としたら、あまりにもプロすぎる。

「その通りだけど、細かい疑問は考えてもわからないわ。だったら、最悪のパターンを考えておいた方が心の準備ができるぶん、マシだと思う」

　考えたくない未来。だが部分部分での整合性が取れているせいか、否定もできない。

「……だとしたら、ニアたちは、どうすればいいんデスか……」

　無力感に苛まれている様子の仁愛——刹那。

　ぴろんと、仁愛のスマートフォンが鳴った。

「え！　き、来ました！　カミィから、連絡！」

　ダイニングチェアに座っていた仁愛を囲むように、俺と桐紗はそっちへ寄っていった。

　通知音が、わずかな周期で三回鳴る。

『そのインスタのアカウント、それは私のアカウントに間違いないよ』

『けれど、心配しなくていいから』

『大丈夫だから』

　——大丈夫。

　どこが？　言っちゃ悪いが、お前結構ピンチだぞ？　まとめサイトの信憑性に欠ける情報だったとしても、話題になっているのは事実。このままＶＴｕｂｅｒとしての立ち位置がゆらゆら揺さぶられ続けても良いのか？　なんとかしたいとは、思わないのか？

「返信したってことは、こっちのメッセは見てるってことよね。だったら……」

桐紗は自分のスマートフォンを手に持ち、そして、俺たちにも海ヶ瀬の声を聞かせるためか、スピーカー越しにＤｉｇｃｏｒｄの音声通話呼び出し音をしばらく鳴らし続ける。

やがて、接続音が響いた。

……意外だった。繋がるのか。あれだけチャットもよこさず、既読すら付けなかったのに？　どうして、このタイミングになって急に？

「もしもし、果澪？　……電話取ったたってことは、聞こえてるってことよね？」

逸る気持ちを無理矢理抑えつけたような、そんな桐紗の声が部屋に反響する。

だいたい十五秒くらいしてから、目当ての人物が返事をした。

『……どうかした？』

およそ一週間ぶりに聞こえてきた海ヶ瀬の声。

変哲のない風に、ともすれば、抑揚に欠けるようにも聞こえた。

「それはこっちの台詞よ。丸々一週間も学校休んで、そのくせ配信はして。仁愛に学校に行きなさいって言ってた果澪が、どうして仁愛と同じようなことしてるの？」

正論を伴った桐紗の叱責には、圧が欠けていた。心配が勝っているから、だろう。

「それに、あたしもネットでミオちゃんがどうなってるかも当然知ってるわ」

『あー……見た？』

「ええ。特に、ミオちゃんの魂のこととか、魂疑惑のインスタが書かれてるまとめについては、しっかりとね——率直に聞くわ。個人情報を餌に誰かに脅されたりしてるの？」

歯に衣（きぬ）着せない物言いに、俺と仁愛は見守り、固唾を呑（の）むことしかできない。

「だから学校に来ないで、あたしたちに連絡もしないの？　だったらなおのこと、一人で抱え込むよりは皆に相談してほしいわ。だってあたしたち——」『心配しなくていいよ』

友達、じゃない。その桐紗の言葉は、海ヶ瀬の声に遮られる。

『私は誰かに脅されてもいないし、それに、この状況を受け入れているから』

「それは……え？　ど、どういう、意味？」

意図の見えない言葉の中で、明確に気になる箇所。

……受け入れている？

それじゃまるで、この状況は海ヶ瀬自身が望んでいるかのようにも聞こえるが——。

『だってそれ、私が自分でやってるから』

「………………何を——言ってる、の？」

『ちょうどいいや。山城さんには見せてあげる――ビデオ通話に切り替えてくれない？』

狼狽えたまま、それでも桐紗は従って、Ｄｉｇｃｏｒｄの通話を切り替えて、そして。

机の上に置かれていた箱ティッシュに、桐紗のスマホが立てかけられた。

画面には、雫凪ミオが映っていた。

イラストの彼女、じゃない。実際に実態を持った、彼女。それはつまり――。

雫凪ミオの衣装に身を包んだ、海ヶ瀬果澪だった。


『そうすれば、私はこうやって――雫凪ミオになれるんだから』


『最初から、そうしようと思ってた。ＶＴｕｂｅｒとして存在が広まって、たくさんの人が私のことを見てくれて、そうなったら――私自身が雫凪ミオだって言って、画面に姿を映す。そうすれば自ずと、私はこの世界でただ一人の、雫凪ミオとして認知されるの』

『つまり、雫凪ミオそのものになれる。二次元と三次元の境を取っ払って、今まで見せてきた雫凪ミオという存在を、私が受け継ぐ。イラストである必要もなくなる』

『海ヶ瀬果澪という個人を、ようやく捨てられる』

『たくさんの人に、素のままの私のことを見てもらえる。認知してもらえる』

『満たされる。高揚感に包まれて、それさえあれば私は生きていける』

『ネット掲示板にスレッド立ててインスタアカウントのことを書き込んだのも、私。ある程度は視聴者の皆に心の準備をしてもらうためってのと、もっと注目されるための方法としては一番効果的だから。あはは……こういうの、炎上商法って言うのかな』


サキュバスの時の海ヶ瀬に対して、俺は何点と言ったんだっけか。

なんでもいいし、どうでもいい。

間違いなく言えるのは、画面に映る雫凪ミオは、百点だったということ。

にこやかに、軽やかに。雑談配信で笑っている時のミオちゃんのように、画面の前の海ヶ瀬は同じ表情を浮かべている。コスプレと断ずるには、あまりにもリアルすぎた。

本当に、そこには雫凪ミオがいると、受け入れてしまいそうになる。

『……ほんとは、まだ見せる予定じゃなかったんだけどね。完成して、ちょうどサイズ合わせてる時に電話来たから、ほら……せっかくだから、山城さんにも見せてあげる。凄いでしょ？　ほとんど全部、生地から手作りなんだよ？』

嬉々とした声も海ヶ瀬の声じゃなく、ミオちゃんの声に聞こえてくる。

海ヶ瀬の声よりほんの少しだけ高くて、でも変わらずに透明感に満ちていて。

……誰も、何も言えなかった。俺の部屋にははっきりとした沈黙が充満していて、海ヶ瀬に賛美を要求された桐紗はまだ、状況を掴み切れないでいる。仁愛に至っては俯いているから、表情すら読み取ることができない。垂れ下がった灰髪だけが俺の視界の端に映る。

俺は、過去の海ヶ瀬と現在の言動とに、何かしらの意味づけを行おうとしていた。どうにかして好意的に捉えようとしたり、冗談だよなと笑い話で終える準備もしていた。

……そんなわけない。

でも、かといって海ヶ瀬の言葉に、そうですかと納得できるはずもなかった。嘘を吐かれているとかドッキリとか、とにかく否定してほしかった。不意に今日までの四人での頑張りのことが頭をよぎって、胸が締め付けられもした。


姿を見せる。

じゃあ……俺のイラスト、捨てるのか？　それがお前の望み、だったのか？

『というわけだから。ま、気にしなくて……』

「……なあ、海ヶ瀬」

黙っていることに、いよいよ耐えられなかった。

『…………亜鳥くんも、いたんだ。てことはもしかして、皆そこにいるのかな』

俺の声を聞いた海ヶ瀬は一瞬だけ身体を強ばらせる素振りを見せて、でも、しばらく経つとまた、清楚で頑張り屋なミオちゃんの表情が顔に張り付いた。

「ああ、勢揃いだよ。お前のことを心配して、集まってたんだ……何なら今すぐにでも、お前に会いに行こうと思ってたくらいだ」

『来ないでね、絶対に』

純度百パーセントの拒絶に思わず頬の内側を噛んでしまう。すげえはっきり言うじゃん。

『……亜鳥くんがいたなら、電話になんて出なかったんだけどなあ』

どういう意味かは問わなかった。些末なことだし、答えも聞きたくない。

代わりに俺は、泡のように湧いた疑問をぶつけていった。

「顔を出すって、ミオちゃんになるって――雫凪ミオはＶＴｕｂｅｒなんだぞ？　それに、そんなこと、一度たりとも言わなかったのに……その辺無視しても、俺は賛成できないな。いきなり顔出しして、そっから特定されたらどうする？　家とかもバレたらどうする？　まとめサイトだと、その辺のセンシティブな話題にまで発展してたんだぞ？」

海ヶ瀬からの反論がない。だから、一方的に俺の言葉だけが叩き付けられてしまう。

「最悪、俺たちが心配してるとか、そういうのは良い。あくまで舞台裏のこととして収められるから……でも、ミオちゃんのことを純粋に、ＶＴｕｂｅｒとして応援してる視聴者のことは？　Ｔｍｉｔｔｅｒで噂されて、視聴者がショックを受けるとは思わなかったか？　自分の好きなＶＴｕｂｅｒが野次馬共にごちゃごちゃ言われたら、普通は嫌だろ？」

……少なくとも、俺は嫌だった。

「挙げ句の果てに、いきなり顔出してコスプレで配信するって、おかしいだろ。じゃあ、最初からそうしろよ。桐紗が言ってたように、ＶＴｕｂｅｒなんて手段じゃなくて良かったじゃないか」

　そこまで咎めてなお、俺が本当に答えてほしいことは一つだった。

「お前が今こんなことをしてるのは、昔のアトリエの発言が原因、なのか？」

　本当に欲しいものは、何かを犠牲にしなければ得られない。

　犠牲が何なのかも知らないような、ガキの戯れ言。

　それを真に受けて、何かを犠牲にしているとするならば……それで海ヶ瀬が欲しいものって、なんなんだ。行動原理。海ヶ瀬の欲望がどこに帰結するのか、それが掴めない。

「ミオちゃんになって海ヶ瀬果澪を捨てるって、どういうことだよ。……じゃあ、あれか。海ヶ瀬に今まで付き合ってきた俺たちも捨てるのか？　……お前に、できるのか？」

『うん、できるよ』

　やっとの返事は、それまでで一番聞きたくないタイミングでだった。

『だって、私にとって今日までのことは、何もかもそのためにあった。亜鳥くんに近づいたのも純粋なファンだからって理由以上に、アトリエ先生のイラストと、そのネームバリューが欲しかったから。そうすれば、人気が得られるから。普通の新人ＶＴｕｂｅｒよりもたくさんの人に見られて、満たされると思ったから——いわゆる承認欲求ってやつだよ』

　承認欲求。他者から認められたいという、人なら誰しも持ち得る願望。根本的な動機が、それ？　……本当に？　それもあるだろうが、でも、一番じゃない気がする。

『だから亜鳥くん。あなたに拘ったんだし、ＶＴｕｂｅｒとして生を受けるまでに望まない人間関係を強制されても、節々でくだらないイベントまで設けられても我慢して我慢して――本当に、苦痛だった。耐え難い毎日だった』

ふっと、周囲の空気が凍てついていく感覚に襲われる。

苦痛、だと思っていたのか？

『だって私は――あなたたちのことが嫌いだった』

『才座さんみたいに、甘やかされるだけの自堕落な人間は嫌い』

『山城さんみたいに、自分に確固たる自信を持てる人間も嫌い』

『何より、そんな人たちを勝手に連れてきた亜鳥くんが、嫌いだった』

『だから、捨てられる。捨てなくちゃ、私は雫凪ミオになれない。雫凪ミオの世界には亜鳥くんも、山城さんも、才座さんも、誰もいらないから……いないから』

嫌い。シンプルに拒絶と嫌悪を示す言葉は、画面越しでも強い意味を持っている。

「……ひぐっ」その言葉を聞いた仁愛に、嗚咽を漏らさせるほどには。

『最後だから、全部答えてあげるよ――そうだよ。私がこんなことしてるのは、アトリエ先生の言葉を大切にしてるから。何かを得るために、何かを犠牲にする。私は大勢の不特定多数に素のままの私を見てもらうために、それ以外のすべてを犠牲にするの。踏み台にして、使い捨てて、私が望む世界を作り上げるの』

自分勝手な物言いに腹が立たないのは、背中を押したのが俺だから、だろうか。

『VTuberじゃなきゃダメだったのは、私として配信しても、誰も私そのものは見てくれないだろうから。結局は海ヶ瀬果澪として見られて、現実と変わらないから』

……確かにVTuberなら、内面だけが映る。海ヶ瀬果澪として見られることなく、海ヶ瀬果澪のパーソナリティだけを見て欲しかった、ということならば理解はできる。

『それに何より私は、海ヶ瀬果澪という人間に対して、辟易していたから……別人になりたかったの。私にとっては海ヶ瀬果澪こそが癌で、こんなガワ、早く捨てたかった』

皮肉にも、そこで初めて、画面の前のミオちゃんは海ヶ瀬の面影を見せていた。

……どうして、そんなに追い詰められた顔するんだろう。

『海ヶ瀬果澪を捨てて、別人になったうえで私は、私を見て欲しかった。そうしないと私の心の渇きは癒やされない。だからVTuberというガワを被った。そして、雫凪ミオというガワで偽らざる私を表現できた今、ガワを捨てるの。海ヶ瀬果澪と永遠に別れるの』

だから、海ヶ瀬果澪との繋がりも捨てる……そういうこと、らしい。

『……この計画が完遂したら、もう皆と関わる必要も無い。私は雫凪ミオだから。ネット上のミオちゃんを知っている人たちが、素のままの私を見てくれるから。それで充分だから……わかったら、もう、構わないで』

「果澪、待って……」

『………なに？』

「果澪は、今日までずっと苦しかったの？　どんな時もどんな所でも……配信してても？」

「……」桐紗からの問いに返事はなかった。そこでぷっつりと、通話が切れる。

もう、繋がらない。実際に通話を試みてもそうだったし、そして、それ以上に……。

もっと深々としたところで俺たちは、海ヶ瀬との隔たりを感じていた。

通話が終わるなり、俺は作業スペースの方に戻った。

全体重を投げ出すようにチェアに雑に座ると、乱暴な音が部屋に鳴る。

「……カミィを説得するには、どうすれば良いんでしょう」

海ヶ瀬に嫌いと言われて、傷ついているだろうに。

せっかく知り合えた友達からの理不尽さが、どうしようもなく悲しいだろうに。

なのに、仁愛が一番最初に口にしたのは、やっぱり海ヶ瀬のことだった。目元を赤くしながらも俺を見て、この状況をどうにかしてほしいと懇願している。

「……どうもこうもない。本人がそうしたいって言ってるんだから、させればいい」

「そんな。それじゃ、カミィは」

「察しの通り、大変なことになるだろうな。だが、それも海ヶ瀬の選択だ」

机の上に置いてあった目薬を注しながら、俺は言ってのける。

「言ってただろ？　ミオちゃんになりたいんだって、それが望みだって。イラスト捨てるってのに憤りは感じるが、しょうがない。俺たちにできることは、もう無くなった」

「…………でも、でも。そんなのって、ないデスよ……」

震える声で、どうにかこうにか俺の言葉を覆そうとする仁愛。

俺だって嫌だ。こんな形で幕引きなんて想像してなかったし、現実にもしたくない。

でも……何事にも引き際は存在するし、そのラインは人によって異なる。

「桐紗と仁愛を巻き込んだのは言ってみれば俺だ。だから、二人にはこれだけ伝えておく――これ以上海ケ瀬に関わって、二人にまで飛び火したら事だ」

「それは……もう、カミィと関わるなってこと、デスか？」

「そうだ」「…………」

突き放すような俺の態度に最後まで反論が思い浮かばなかったようで、でも、ここからいなくなるのは嫌がっていて。それから仁愛は床にへたり込んで、すすり泣いてしまう。

「……あんだけ協力してもらったのにな」

その様を見ているのが辛くなって、俺は、沈黙していた桐紗の方に視線を逃がした。

「ただ、桐紗なら、俺が言ってることもわかって……」

「やめて」食い気味に、俺が口にしていない何かへの拒否が押し付けられる。

「どうせあたしたちを帰してから、果澪のところ行くつもりだったんでしょ？　馬鹿なことやめろとかなんとか言って、無理矢理にでも止めようとして――先に言っておくけど、それはダメ。今の果澪を刺激するのは得策じゃないと思うから」

……くそ。桐紗の察しの良さ、今回ばかりは恨んでしまう。

「でも、今すぐにでも止めないと、取り返しのつかない状況になるかもしれない」

VTuberとして活動しつつ、現実の魂の姿も公開済み。そういう配信者の人だっていることは俺も知っているし、だから、海ヶ瀬もまた、活動の仕方を変えるだけだと言われたら、受け止められないこともない。

……だが、こんな形で。

良い悪いも入り乱れた無秩序な状態で晒してしまったら――悪い想像ばかり先行する。

「……あたしが思うに、もしも果澪が最短距離でミオちゃんになろうとしてたなら、こんなまどろっこしい手段じゃなくて良かったはず。だから、まだ時間に猶予があると思う。インスタの件が人目を集めるためって言うなら、もう少し泳がせるだろうし……それに」

「それに？」

「千景は――きっとあたしもだけど、あたしたちは果澪のところに行く前に、果澪のことを知らないとダメだと思う……あたしにも、まだ、よく、わからないけど……」

「海ヶ瀬のいないところで、海ヶ瀬のことを調べろってことか？　は？　この逼迫した状況で、探偵まがいなことしろって？　そんなん、いくらなんでも悠長すぎだろうがっ」

……口にしてから、ハッとする。不安なのはともかくとして、桐紗に当たるのは論外だ。

「…………………すまん」

「……ううん。大丈夫、気にしないで」

優しげな桐紗の口調が余計、俺に反省の感情を溢れさせる。馬鹿、落ち着け、俺……。

でも、わけがわからなかった。いつも理屈で説き伏せてくる桐紗が、今はふわふわとした予感で一番しなくちゃいけないことを止めようとしてきて、そして、それなのに……。

俺の心の中の小さくて肌寒い不安が、桐紗の言葉に従え、と言ってるようで。

海ケ瀬果澪について、お前は拾い上げるべきものがあるだろうと告げているようで。

これは――どういう感情なんだろう。

「ねえ、思い出して。あたしたち、困ったことがあったら協力し合うんでしょ？」

俺の漠然とした思案は、そこで打ち止めになった。

「けど……仮にミオちゃんの魂の情報が完全にバレて、そっからお前らにも波及したらどうする？　……お前らの才能とか努力とかを知ってるからこそ、それは絶対嫌なんだよ」

「その気持ちはわかるわ。けど、仁愛もあたしも、ここで果澪を見捨てることはできないし、そもそもあたしだって、果澪に言いたいことがいっぱいあるの。ネットリテラシーの欠片もないことしでかして、散々勝手なこと言って、それで……」

続く桐紗の言葉が、何よりも俺に響いた。

「そういうの全部抜きにしても、止めなくちゃダメ。だって果澪、このままじゃもう、あたしたちの所、来ないと思うから……こんな別れ方、嫌なのよ……」

極論だけを言うなら、そうだった。海ヶ瀬が勝手なことをしてることとかＶＴｕｂｅｒとしての行動としておかしいだとか、そういうの全部抜きにしたとしても、俺たちは海ヶ瀬を放置できない。友達がいなくなるのをのをわかっていて見逃すなんて、できない。

「……それに。果澪はあたしたちのこと、嫌いって言ってたけど、あたしはそうは思わない。だって、ただ自分のためだけにＶＴｕｂｅｒのガワが欲しかったなら、果澪の今日までの行動はおかしいから。果澪、あたしたちに真摯だったから……そうでしょ？」

その通り。そして、この点は確信できた。海ヶ瀬は間違いなく、嘘を吐いている。

だって、仮に俺たちを単なるＶＴｕｂｅｒ制作のための踏み台、道具だと思っていて、今日までのことが何もかも苦痛だと思っていなら……どうしてあいつはあんなに律儀だった？　俺に百万円渡して、水着を見せ付けてまでイラストを頼んだり、桐紗からのアドバイスを真剣に吟味して受け入れたり、仁愛に付き合ってやって、シリウスちゃんとコラボ配信までしたり。極論言えば、どれもしなくていいことばかり。

今日までで見せていた海ヶ瀬の振る舞いは、正真正銘、海ヶ瀬果澪のものじゃないのか？　苦痛だけじゃなくて、心から楽しいと思う瞬間だって、あったんじゃないのか？

「……ほらっ。仁愛（にあ）も泣いてばかりいないで、落ち着いて考えなさい。通話越しに言われた言葉、あれが全部、ほんとうのことだと思う？　仁愛は、どう思ったの？」

しゃきっとしなさいとでも言わんばかりに、仁愛に檄（げき）が飛ぶ。

「今日まであたしたちの傍（そば）にいた果澪（かみお）は、そういう人間だった？」

「…………違い、マス」

違う、よな。俺も黙ったままで同意した。

俺たちが見てきた海ヶ瀬（うみがせ）は、見ず知らずの人間が思うような、わかりやすい高嶺（たかね）の花（はな）じゃない。会話の中でボケたりツッコんだりして、アトリエのファンで、影響を受けているのか少しだけ小悪魔っぽいところがあって、でも、肝心なところでは恥ずかしがったりして。グミとかゴマフアザラシとかが好きな子どもっぽいところもあって、何より……。

優しい人間だった。

無理くり俺に言われたのに仁愛と親しくしてくれて、黒歴史としてアトリエが認められない過去に対して、寄り添うように言葉を与えてくれて。

後出しで海ヶ瀬がどんな言葉に包んだとしても、今日まで積み重ねられた日々と海ヶ瀬本人の姿は、全然隠せていない。あの時くれた言葉はきっと、本物だったから。

「……説得、しないと」

ぐしぐしと手首で目を擦（こす）ってから、仁愛は赤くなった目で俺たちのことを見てくる。

その目には、一つの決意が宿っていた。

「なんとかしないと……だってカミィは、仁愛たちの友達デスから……」

「……ええ。そうね、その通りよ」

普段は喧嘩(けんか)してばかりなのに、今の桐紗(きりさ)は仁愛の頭を撫(な)でながら同意していた。

二人とも、決意は固そうだ。これから俺がどんな小芝居打っても、覆らないくらいには。

……だったら、まとめ役が言うべき言葉は、こっとこれだ。

「OK。それじゃ、何が何でも海ヶ瀬を説得して、事態の収束を図る——百万人記念だって、まだしてないんだ。全部無事に終わったら、パーティの一つでも開くぞ。絶対に、な」

「……ええそうしましょう」「えいえいおー、ってやつデスね！」

§

翌日、土曜日。果澪の住所を穂積(ほづみ)先生に聞くため学校へ行くと、正門が閉ざされていた。

ちらりと見える奥の方には、作業着を着た大人たちがあくせく慌ただしく動いている。

伸びをして様子を伺っても……先生方の姿形は、一人も見えなかった。

「……そういえば、空調整備っつってたな」

「ファ————ック！　こんなタイミングでエアコンなんて整備してんじゃないデスよっ」

【#9】愛されなかったということは

本人自らが望んで個人情報を流出させているという状況はあまりにも特異で、わかりやすい公的機関に助けを求めるのも難しい案件だった。なんせ、自作自演だから。警察になんとかしてくださいと言ったとしても、きっとどうにもならない。

唯一にして最善の解決策は、近しい人間が止めることだ。

だったら、今すぐ本人のところに向かうべきだろうか？　家に乗り込んでいって、窓ガラスでも割って侵入して、金属バットかなんかでパソコンぶっ壊すべきか？

それはダメだ。根本的な解決にならない。今回の一件の理由が精神的なものならば、俺たちは具体的な行動と同じくらい、言葉で海ヶ瀬(うみがせ)を理解しなければならない。

「果澪(かみお)がどうしてこんなことしようと思ったのか、ちょっと調べてみない？」

そういう意味で言うならば、桐紗(きりさ)のこの提案は納得できるものだった。

海ヶ瀬果澪という個人の情報を集めていくことによって、今の海ヶ瀬の行動に繋(つな)がる要素を拾い上げていく。本人以外から、本人を知ろうとする。

最終的に海ヶ瀬と直面したときに、それらの情報があるのとないのとでは、まったく話が違うだろう――説得するための手段にだって、なるかもしれない。

翌日。土曜日の午前中。

学校が来週まで開かれないことを知った俺たち三人は、コーヒーチェーンのテーブル席で、待ち人が来るのを待っていた。

桐紗の女子界隈の交流・ネットワークを用いて、果澪が今回の行動に出た理由を分析してみよう、という名目でやってきたわけだが、さて……それがどう出るか。

「面識無いのに、よく海ヶ瀬と同じ中学校の奴にアポ取り付けられたな。しかも当日に」

「アポなんて、取れてないわよ」

「……え。じゃあ、なんでここに来たんだ？」

「果澪と同じ中学校で仲が良かったって子、ここでバイトしてるらしいの。だから、その子が出勤してきたところを捕まえようって算段。ここの店長さんには電話で事前に話を通してるから、来たらここに回してくれるはずよ」

……押しが強いってのは一つの長所になるのかもしれない。とりあえず、今は桐紗のおかげで情報を得られるかもしれないわけだし。

「あたしが思ってたより、どうにも果澪の情報が入ってこないし、それに――こうでもしないと、間に合わないかもしれないしね」

ちらと、桐紗は俺たちとは別のテーブルに座り、ノートＰＣでＳＮＳやインターネットを巡回しているであろう仁愛へ視線を送った。

昨日から今にかけて。俺たちが眠っている間にも、雫凪ミオのインスタの情報や魂についての憶測はネット上の広範囲に広まっていた――起点は、海ケ瀬本人の手によって。

東京住みの高校生で、配信経験の無い完全なる新人。

キャッチーさ故、だろうか。それらに付随する情報は急速に拡散されていき、何も悪いことをしていないはずなのに今ではまるで、一つの炎上とも呼ぶべき事態に発展している。

その影響だろうか、皮肉にもミオちゃんのチャンネル登録者数自体は増えていたが……俺たちにとってはそんなこと、なんの慰めにもならない。

……昨日と今日はミオちゃんはTmitterで呟きもせず、配信もなかった。

純粋にミオちゃんの配信を楽しみにしている視聴者は、気が気じゃないだろうな……。

「あの、店長に言われて来たんですが……あなたが、山城さんですか？」

「――ああ、はい、そうです。それで、あなたが茅野さんですよね？」

十五分ほど経ってから、白ワイシャツを着た俺たちと同い年くらいの女子――茅野と呼ばれた彼女が、座っているテーブル席の方にやってきた。

「押しかけてしまって、すみません。けれど、どうしても聞きたいことがあって」

「……いえ。そういうことなら、少しくらいは」

反対側の席に座るように桐紗が催促すると、茅野は俺に視線を送ってくる。誰だお前とでも言いたげだが、そのうち教えられるから安心してほしい。

「それで、聞きたいことというのは？」

「海ヶ瀬果澪さんについて、です」

「――っ」

海ヶ瀬の名前を出した瞬間、茅野は露骨に、動揺を全身に表出させていた。

「どうして、そんなことを？」

やっぱり聞くよな。言われて桐紗は、事前に用意していた理由をすらすらと述べる。

「私たち、果澪さんと同じ高校の生徒会なんです。それで、ここ最近果澪さんについて良くない噂を流してる奴がいるらしくて、ですね。こういう小さなことからいじめとかって始まるものですから、私たちが自主的に犯人の調査をしてるんです」

「……そ、そういうこと、ですか」

「……どうかしたのか？」

なんだか具合の悪そうな顔をしているのが気になって、思わず聞いてしまう。適当に考えた理由にしては割かし納得できる理由だと思うが、疑っているんだろうか。

「いえ、なんでもないです……それで、何を？」

いきなり俺が口を開いて驚いたのか、茅野はびくついていた。なんでもないらしい。そうとは見えなかったが――今はそれよりも、海ヶ瀬の情報を教えてもらうのが先決だ。

「あなた、果澪さんと中学校が同じで、親しかったんですよね」

「その……ええ」

「だったら、彼女を恨んでる奴とか、逆に特別親しかった人間とか、そういう人って知ってます？　もちろん、中学校の頃の話で構いません。細かいことでも良いので、是非」

聞くと茅野は、テーブルに置かれた水をじっと見つめてから答えてくる。

「……いないと思います。海ケ瀬さん、基本的には一人だったんで」

親しい友人、無し。どうも昔から、教室ではあの体で過ごしていたらしい。

「……逆に、彼女が恨んでいる相手ならいるかもしれませんが」

ただ、次に言われた言葉で、俺は少しだけ身を乗り出してしまった。

「それは、どういう意味ですか？」

桐紗に訊ねられた茅野は、一拍置いてから答えてくる。

「彼女…………いじめられてた、ので」

……………………………………え？

横を見る。

桐紗は、ただ黙って腕組みをして、目線を落としていた。

「だから、その」

いじめを受けていた、と。確かに彼女はそうやって、復唱した。

中学校の時の海ヶ瀬は静か、というよりもおどおどして大人しい性格だったらしい。

そして、そのくせ能力は今と変わらず秀でていたせいで——まだ精神的に未熟な同級生から嫉妬され、そのせいで酷いいじめを受けることもあったそうで。

同じバスケットボール部に所属する女子が助け船を出したのが、そんな時のこと。

「海ヶ瀬さん、中学からバスケット始めたそうなんですけど、すごく上達が早くて。めきめき上手くなっていって。その声かけた子、副キャプテンだったんですけど、あなたがいれば全国大会いけるって言って、すごく気に入ってて。一時期は、その子と海ヶ瀬さんが、バスケ部の中心だったんです」

……だった。

過去形。それが何を意味するのかは、想像に難くない。

「二年になって新チームで動くってなった時に、キャプテン投票みたいなのがあって。それで、副キャプテンの子よりも海ヶ瀬さんの方が票が多くて。そこから少しずつ、二人の仲が悪くなっていって。秋大会で、その子がレギュラー外されちゃった辺りで、もう」

遠くのテーブルに見えていたはずの仁愛の姿が、なんだかぼやけて見える。

……鳩尾に鉄球を埋められたような、そんな重苦しさが俺の感覚をぐらつかせていた。

「そこからは、また、嫌がらせに発展しちゃって、とてもここじゃ言えないようなこととかいっぱいあって、海ヶ瀬さん、学校来なくなっちゃって……で、でも」

それから茅野は、根源的な恐怖に苛まれているかのような表情を浮かべた。

「一ヶ月くらい休んでから、また学校に来た時——海ヶ瀬さん、バスケ部に出てきて。いじめてきてた子の知られたくないような個人情報とか、なんで知ってるんだって思うことも全部喋ってきて、当時その子たちがやってた裏アカとかも全部知ってて……それで」

『全部バラされて人生ぐちゃぐちゃにされたくなかったら、もうやめてね？』

酷薄な笑顔で、そう言ったらしい。

「……私が海ヶ瀬さんについて知ってることと、バスケ部のことは、これで終わりです」

茅野の怯えは恐れなのか、はたまた後悔なのか？　俺にはわからない。

「こ、このことを言ったのが自分だとは絶対言わないでください……そしてもう、海ヶ瀬さんのことで私に何かを訊かないでください。私は彼女の噂を流そうなんて思ってませんし、今の彼女の件には関係ありません。何かしようとも、まったく思わないです……」

「……今になってその件が掘り返されて、進路とか人生に影響するのが怖いからか？」

「……そう、です。海ヶ瀬さんがやろうと思えば、バラせるはずですし……」

言って、逃げるように立ち去ろうとする茅野に、桐紗は射貫くような眼光をぶつける。

「……ねえ。あなた、どうしてそんなに詳しいの？」

ふっと。そこで茅野は、初めて落ち着いた様子になった。

懺悔（ざんげ）室に告解しに来た咎人（とがびと）はきっと、今の茅野のような表情をしていると思う。

「だって、私は――その話の当事者です、から」

「っ、おい桐紗っ」

俺が言葉で止めるのも空（むな）しく、立ち上がった桐紗が茅野の頬（ほお）を張ったことでそれ以上話を聞けなくなったわけだが、それだけ聞ければ充分だった。

どうやら海ヶ瀬果澪（かみお）の学校生活は、順風満帆なものではなかったらしい。

§

コーヒーショップを出た後。

一旦自分の家に戻りたいと言った桐紗に付いてくる形で、桐紗のマンションのエントランス、そこの休憩スペースで、俺と仁愛（にあ）は二人、桐紗が戻ってくるのを待っていた。

「……カミィ、苦労してたんデスね」

エントランスに、仁愛の声が響く。コーヒーショップではどうして海ヶ瀬の友人に手を出したんだと困惑していた仁愛だったが、俺の口から事の流れを聞いた後は、ずっとしょんぼりしたまま。まるで、自分のことのような落ちこみっぷりだった。

「……キリサがガチの暴力振るったところ、初めて見ました」

「気持ちはわかる。良くないけどな」

「はい……でも、ニアも直接聞いてたら、ぶん殴ってたかもしれないデス……だって、カミィは何も悪いことをしていないんデスから……」

ぎゅっと両方の拳を握る仁愛──結局俺たちは第三者である以上、本当に海ヶ瀬に過失が無かったのかはわかりかねる。易々と同意はできなかった。

……でも、肩入れするのは自由だろう。俺もまた、海ヶ瀬がどうしてそんなことをされなきゃいけなかったんだと、そのことはずっとずっと、考えていた。

「ニア、なんにもわかってなかったデス。カミィがそんなに、大変だったなんて」

そして、やっとの思いで言い時を見つけたかのように、仁愛はそう切り出した。

「そりゃしょうがないだろ。海ヶ瀬が迫害を受けていただなんて、言われないとわからないことだ……だいたい、本人だって話題にされたくない話だろうしな」

「それもありマスけど……でも、ニアが言いたいのは……家のことも、デス」

……家の、こと？

「学校でもそんなことがあって、家族のことでも、大変で……ぐすっ」

「……家族のことって、なんだ」

ぐずつきそうになる仁愛が、ぽつり漏らしたその言葉。

俺は脊髄反射的に食いついてしまう。

「有名人一家らしいが……そっちでも、なんかあったのか？」

「……チカも、知らなかったんデスか？」

俺の無知を責めるでなく、あくまで疑問の口調だったのが、余計に不穏だった。

「いや……まあ、興味無かったから」

口にした言葉がやけに言い訳じみているなということは、自分でも気づいていた。

それでも。ここで聞かなければならない。直感が、そう言っていた。

「――汐見透子。前にキリサが言ってた人のこと、調べてみてください」

◆汐見透子は、日本の元女優。元夫は東京ジーレックス所属のプロ野球選手、海ケ瀬彰文。自身の不倫をきっかけに、二〇一六年五月をもって芸能界を引退した。

彼女のことが書かれたネット記事の一番上には、端的にそう書かれていた。

……汐見透子の存在だけなら、俺も知っていた。

プロ野球選手の夫と同じか、それ以上の知名度を誇っていた、彼女。汐見透子。

彼女は本当に綺麗な人で、世界で最も美しい顔ベスト百とかいうド直球なランキングで一桁台だった、という逸話を聞いたことがある。性格も謙虚な努力家だったようで、女優としての高い実力も相まって、お茶の間からの好感度は非常に高かった。

一時は、国民的女優とまで言われていた存在である汐見透子。

だが、彼女は――一方的な不倫からの泥沼離婚というスキャンダルのコンボを起こした結果、女優業を引退。表舞台から姿を消した。ありとあらゆる媒体で叩かれて、邪推されて、その辺の炎上が可愛く見えるほどに激しく燃え上がり、後にはなにも残らなかった。

特に、引退会見で彼女が放った言葉は痛烈に批判されていた気がする。

記者からの質問は、まだ小さかった彼女の子どもの、親権について。

それに対して、汐見透子は――。

『いりません。私にとってそれは、不要なものです』

人形のように無感情な態度で、英語の直訳じみたことを口にして。

それ以上は語らなかった。

海ヶ瀬果澪は、そんな汐見透子の娘だった。


「カミィのこと色々調べてるうちに、やっと知ったんデス……海ヶ瀬選手のことは、ニアが野球好きだから知ってましたけど、でも、そこまでは知らなくて……」

「……」言葉が出ない。自分の無知さと同じくらい、今日まで知ろうとしなかったという事実が、俺の思考をどうしようもなく遅滞させる。

事情が事情だから、きっと海ヶ瀬の親のことは『本人の前では言ってはいけない話』に分類されていたんだろう。周囲の人間も積極的に触れないだろうし、あえてぼかしたり話題をスライドさせるのが普通——そういえば、仁愛(にあ)と海ヶ瀬を会わせた時、親の話になったタイミングで桐紗(きりさ)は、その話をあっさりと打ち切っていた。

……あれは、きっと桐紗なりに気を遣っていたから、なんだろう。

「知らず知らずのうちに、ニアはカミィを傷付けてたかもしれません。本当はダディの話も——海ヶ瀬選手の話とかも、したくなかったのかもしれません、でも、ニア……」

ふるふると、小さな身体(からだ)は震え始めていた。

「……もしかしたらニアは、嫌われていても、しょうがないかも、デス……」

——嫌いだった。

電話越しに海ヶ瀬から言われた言葉に対して心の整理をするには、一晩じゃまったく足りないだろう。悲しみに苛(さいな)まれる仁愛の気持ちは、痛いほどに伝わってくる。

俺は。俺は、頭の中でパズルのピースがはまっていく感覚に陥っていた。

海ヶ瀬の変身願望は、俺たちが想像できないほどに肥大していたのかもしれない。

海ヶ瀬果澪という人間が歩く人生は途方もなく暗闇に侵されていて、それから逃げるためならなんでもできたのかもしれない——少なくとも、俺たちを犠牲にできるくらいには。

俺に仁愛の件を切り出された海ヶ瀬は、どう思っていたんだろう。

仁愛に人との繋がりの大切さを説いていた海ケ瀬は、何を考えていたんだろう。

……本当に助けてほしかったのは自分だと、そう言いたかったんだろうか。

「うぅ……ぐすっ……ひっ……」

嗚咽する仁愛に、なんの言葉もかけられないまま、俺は黙って上を見上げる。

真白いエントランスの天井は、自己嫌悪に染まる俺の心と、正反対の色に見えた。

§

三人で俺のアパートに戻ってきてからは、何をするでもなくただ、黙っていた。黙って黙って、その日の夕方になっても、作業デスクの前から動けないまま。

ダイニングの方から桐紗の消え入りそうな声が届いて、見ると、私服姿の桐紗は椅子に
「疲れたわね、本当に……」

座ったまま、ダイニングテーブルに突っ伏していた——きっと桐紗は今日、帰らないだろう。なんなら昨日も、俺のアパートに居座ってソファで夜を明かしていたし、一度マンションに戻ったのも宿泊するための荷物を調達するため。

仕事は大丈夫なのか、とも思うが……桐紗もプロだ。本当にヤバかったら帰っているだろうし、というか、その点に関しては俺も人のこと言えない。一日一枚イラストを描くと

いう自分の中の目標を、昨日は破ってしまったから。神絵師失格だな……。

「……和喫茶で初めてミオちゃんの話された時、あたしと果澪、二人で帰ったでしょ？」

突っ伏したまま、桐紗は話を続けてくる。

「その時の帰り道ね……果澪、あんまり喋ってくれなかったの。二人でいるのにあたしだけがずっと話してばっかりで、ああ、本当は静かな性格なのかなって、そう思って。だからあたし、絶対仲良くなってやろうって、変な意地張っちゃって」

俺は何も言えず、ただただ作業PCの前に座り、マウスを動かすだけ。

「……でも、ミオちゃんのこと皆で考えてるうちに、段々と喋ってくれたり、笑ってくれるようになって、あたし、嬉しくて……そういうのも全部、迷惑だったのかな……」

俺はやっぱり、何も言えないまま。

「果澪のリアルが辛いものだったから、ミオちゃんになりたかったのかな……」

自分のHDDから引っ張り出した一つの動画ファイルを、おもむろに開くだけだった。

【絵描き雑談】リク絵消化ついでに視聴者の悩みを解決してやるコーナー【アトリエ】

『えーと、何々……「家に居たくないです。でも、学校にも行きたくないです。親にも友達にも、誰にも愛されなくて、生きるのがままならなくて辛いです。どうしたらいいでしょうか」……ふむ、そうか。なるほど、そいつは辛いな』

『……だがな。厳しい話をしてしまうと、俺はあんたが望むような言葉も、救ってやるような言葉も、なんもあげられないと思う。だって俺、あんたのこと知らんから』

『だから、一つだけ。そして、誰にでも通じる話だけ――欲しいものは、ただ欲しいって思うだけじゃダメなんだ。それを得るために痛みを伴って、何かを犠牲にして、その先に奪い取らないとダメ、なんだと思う。イラスト描いたりなんやかんややってる中で、俺は非常に、非常に！ そう思ってるぞ』

『つか、そう言ってるってことは、お前は愛されたいんだよな？ 誰かを好きになったり好かれたりして、本当は生きていたいんだよな？ ……それじゃあお前は、お前自身のために頑張らないとダメだ。人によって環境は違うし与えられた手札も違う。今が最悪に見えるかもしれない。それをわかったうえで、でも俺は、頑張らないといけないと思う』

『自分を助けてくれるのに一番近い人間は、自分だから』

『俺だって、たまに思うよ。イラスト全然上手くならねえなあとか、他の人が描いた神イラスト見て俺描く必要ねえじゃんとか、頑張るのやめちまおうかなとか。でも、自分のために、自分が描きたいから頑張ってる。後もうちょっと頑張ってみようって繰り返して、今日になってる。だから――一緒に頑張ろうぜ、な？』

そこで、再生を止めた。

拾い上げたコメントに、当時のアトリエは確かに、そう言っていた。

「どうして、昔のアトリエの放送……」

急に黒歴史の再生を始めたのが、桐紗（きりさ）には奇妙に見えたらしい。いつの間にやら俺のチェアのすぐ隣にまでやって来て、憮然（ぶぜん）としたままで突っ立っていた。

「このコメント書いたの、たぶん海ヶ瀬（うみがせ）だ」

「……えっ？　そんな……嘘（うそ）でしょ？」

「嘘じゃない。本人が言ってた。それにほら、ゴマフアザラシのアイコンだろ？」

説得力の無い理由付けでも、桐紗はそれ以上疑ってこない。冗談言う場面じゃないし、アトリエの配信を誰よりも黒歴史としている俺が、こんなことを言っているから。

配信日は——アトリエが中学二年生の頃。冬休みにやった放送だった。

海ヶ瀬は、この言葉を今でも大切にしてると言っていた。

顔も本名も知らないような相手からの言葉なのに、後生大事に守り続けて、それで……。

俺だけは、そんな海ヶ瀬を馬鹿にできない。そうするしかなかった状況でそれを後押しされたのだろうから。他ならぬ、俺に。茅野（かやの）に反撃したのも、俺の発言で振っ切れたからだったのかもしれない。

「俺さ。海ヶ瀬を説得できると思ってた。会って、叱って、話を聞いて、最終的には正しい道に導いてやれるって、そんな風な具合で。今からでも、陳腐なハッピーエンドを追い求められるって信じてたんだよ」

だが、現実はそうじゃなかった。そこにあったのは、後悔と亜鳥千景の愚かさだけ。

「……今の海ヶ瀬にアトリエの言葉が少しでも関与してるなら、俺だけは止められない。そんな権利無いんだ。だって、言ったの俺だから。犠牲にして、自分のために頑張れって。海ヶ瀬はただ、頑張ってるだけだから……」

そして、仮にその言葉が無かったとしても、俺には海ヶ瀬果澪に何も言えない。

「しかも俺、気づかないどころか、知ろうともしなかった。この配信のことだって、調べようと思えば調べることができたのに……ずっと近くにいたのに、俺は……」

ハナから知らないのと、知っていて触れないのとでは、どちらが悪辣だろうか？

今回に限って言うならば、前者だと思う。俺は常に雫凪ミオのことばかり考えていて、海ヶ瀬果澪は二の次だったんだ。もしかしたら海ヶ瀬は自らの孤独さについて節々でサインを出していたのかもしれないのに、全部を見落としていた。拾い上げなかった。

「俺は海ヶ瀬に対して、何もしなかった。だから、そんな俺に……」

止めることはできない、と。そう、結論づけようとした、その時。

「………ど、どうした？」

俺の右手に、桐紗の両の手が重ねられていた。

そのまま、じっと俺の目を見てくる。

「あたしたちと同じで、千景も責任、感じてるんでしょ？」

「まあ、な」

「……だったら、なおさら千景は――いえ、千景だからこそ、果澪と話さないとダメよ。ここで何もしないのは、それこそ本当に逃げてるだけになっちゃうわ」

その通りだった。うだうだ言ってはいるが、俺が海ヶ瀬の元に向かわなければならないのは確定している。アトリエの無責任を嫌悪して、亜鳥千景の言動を後悔しているならばこそ、俺は海ヶ瀬と言葉を交わす必要がある。そうしたいとも思っている。

……でも、俺にはその権利が無いし、どの面下げて、という感情が拭えないのも事実。

どうすれば、良いんだろうな……。

「ねえ。千景は、どうして果澪のことをデッサンモデルにしたの？」

堂々巡りを続ける俺に、桐紗はそんなことを聞いてきた。

どうして今、それを？　疑問には思ったが、それでも答えるしかない。

「そりゃもちろん、綺麗だったから。横顔が美しかったから。隣の席に来たあいつを初めて見たときに、こんな奴いるんだなって思って、だから描きたくなった……たぶん」

時間が経ったのと、こんなことがあったのとが相まって、当時の記憶がぼやけていた。

でも、こうして恥ずかしげもなく口にできるならば、思ったに違いない。

「そうなの？　でも、綺麗で可愛いだけの人ならいくらでもいるじゃない？　それに、モデルの容貌をほとんどそのままにしたの、果澪以外にいる？」

「……いや、いない。海ヶ瀬だけだ」

「じゃあ、どうして？　どうして果澪だけ、そうしたいって思ったの？」

追及されて、二ヶ月前に初めて海ヶ瀬のことを見たときのことを思い返す。

あの時、俺は、どう思っていたんだっけか……。

「果澪のこと……千景が、ここまで真剣になってるのは……どうして？」

最後の桐紗の言葉は途切れ途切れで、顔を見たら、聞きたいのに聞きたくない、みたいな、幾重にも感情が絡まったような表情を、折り重なった手に向けていた。

言葉が詰まる。

「……わけわかんないと思われそうだけどさ」

手探りのまま、なんとか俺は、考えたことをそのまま話していく。

「あいつ。他の連中が言ってるようにすごい奴なのかもしれないけど、でも、それだけじゃないように見えて……もしかしたら、寂しそうに見えてたのかもしれない」

「それで？」

「どうしてそう見えたのか、描けば少しは、わかるかもしれないと思ったから……」

「……じゃあ、サキュバスにしたのは？」

「それはあれだ。俺が、サキュバスが好きだからだよ」

「……馬鹿ね、ほんと」「しかもキモいよな。わかるよ」

馬鹿でキモくて無礼者で。

でも、全部が本当だ。

初めて見たときに、わずかに抱いた感情。

海ヶ瀬果澪という人物像に対する、実際の海ヶ瀬果澪とのズレ。

彼女はどういう人間なんだろうと、純粋に気になってしまって、だから俺は、海ヶ瀬をしばらく観察してしまった。他人から知り得る海ヶ瀬果澪じゃなく、本当の海ヶ瀬果澪はどこにいるのか。それがどうしても気になってしまって、知りたかった。

「どうして海ヶ瀬のことに、ここまで真剣になるか、だが――」

「……」無言のままの桐紗は、ただ俺の言葉だけを待っていた。

「俺が勝手に海ヶ瀬のことを、かけがえのない友人だと思ってるから。桐紗や仁愛（にあ）と同じように、困ったり悲しかったりしていたら、一緒に歩いてやりたいと思うから。支えるなんて大げさなことはできなくても、それくらいなら、できるかもしれないから……」

それ以上の理由付けはできなかった。

そうしたいと思ったから、そうしようと思った。

それだけだったし——俺も、それで良かった。それが、全てだった。

「……」

伏していた桐紗の瞳が、俺を見据える。

ここにきてやっと、俺はちゃんと、意思を持って視線を返すことができた。

「……そういえば。まだ千景から、モデリングの仕事への対価貰ってなかったわよね」

「えっ？　……ああ……そうだよ、どうするんだ？」

先延ばしにされまくっていた話題が、ここに来て掘り返される。

話変わりすぎだろとか、なんで今言うんだよとか、そういうことを思わなくもなかったが、でもま、大事な話ではある。

それに……何言われるかは、なんとなくわかってしまったし。

「果澪のこと——絶対に説得して。お願い」

……それは間違いなく、今までで一番難儀な対価だった。

そして、それと同じくらい、絶対に俺たちが手放しちゃいけないものでもある。

「……ああ。任せろ」

それから続けて、桐紗への感謝の言葉が出てきてしまう。

「厄介事持ち込んで、メンタルケアまでしてくれて……お前には毎度毎度、世話かけるな」

「別に。そういう約束だし、気にしなくていいわ」

「……なんかテンプレめいてるな」

「あ、あたしも言ってから思ったから、そこには触れないで」

「ところで、桐紗」「どうかした？」「お前……いつまで俺の手握ってるつもりだ」

「………………あ」

指摘に気づいた桐紗は、毛虫でも触ってしまった、みたいなリアクションで俺の手から自らの両の手を引っぺがした。お前からやってきたのに、なんか酷くないすかね……。

「どうでもいいけど、代謝良いな。手がびしょびしょだ」

「そ、そういうことは思っても口にしないでよっ」

「……いちゃいちゃしてる場合じゃないデスよ」

にょきと、廊下の方から、仁愛のちっこい頭だけがはみ出る。

「もしかして動き、あったのか？」

「その通りデスよっ。ほら、これ」

【報告】話題になっていることと、今後について【雫凪ミオ】

仁愛のスマホの画面上に示されたミオちゃんのチャンネルには、今日の二十四時から開始予定の配信予告アラームが設定されていた。

見ると、チャット欄はここ最近の騒動について触れているものだらけ。野次馬で見に来た連中も多いようで、悪趣味な連投や、ラインを越えた発言なども飛び交っている。

……人が増えていることの証左としては、いくぶん気分の悪いモノだった。

「まさか果澪、この放送で……」

「……ミオちゃんになるのかもな」

「そうだとしたら、もう時間は無いデスっ」

言いながら、仁愛は片手に持った金属バットを俺に押し付けてくる。

「ど、どうした」

「……行くんデスよね、カミィのところに」

そうだ。行かないとしゃあない、というか、俺が行きたい。

海ケ瀬果澪の断片を拾い上げられた今だからこそ、決意が固まっている。

「ああ。今すぐにでも、向かおうと思ってる」

胸を張りながら頷いてみせると——仁愛もまた、決意を秘めた表情を向けてくる。

「……その。嫌われてるかもしれないデスけど、でも、ニアはカミィのことが好きデス。だから、せめてもう一度会えるように……ニアも、連れてってほしいデス……」

絞り出したような声でも、言葉に宿る重みは充分伝わってきた。

……今さら止めるのも、無駄だろうな。

「それがお前の望みなら構わない。桐紗はどうする？」

「あたしも行く。ここで待ってる方が、心臓に悪そうだし……」

よし。だったら三人で、海ヶ瀬の所に行くか……。

「で、なんでバット？」

「……そりゃ、それでカミィの家の窓破って、颯爽と乱入してってことデスよ」

「捕まるっつの、んなことできるかっ」

「一生イラストで食べていくつもりなら、多少の前科は付いても大丈夫じゃないかしら」

「プラスがあるからマイナス負っていいってことか、なるほど……じゃねえよ！」

くだらないやり取りが、今は心地良い。

でも、ここには後もう一人、いなきゃいけないよな——。

一度折れた意思を固め終えた後、俺はタクシーを呼ぶために電話を鳴らした。

「……ところで、海ヶ瀬の家ってどこにあるんだ？」

コールが鳴っている最中で、俺は桐紗に訊ねる。

「えっ。千景が調べたんじゃないの？」

「そうなんデスか？　ニアはてっきり、キリサが女子のツテで聞いたと思ったんデスが」

「……」「……」「……」

……おい。おいおいおい、マジか、マジ？　切羽詰まってたせいで、いっちゃん優先しないといけないこと、調べるの忘れてたってこと？　誰も調べていないのである！　ってか？　笑えねえよ、今の状況じゃ！

部屋のデジタルクロックは十八時を少し回った辺り。タイムリミットまで、残り六時間を切っている。今から学校行って、どうにかこうにかして住所を――いや、学校は来週まで閉まってる。じゃあ調べるか？　調べて間に合うのか？　本当に？

どうすればいい？　海ヶ瀬のいる場所を知っている人間って、他に――。

「……っ！」「ど、どうかしたんデスか？」

ふと、視界に入ったバット。バット。野球――そうか、いや、そうだ。

一番わかりやすいところで言うなら、やはりあの人だろう。桐紗の情報網で並行して海ヶ瀬の家がどこにあるのかを調べながら、第一目標の人物の元に向かう。両睨みしつつ、最悪間に合わなかった場合は……。

……ダメだ、そこまでの保険は思い浮かばない。

だからこそ、多少の無理や無謀は、押し通さないとダメだろうよ……。

『お世話になっております、帝国自動車交通です』

通話が繋がったのと同じくして、俺は、一つの答えに至った。

「すみません……東都ドームまで、お願いしたいのですが」

【#0】その鯨は、今日も鳴いていた

浴槽から上がったばかりの私が、洗面台の鏡に映っている。

髪は水滴で濡れていて、顔つきは薄ぼんやりとしたもの。

もう何千回何万回と見てきた表情を、今日もしている。

自分に向けて私は、独り言を呟いた。

「……大丈夫だよ。今日であなたは、あなたを見てもらえるから」

その時の口元は、ほんの少しだけ歪んでいたような気がする。

髪を乾かしてから、リビングのソファに身体を投げ出した。

両目を閉じて、ぼんやりと今日までのことを考える。

——ままならない人生だった。

適当に考えた保険会社の広告文みたいなその文言が、海ケ瀬果澪を表す全てだった。

家にいるのが辛かった。プロ野球選手の父親。有名女優の母親。本当に、嫌だった。

父親はろくに帰ってこないくせに、帰ってくれば私の意思を聞かず、自分の理想だけを押し付けてきた。

この習い事行ってみろよ。子役オーディション受けてみないか。中高一貫の私立があってだな——なんて、あれだけ熱心だった父親も今は、使い切れもしないだけのお金とクレジットカードを渡して、私とは極力、顔を合わせないようにしている。

たぶん、私の顔を見ていると母親のことを思い出して、腹が立ったり悲しくなったりするんだろう。昔から、よく似ていると言われていたし。

母親には、父親以上に何の感情も湧かない。

私には、不要なものです。

最後には人扱いすらされずに捨てられた私ができるせめてもの抵抗は、私だって気にしていないと、そう、強がることくらいだったから。

——だから私は、幸福な家庭を諦めた。

望んでもそれは、私には手に入らないものだから。

学校にいるのが辛かった。

人との距離感とか友達を作る方法とか、そういうのがわからなくて、小学校の時はずっと一人だった。ただ黙っているだけの私に話しかけても面白くないだろうから、段々と誰もが、私のことを空気として扱うようになった。

……それはそれで楽だったけれど、たまに途方もなく寂しくなることもあった。

でも。仮に、相手から誘われても続かない。続いたとしても、どこかで終わりが来る。他人と上手くやる術がわからないから、私の行動が相手の気分を損ねてしまう。

例えば中学校の頃――人生で初めて友達になれた相手に、嫌われてしまった。

同じクラスだった子で、名前は茅野さん。

二年のクラス替えの時に向こうから話しかけてくれて、仲良くなって、彼女の所属していたバスケットボール部にも誘われて、休日には二人で遊びに行ったこともあった。その時撮ったプリクラも、未だに捨てられないでいる。

何がきっかけだったのかは、未だにわからない。

というより、後になって考えるに、色々ありすぎて特定できなかった。

私が部で彼女のポジションを奪ってしまったこと？

彼女のグループで人気だった男子に、告白をされたこと？

他に友達がいないから、事あるごとに彼女と一緒にいたがったから？

とにかく。最後には私の存在を彼女は許せなくなって、「あんたのこと、本当はずっと嫌いだったんだよね」という言葉を最後に、彼女との関係は破綻した。夢にまで見た友人関係は、いともたやすく私の手元から失われてしまった。

――だから私は、純粋な友情を諦めた。

欲してもそれは、私には分かち合えないものだから。

おもむろにスマホを開く。時刻は二十三時半。もうすぐ、約束の時間。
行かないと――私はソファから身体を持ち上げて、自分の部屋に向かった。

最初のうちは、どうして私だけこんなに辛い目に遭わないといけないんだと思ってた。私が何か、悪いことした？　何も言わず、ただ生きているだけなのに。私だって頑張ってるのに、どうして悪口を言われたり、嫉妬されなきゃいけないの？　その苦労なんて知りもしないくせに、私は他人に八つ当たりしようなんて、思わないのに。

くだらない人たち。最低の人たち。心底軽蔑していた。どうして私は、ただ私でいることが許されないんだろうと、ずっと悔しくてしょうがなかった。

そんな鬱屈とした感情は雪のように降り積もって、やがて雪崩のように崩れていった時、その時になって私は、ようやく理解した。

違った。誰のせいでもなくて、私が辛いのは他でもない、私自身のせいだった。

父親に習い事の話をされても黙っていたのは、私だった。

茅野さんと深いコミュニケーションをとらなかったのは、私だった。

他人に嫌なレッテルを貼られても、それを剥がそうとしなかったのは、私だった。

抗わなかった。海ヶ瀬果澪という人間像を作り上げていたのは他人の目じゃなくて、私自身の行動だった。私は私の不出来に絶望して、でも、遅かった。何もかもが遠かった。

失った過去はもう戻らないし、取り返す機会は二度と訪れない。

——だから私は、私(海ケ瀬果澪)を諦めた。

取り繕ってもそれは、壊れていて治らないから。


十畳ほどの私の部屋。机の上に置かれたモニターだけが、光を放っている。

パソコンが立ち上がるのと同じタイミングで、自動でＤｉｇｃｏｒｄ(ディグコード)が開かれた。

亜鳥(あとり)くんや山城(やましろ)さん、才座(さいざ)さんとの、最後のやり取りが開かれる。

……見たくなかった私は、チャットを落とした。


亜鳥くんがアトリエ先生だとわかったのは、去年の冬頃のことだった。

廊下で軍服ワンピースの話をしていて、すれ違いざま、その熱意混じりの声を初めてまともに聞いたとき、私は後ろから思い切り叩(たた)かれたみたいな衝撃を感じた。

私が彼の声を、間違えるはずない。

何一つとして楽しみが無い中で、適当に開いた生放送。最初のうちは暇潰し未満の感情で、でも、段々とそれは、習慣になっていた。声を聞きながら眠ったこともある。アトリエ先生が好きだというコンテンツには触れたし、好きなアニソンはコードを調べて、弾き語りができるように練習したこともある。初めての画集なんか、三冊も買った。

アトリエ先生のファンである、名も無い誰か。

そういう存在だと自分を定義して準じている間は、他のことを考えなくて良かったから。

だからこそ、私は確信できた。亜鳥くんが、アトリエ先生だと。そういえば苗字が似ているとか、美術室の前に彼の描いた風景画が貼ってあったとか、そういうのは後になってからの理由付けに過ぎなくて、私は細胞レベルで、彼のことを認識していた。

そこからは、亜鳥くんを見るたびにずっと、話しかけるタイミングを探していた。

あの、アトリエ先生ですよね。サインください。ベタなファーストコンタクト。

……でも。彼を観察しているうちに段々と、私の中のアトリエ先生像は崩れていった。

亜鳥くんは友達も多いみたいで、少し変わっているところがあっても、それを周りから受け入れられていて、仲の良い女の子だって、いるみたいで。

私とは、全然違った。絵を描くだけが生き甲斐の人じゃなくて、普通の人だった。

そして、そのことにがっかりしている自分に気づいて、また私は、私を嫌いになった。

自分がされたくない、印象や理想の押し付けを無意識のうちに行っていた自分が、果てしなく愚かで無様で救われないと思って、話せないままで。

そんなとき、VTuberというものを知った。

希望はあったんだ、と思った。これなら私は私のままで、私以外になれる。

ＶＴｕｂｅｒとしてのガワを通じて私を表現すれば、視聴者は素の私を見てくれる。素の私を好きになってくれる人ならきっと、私がガワを取っ払っても見てくれる。

……その未来のためなら。

アトリエ先生がくれた言葉を免罪符に、彼を犠牲にしても良いと、私はそう思った。

「あー、あー……良いね。いつも通り、調子ＯＫ」

数回ミオちゃんの声で発声を行ってから、チャンネルを開く。配信の準備を終わらせる。

後はいつものように、放送を始めるだけ。

ただ一点——雫凪ミオのガワを使わない、というところを抜かせば。

普段使っているトラッキング用のスマートフォンではなく、モニターの上に置かれたウエブカメラに目を向ける。画面上で確認して、そこに私が映っていることを確認する。

……私がこれからやろうとしていることをすれば、きっとぐちゃぐちゃになる。肯定的な言葉と同じか、それ以上の否定的な言葉をぶつけられて、野次馬だって沢山やってくる。普通の人なら嫌になるほどの、目に見えない視線に晒されると思う。

でも、私はそれこそを望んでいる。私だけを見てもらえる。

雫凪ミオという存在そのものになって、今日まで見てきてもらえた存在として、純度百パーセントの私に対する反応を、疑いなく甘受できる。海ケ瀬果澪という出来損ないの人間のガワを捨てるため。そのために、今日までの全ては存在したから、だから。
だから私は、もう迷うことなく――。

『……もっと早く出会えてたら良かったのにね』
いつか、誰かに言ったその言葉がフラッシュバックする。
出会っていたら、何か変わったんだろうか？
あの優しい人たちが傍にいてくれたら、こんな私でも楽しく生きられたんだろうか？
そんな無意味なたらればを振り切ろうとして、それで――。

「――海ケ瀬」

後ろの方から声が聞こえて、振り返ると、部屋の扉が開いていた。
廊下に人影が見える。
驚いて、でも、少しだけ嬉しくなってしまった自分がほとほと嫌になる。
アトリエ先生――亜鳥くん。
私にとっては一番話したい人で、今一番会いたくない人が、そこに立っていた。

【＃10】海ヶ瀬果澪の澪標

デスクトップPCの白光と、零時間際の黒と青に彩られた空間。

その奥の方、白いゲーミングチェアに、誰かが座っている。

ここではないどこかの空を思わせるホライゾンブルーのロングヘア。澪標形の髪飾り。

白と青が混ざるようにデザインされた、可愛らしいブレザー。右足に履かれたソックス。

そして――青色の両の眼を大きく見開いて、どうしてあなたがここに、とでも言いたげに、唇をわななかせている彼女。

雫凪ミオが、その部屋にいた。

ミオちゃんの配信時の衣装に身を包んだ海ヶ瀬果澪が――そこにいた。

「……来ないでって、言ったのに」

不意に現れた闖入者である俺を見た海ヶ瀬は、本当にわかりやすく狼狽えていた。

「なんで、入れたの？　それに……どうしてここに」

「入れたのは、鍵を持っているから」

前者の質問に、しゃりんと、俺の右手に握った三本組になっている鍵の束を鳴らす。

「ここに来たのは、お前に会いにきたから」

後者の質問に答えながら、俺はぐるりと、薄暗闇の満ちる部屋の中を見回した。

どこに何があるのか、漠然と確認していく。

シックな外観に似て、海ヶ瀬家の中もまた静謐だった。何より綺麗だなという印象が先行する。親が親だ、きっと築年数も新しいんだろう。入るなり、まるでモデルルーム見学に来たような、そんな気分にさせられたのは間違いない。

そして――それと同じくらい、息が詰まった。

新築のように綺麗な室内が。清潔なアイランドキッチンが。寂しさを感じるほどに広いリビングが。なのに写真立て一つない、矛盾した、家族の団欒のための空間が。

この家に存在するすべての要素が、俺に途方もない孤独を感じさせてくる。

海ヶ瀬は、ここにいたのか。

癒えない心の傷を抱えたまま、ずっと、ずっと、ずっと……。

「まさか、お父さんに？」

鍵の束を見て察したらしい。

「ああ。でもま、そんなたいしたことじゃない」

そうだ。別になんてことはない。ジーレックスの本拠地の東都ドームに行って、スタッフの人に娘さんのことで海ヶ瀬選手と話したいことがありますとコピペのように言いまくって、それが原因で警備員に引きずられて、結果、俺の話がその日試合を見に来ていた球団社長などのお偉方の耳に入って、事情を説明しただけだ。本当に、なんてことはない。

………。

「たいしたことありまくりだろうが！」

あまりの猪突猛進っぷりに、思わず自分で自分にツッコミを入れてしまった。マジで何やってんの俺……まだ仁愛の言ってたみたいに人の家の窓バットで叩き割る方がマシじゃね？　これ、一歩間違ったら警察送りからの学校退学のヘルコンボだったじゃん。

……それくらい、焦ってたんだろうけども。良い子は絶対真似しないようにってテロップが出てもおかしくないくらいの所業だろうよ。

「とにかく！　試合が終わった後に海ヶ瀬選手に会わせてもらって、家の場所を教えてもらって鍵を受け取って、そんでここまでやって来たってわけだ……どうだ、凄いだろ」

俺の迷惑行為そのものにか、そうではなく、そんなことをしてしまうくらいのしつこさに、だろうか。とにかく海ヶ瀬は無言のまま、下唇を噛むだけだった。

さっき言ったように、とにかく自分でも突拍子もない行動だとは思うが——だが、海ヶ瀬の親父さんに会えさえすれば、少なくとも話は聞いてもらえるだろうし、海ヶ瀬の家まで来れるだろう、という目算は瞬時に行っていた。

「……ＮｏｗＴｕｂｅの規約上、十八歳以下のユーザーが収益化を行う場合、保護者の許諾が必要になる。だから、海ヶ瀬がＶＴｕｂｅｒをやっていることは親父さんも知っているだろうし、そっから俺や桐紗がアトリエ、きりひめであることが伝われば、話は聴いてくれると思った。少しでも娘のことを気にかけているなら……なおさらな」

部屋に置かれた観葉植物に目をやりながら、思い出したように、その事実を教える。

「親父さん、心配してたぞ。馬鹿なことはしないよう止めてくれ、とも言ってた」

「……その割に、本人は来てないけど？　ただただ余計なことだけ、してくれてね」

氷結晶の剣のように冷たい声。

その切っ先が誰に向けられているのか、俺か、父親か、それとも他の何か、だろうか？

俺は構わずに、海ヶ瀬の座っている方——PCの方に向かって歩いていく。

「そんな顔するな。あの人にだって、あの人なりの苦労と後悔があるのかもしれない」

「……じゃあ、私はどうなるの。私の苦労は、蔑ろにされるの？」

「されない。お前の苦労は俺たちが聞いて、共有してやるから」

「っ……なんで、そんなこと……」

耳に心地の良い台詞に対して、俺の行動は無骨そのものだった。

そう、腕組みだ。桐紗のように、俺はただ、海ヶ瀬の前に立ちはだかる。

「……二十四時からの配信予約枠、一旦消せ。もしくは明日か明後日かに延期して、そしてその前に一度俺の話を聞け——さもなくば、お前の配信に、俺の声と姿が載ることになる」

「は、はあ？　なんで、どうして？　それに、そんなことしたら……」

「ああ。ただでさえ話題になってるのに、もっととんでもない騒ぎになるだろうな。彼氏バレがどうこうって騒がれるかもしれないし、もしかしたら俺は、アトリエとしての活動もできなくなるかもしれない」

マジで嫌な未来予想図だったものの、構わず俺はおどけてみせる。

「……ま、でも俺がどうなるかはどうでもいいよな？　だって、犠牲にできるんだから」

「…………………ずるいなあ、亜鳥くんは」

嫌味を言われた海ヶ瀬は、本当に苦しそうだった。これほどまでに険しい顔をできるんだなと、俺もまた、苦笑しそうになる。ごめんな、俺も、そんなに性格良くないんだ。

「……じゃあ、やめたら帰ってくれるの？　今日だけ延期したら、それで満足？」

「帰らない。まだ俺には、ここでやるべきことが残ってるから」

たいそうな台詞だが、実際はただ人の家に居座る宣言をしているだけ。どっかの仁愛と同じだ。そして、海ヶ瀬が黙ってるから、微妙にばつが悪くなってしまう。

……こういう時は、具体的な提案をして誤魔化してみるのが良いかもしれない。

「……モデル」

「え？」

「デッサンモデルやってくれるって言ってただろ？　その権利、今使わせてくれ」

少し間が開いて、それから海ヶ瀬はやっと思い出す。おい、自分で話したことだろ。

「い、今？　そんな、急に言われても……」

「断るなら、それでもいい。その場合、俺はずっとここに居続けるだけだ。明日も明後日も、一週間後も……さて、いつになったらお前はミオちゃんになれるんだろうな？」

「……」

「ちなみに、だ。そんな俺が描きたいのは、ミオちゃんじゃない。制服を着た、普段通りの海ケ瀬果澪だ。他の誰でもない、お前だよ」

身じろぎしたり、眉を下げたり、まばたきを繰り返したり。

僅かな光に照らされて、動揺の仕草ばかりが目に入る。ずっと見ているとまるでミオちゃんがこの世界に生きているかのように思えてしまって、なんとかその幻想を振り払わなければいけなくなる。

まあ、ちょっとだ。ほんの少し、描いてる間だけでいい。

「……わかった。約束したの私だし、今日は諦める。でも……終わったら、帰ってね」

「……ん、わかってるよ」

確認のためにスマホでミオちゃんのチャンネルを見ると、予約枠が翌日にズレていた。

これでとりあえずの猶予はできた——同時に、俺は持っていたトートバッグから、タブレットとペンを取り出す。そういやこれ、アトリエの絵師人生、最後のデッサンモデルなんだよな。感慨深いような、なんでこんな状況でと思うような……複雑だな、まったく。

「……ねえ」「ああ、どうかしたか？」「いや、その……着替えるから」

あ、そうか、出てけってことか。水着の一件のせいで、感覚が麻痺（まひ）してた……。

手頃に座れる場所がベッドしか無くて困ったが、海ヶ瀬が別に座ってもいいと言うので俺は、深くは考えずにそこに腰掛けて作業を始めた。

しかし……あえて照明を付けてもらわなかったのが、逆に功を奏していたかもしれない。

薄闇にかたどられた海ヶ瀬の輪郭は、やけにはっきり見える。

「……怒ってないの？」

チェアに座ったままの海ヶ瀬の声は、そっと触れるような、小さなものだった。

「どの件についてだ」

「そりゃもちろん、今の私にだよ。皆も視聴者も裏切るようなことして……自分のためだけにVTuber（ブイチューバー）って存在を利用して、満たされようとして」

「……それで？」

「なのに、そんな私のところにわざわざ来て……止めようとしてるんでしょ？」

困惑してるのが、透けて見える声色。思わず俺は安堵してしまう。

その言葉が出てきてしまうあたり、やっぱり海ヶ瀬は徹底できていないんだ、と。

少なからずこの状況に申し訳なさとか、未練のようなものがあるんだな、と。

「でも、無理だから。最初から、こうするって決めてたから。亜鳥くんになんて言われても私、ミオちゃんになるから。だって、そうじゃないと……」

「……海ヶ瀬果澪という人間に付随する煩わしさから、逃げられないから、か」

ペンを握る右手と、タブレットを持つ左手。

どちらにも、より力が入る。テーピング越しの腱鞘炎が痛むのも気にせずに描き続ける。

まだ俺は、海ヶ瀬の過去をほんの少ししか知らない。

当たり前だ。一人の人間の人生を、他人からの又聞きで完全に理解できるはずもない。

……でも。学校と家族。十五年そこらしか生きていない俺たちにとってそれが、どれくらい大きなものか、くらいならわかる。

そこで満たされないことは、途方もなく寂しくて苦しいこと、ということもわかる。

「……ずっと、辛かったよな。気づいてやれなくて、ごめん。ごめんな」

「な、なんで亜鳥くんが謝って……」

こんこんと、ペンがタブレットの画面に当たる音だけ異様に耳に残る。

こんな状況なのに、いや、だからかもしれない。凄まじい速さで形になっていく。

ミオちゃんの時も思ったが……身近な人間のために描くイラストは、速いもんだな。

「……でもな。だからって、あんな言い方は無い。あんな別れ方は、ひどい」

描きながら糾弾する。「……っ」言われた海ヶ瀬は、声にならない声を出す。

「海ヶ瀬が嫌うほど、桐紗も仁愛も、本当の海ヶ瀬を一切見れてなかったか？　無神経な言葉だらけだったか？　本当に煩わしさだけで、とっとと自分のためにガワ作れよって、海ヶ瀬もそれだけを考えてたか？　昨日、通話した時に言った言葉がすべてなのか？」

「それ、は」

「……直接言われてスパッと答えられないってことは、違うってことだろ」

揚げ足を取るような俺の言い回しに、海ヶ瀬は立ち上がってしまう。これが従来のデッサンだったら動かないでくれと懇願していただろうが、今は我慢だ。

「どうにかして、桐紗や仁愛を突き放そうとしてたみたいだけどな。そんな安っぽい演技で騙しきれるほど、人って単純じゃないぞ」

「違う」

「あの二人に嫌いって言ったのも、わざわざ俺を水族館に呼んで今からやることを見ててって言ったのも、計画が露呈した時に嫌悪感を抱かせて、俺たちの方から離れていってもらうつもりだったから、だろ？　こんなんしたら迷惑かかるって、誰でも予想できるから……でも、残念だったな。現実はそうはならなかった。俺たちはお前が思っているよりも、海ヶ瀬果澪のことを大切に思ってしまったんだな、これが」

「違うから、やめて」

「実際さ。起点は確かだったとしても、やってるうちに迷っちゃったんだろ？　何もかもを犠牲にする覚悟を持って、俺に近づいて——でも揺れてしまった。犠牲にすることが本当に自分の望みなのかどうか、自分でもわからなくなったんだろ？」

「違う……」

「なあ、海ヶ瀬。色々嫌な思いをしてきたならわかると思うんだが、悪人になるのって才能がいるよな。俺たちを利用してるって状況に一度でも心苦しさを覚えてしまったら、なかなか拭えない。言葉では取り繕えるかもしれないが、自分自身を騙すのは難しい。だからこそ、節々でお前は俺たちに真摯だったし、ミオちゃんの配信だって楽しいものだった。俺たちだけじゃなくて、視聴者に対しても一生懸命だった」

「違う、違う違う違う」

「……やっとそういうの、わかったんだよ。ミオちゃんじゃなくて海ヶ瀬のことを考えて、海ヶ瀬の気持ちを考えて……そうしてるうちに、やっぱりお前は優しくて良い奴で……」

「違うっ！」

　びりと、空気が震えた。

　今までに聞いたことがない声量と、怒りに似た感情を乗せながら、海ヶ瀬は叫ぶ。

「どこが？　私のどこをどう切り取ったら、良い人間だって？　やめて、ふざけないで。私は周りを犠牲にして、自分だけの幸せを追求してるだけ。不倫した母親の娘らしい、最低の人間。それ以下はあっても、それ以上は有り得ない」

ぐしゃりと自分の前髪を掴む海ヶ瀬。素振り以上に、痛々しさが伝わってくる。

「それに……昨日言ったことだって、嘘じゃない。本当に、そう思ってた」

昨日言ったこと。嫌い。嫌い、嫌い、嫌い。

「……才座さんみたいな人が、嫌いだった。VTuberとしてあんなに成功してて、亜鳥くんも山城さんも、才座さんに無条件に優しくて、お節介で、一緒にいて……無条件に、愛されてる。そんなの見せ付けられて、嫉妬でどうにかなりそうだった」

無邪気にカミィと呼んで、海ヶ瀬にくっついていた仁愛のことを思い出す。

「山城さんみたいな人も、嫌いだった。揺るがない自分がいて、なのに周りの人と仲良くすることができる。私にはできないことを完璧にできる人間がずっと傍に居て、向こうから近づいてくるなんて、辛くてしょうがなかった」

真剣な顔で、海ヶ瀬のことを心配していた桐紗のことを思い出す。

「亜鳥くんは、許せなかった。元々は、あなたのイラストだけあれば良かったのに。なのにどんどんどんどん、私の心に無遠慮に、私が望んでいた温もりとか、なんてことない日常を思い出に置いていって、そのせいで、私……私、は……」

手から力が抜けて、ぱらぱらと前髪が垂れる。だらりと腕が投げ出される。

海ヶ瀬は泣いていた。両の瞳から、一筋の線が引かれていた。

「……悔しかった。私はこんなに苦しくて今も乾いたままなのに、それなのにすぐ近くには、幸せな人間がいるんだなって。誰かと繋がりあって、辛いこととか苦しいことがあった時には助けてもらったり、逆に誰かを助けたりして。特別なものでも打算的なものでもなくて、でも、本物の繋がりを皆は持っていて……だから、妬ましくて……」

流れる涙は、右手の親指だけで器用に拭き取られる。

「……そう思う自分が、一番嫌だった。回りくどくて自分勝手なことで幸せを感じようとしてる自分が、そんな汚い自分が、皆と一緒にいるのが許せなかった。つり合わないのがわかってたから、苦しかった。だから、亜鳥くんにも会いたくなかった……」

少しだけ落ち着いたように見えるのは、気のせいだろうか？

本音を言えたことで重荷が降りたのかと思ってしまうのは、間違ってるだろうか？

「……私、贅沢なのかもしれないね。私より苦しい境遇の人なんていくらでもいて、私が不幸だって思ってるのは、幸せを感じる閾値みたいなものを、私自身が低くできないからなのかもしれないね。私が根本的に、腐ってるから……」

意識をイラストに向けつつも、俺はただ一つのことだけをずっと考えている。

「それでも私は……私を見てほしかった。現実にはもう、期待できないから。だから、ネット上の顔も知らない相手に、救いが欲しかった……コメント越しにアトリエ先生が私と向き合ってくれたように、誰かに私を認めてほしかった……それだけだった、のに」

どうすれば、この孤独な人間を引っ張り出せるのだろう。

「あのさ。桐紗も仁愛も——お前のこと、本当に好きなんだぞ」「……」

答えはわからなかった。だから、ただただシンプルな感情をぶつけるだけしかできない。

「仁愛はほら、わかりやすいだろ？　俺とも、桐紗とも違う、三人目の友達。優しいけど、ただ優しいだけじゃなくて相手のことを思いやれる人間。俺が斡旋したから以上に、仁愛自身がそう思ったからこそ、自分から遊びに誘ったりもしてた」

あれだけ楽しそうにしていた仁愛を見るのは、初めてのことだった。

「桐紗も同じだ……それに、俺がこうやってお前のところに来るって決断ができたのは、あいつのおかげなんだ。千景はどうしたいの。説得したいんでしょ。だったらうじうじ悩まないで、そうしなさい、って具合で」

桐紗があれだけプロジェクトに前のめりだったのは、魂が海ヶ瀬果澪だったから。

そして、俺は……。

「……描き上がったぞ」

これがアトリエとして発表するものならば、ここからさらに細部を描き込みたいところだが、今はいい。モデルの表情をこれ以上無いほどに描けていれば、完璧だ。

「……ほら」

タブレットを見せ付けるように、海ヶ瀬の方へ向ける。

——背景は、海ヶ瀬の座っているデスク付近を切り取ったもの。色塗りもされていないし、暗闇だからこそパースとかそういうのは大雑把で、部屋に置かれている小物類に違いはあるかもしれないが、でも、間違いなく海ヶ瀬果澪の部屋だとわかるような風景。

その中央の白いチェアに座り、こちらに視線を送っている少女。

描かれているのはもちろん、モデル本人の海ヶ瀬果澪。

彼女がこっちを見て……小さく笑っている。

特別な一日を切り取ったものじゃない。

楽しく配信をしているある日の何気ない様子を切り取ったような、そんな一枚。

アトリエが今まで描いてきたイラストの中で一番完成までの時間が短くて、反対に、命を懸ける勢いで描き上げた作品。だからこそ、俺の願いが、この絵には詰まっている。

俺は、海ヶ瀬に笑っていてほしかった。VTuberのガワを捨てるとか、身バレがどうこうとか、そういうのは全部、副次的なものに過ぎない。海ヶ瀬が後ろ向きに塞ぎ込んだり、泣いたり、そういうのが我慢ならなかった。

だって、俺もあいつらと同じで――海ヶ瀬果澪に、人として惹かれていたから。

自分の傍からいなくなってしまうのが悲しくて、嫌だった。

「なあ、海ヶ瀬。俺は優しくもないし、自分勝手な人間だ。他人の考えを自分のために、ねじ曲げようとしてる。アトリエの過去の発言を、否定しようとしてる」

「……」

「でもな。それでも、恥を忍んで俺は海ヶ瀬に、今を犠牲にしてほしくないって言い続ける。願わくばこのイラストみたいに楽しく配信して、それと同じくらい、リアルでも幸せになってほしいって思ってる。海ヶ瀬果澪という人間を、認めてやってほしいって……」

「…………」

「リアルの方は、急には難しいかもしれないけど。でも、桐紗と仁愛がいる。俺もいる。一人じゃない。だから……」

「怖いの」

「……怖い？」

「……期待して、また裏切られるかもしれないって、少しでもそう思ったら私は、怖くてしょうがないの。皆といる時間が楽しかったからこそ、いつかまた嫌われて、本当の私を見てくれなくなって、失ったらって……面倒くさいよね、でも……」

……最初から何も無いなら、虚無だけならば、失う悲しみだって生じない。

相手が海ヶ瀬の両親にしろ、茅野にしろ、他の人間にしろ。今日までの海ヶ瀬にも幸せな瞬間というのは間違いなくあって、だからこそ、海ヶ瀬は臆病になっているのかもしれない。孤独で居続ける以上に、孤独に戻ることこそが何よりも恐ろしいことなんだって、その心と身体に刻まれてしまっているから。

「じゃあ……別に、今すぐ信用しなくていい」

「……どういう、こと？」

「そのままだ。とりあえず俺たちと一緒にいて、信用できるって思ったら信用しろ」

「そんな……良（い）いの？　それで？　でも、皆に悪いよ……」

「気にすんなって。それに……俺たちにできることなんて、その程度のことだ。これから海ヶ瀬に悲しいことや辛（つら）いことがあるとしても、乗り越えるために一番頑張らないといけないのは海ヶ瀬自身。アトリエの過去の発言の、そこは間違ってないと思う」

　ここまで追い込まれている海ヶ瀬にとっては残酷な事実だけど、なあなあにはできない。だって、俺がこの場だけ言いくるめたとしても、海ヶ瀬の問題は解決しないから。

　だから、どんなに勝手でも俺は、綺麗事（きれいごと）じゃなく、本音で話さなくちゃならない。

「けど、何かを犠牲にするのは間違って……いや、違うな。それ以上に、自分の心に嘘（うそ）を吐（つ）くのは間違ってるんだ。だって海ヶ瀬、悩んでるだろ？　俺も桐紗も仁愛も視聴者も、そして自分自身も——悲しませたくないだろ？　ほんとは全部、大切にしたいんだろ？」

「それ、は……」

「……ミオちゃんのガワに自分の面影を残してほしかったのはお前自身、海ヶ瀬果澪という人間にまだ未練があったから、だよな？　だったら……頼むよ、海ヶ瀬」

　クリエイターとして雫凪（しずなぎ）ミオの魅力に惹（ひ）かれて、これからも応援していきたいと思って。

　一人の人間として海ヶ瀬果澪の内面に惹かれて、これからも仲良くしたいと思って。

良いところも悪いところも全部引っくるめて、仲間だと思っているから。

海ケ瀬果澪も、雫凪ミオも、どちらも大切にしてほしかった。

だから。最後に俺は懇願した。エゴを、押し付けた——。

「海ケ瀬果澪を、やめないでくれよ……ミオちゃんのイラスト、捨てないでくれよ……」


答えを待っている間は、一瞬にも、永遠にも思えた。

——そして。


「ぐえっ」

「ごめん……ごめん、ごめん、ごめんなさい……」

視界が揺らぐ。拍子に思わず、うめき声に似た声が喉奥から押し出される。

椅子から立ち上がり、こっちに近づいてきた海ヶ瀬に両肩を押され、俺はのけぞるように、そのまま全身を後ろにふっ飛ばされた——あまり考えたくないが、運動不足で痩せぎすの俺よりも、海ヶ瀬の方がフィジカルで上回っているのかもしれない。タブレットもペンも全部ほっぽり出してしまったし、押し潰されるように上に折り重なってきた海ヶ瀬を押しのけることもできなかった。

まさにされるがまま。背中からはベッドのふんわりとした感覚と、陽だまりの匂いが香る——抱きつかれるの、やっぱ慣れねえ……というか、慣れる方がおかしいか。

「わかってる……私のやろうとしてることは、おかしいことだって……視聴者のみんなを。こんな私の、ミオちゃんのことを好きになってくれる人を、裏切ることだって……」

あまりにも距離が近いせいで、体内に直接響かせるような、そんな風に聞こえた。

「私……私は私のことを好きになってほしくて、見てほしくて、ミオちゃんになりたくて……でも、そんなの無理だってことも、わかってた。でも、私……それでも、私自身を、見てほしかったんだよ……だって、それだけ考えてずっと、生きてきたから……その想いを守らなきゃ、今までの私、どっかいっちゃうから……ああ、もう、わけわかんない……」

それから、海ヶ瀬はわんわん泣き始めた。

「ううっ……うっ…………ひぐっ…………うわああっ……」

今までの人生のこととか今日までのことことか、他人に迷惑かけた計画が上手くいかなかったこととか、そういうの全部思い出したのかわからないけど、泣いて泣いて、でも、俺はただ、黙っていた。

海ヶ瀬果澪は強くない。傷つくことすら恐れている、そんな段階なのかもしれない。

それを俺は、責めようとも思えなかった。ポテンシャルに恵まれるか環境に恵まれるか、そんなことは選べない。結果的に海ヶ瀬は前者に恵まれてはいたけれど、一般的な人間が与えられるものを欠落しながら生きてきた。

だったら、今まで積み重ねてこれなかった部分が少しずつ満たされるまで、一緒の歩幅で歩いてやれる人間が必要なんじゃないだろうか？

……さしあたり、今は。

泣きじゃくる海ヶ瀬を一人にはしたくなかったから、傍にいようと思った。

∞

「………………………ごめん」

二人で海ヶ瀬邸のリビングまで移動してきて。

やがて、多少は落ち着きを取り戻した海ヶ瀬が最初に言った言葉が、それだった。

「相談もせずにこんなことして、ごめんなさい……」

「相談されてたとしても、ＯＫは出なかった気はするが」

「……アトリエ先生たちにも、迷惑かかってるよね」

「あー……まあ、昨日から、アトリエのＳＮＳのリプ欄には、ミオちゃん周りでごちゃごちゃ聞いてきてる奴が殺到してるな」

「……」黙ったまま、海ヶ瀬は魂の抜けたような表情。

「き、気持ちはわかるが、落ち込んだり後悔するのは後でもできる。今考えるべきは、他のことだろう？」

「……インスタの件とか、その他諸々だよね」

「その通り。どうすればいいか、自分で考えつきそうか？」

「それは……ミオちゃんになれればどうでもいいって思ってたから、火消しのことなんて考えてないよ……むしろ、どうやったら色んな人の注目集められるかとか衣装の作り方とか、そういうのばかり考えてたし」

「な、なんて考えなしな奴なんだ……」

逐一落ち込み続ける海ヶ瀬。

ただ。重荷を下ろして冷静になったからこそ、客観的な視点を持てるようになったのかもしれない。さっきまでの自分の行動に対して、後悔が芽生えているようだ。

……一人じゃなんとかできない問題ならば。

協力してくれる人間を頼ればいい。うん、簡単な話だ。

『待たせたな。もう入っていいぞ』

グループチャットに、それだけを送る。

——それから、十秒も待たなかったと思う。海ヶ瀬家の玄関口から、どたどたとこっちに向かって近づいてくる二人の音が鳴り響いてくる。

「……カミィ！」

部屋の中で走り出した仁愛は、立っていた海ヶ瀬に飛び込むように突っ込んでいく。

「うぐっ」体重が乗った良いタックルだったようで、受けた海ヶ瀬は蛙の鳴き声みたいな声を出していた。なんだ今の低音、レアボイスすぎる——そして海ヶ瀬、いきなり抱きつかれた人間の気持ち、今ならわかるよな？　びっくりするから今後は控えるように。

「げほっ……な、なんで二人とも、ここに……」

「そりゃ、外でチカとカミィのこと待ってたからデス……というか、そんなんどうでも良いデス！　ど、どうしてこんなことしたんデスか……それに、嫌いって……ひぐっ」

「そ、それはまあ、その……才座さん？」

「うええん……ばかばかばか、もう一生許さないデス……」

そのまま仁愛は、海ヶ瀬にへばりついたまま泣き出してしまった。咳き込んでいた海ヶ瀬も、あまりに素直な感情表現に申し訳なさそうな顔をしている。

「……ごめんね。ほんとに、ごめん……嫌いって言って、ごめんね……」

「ううっ……うぐっ……へぐっ……もう、こんな、こと……しないで、ください……」

「……うん。約束する。しないから、絶対に……」

動けないままでいる海ヶ瀬。そのすぐ近くに、もう一人。

「果澪」

「……山城さん」

桐紗がいつになく厳しい表情をしていたためか、場には刺々しい雰囲気が迸っている。なんか、見てるこっちも心配になってきた。茅野の一件と違っていくらなんでも手は出さないだろうが、何を言うつもりなんだろう……。

「……あたしたち、友達よね」「え？」「友達、よね？」

有無を言わさず詰め寄っていく桐紗。

「……山城さんが、良ければ、私は」

「良いに決まってるし、じゃあ、ちゃんと名前で呼んで。桐紗って、ほら」

「そ、それは……」

困惑と恥ずかしさと申し訳なさが混ざった顔色で、海ヶ瀬は質問した。

「良いの？ だって、こんなに心配してもらって、迷惑かけて、モデリングしてもらったのも、台無しにしそうになって……」

「友達って、そういうものよ。迷惑かけて、かけられて。それの繰り返し——まあ、若干一名、あたしを酷使し続けている不届き者はいるけれど」

ちらりと見られた。えー、その、ごめんなさい。

「……じゃあ……その」

「ん」

「……桐紗、ちゃん」

「はい、よく言えました」

その言葉を聞いた桐紗は、途端に満足そうな顔になる。

「今度からはちゃんと相談してね。一人で抱え込まないで。お願いだから……ね？」

「………うん」

頷いて、海ケ瀬は仁愛のことを抱き寄せながら、ただ黙っていた。

自分の周りにあったかけがえのないものに気づいた、そんな様子だった。


「で、どうするかよね」

そうして、腕組みしながら切り出す桐紗。

議題は言うまでもなく、雫凪ミオについてだ。

「やっぱインスタの件は別人だって否定しとくのが無難な気もするが、どうだろうな」

「あたしも大賛成。もちろん邪推はされるだろうけど、幸いなことに顔写真とか自宅っぽい写真は出してないわけだし。無関係って言っといて風化するのを待つのが良いと思う」

高校生って思いたい人間は、そう思っとけばいいわけだしね。そう付け足す桐紗。

「良いの？　視聴者の皆を不安にさせたの、私なんだよ？　正直に謝った方が……」

「……でも、正直に謝って救われるのって、果澪だけよ」

桐紗の鋭い言葉に、その場の誰もが黙ってしまう。

「完全にロールプレイしてるわけじゃないとはいえ、今回みたいな注目のされ方はVTuber、雫凪ミオにとって望ましいことじゃない。何より、ミオちゃんのリスナーだって望んでいない……果澪が後ろめたさを感じているのはわかるけれど、だったらそれは、これからもVTuberとして視聴者を楽しませていくことで清算していけばいい。違う？」

「……違わない、ね……」

こくりと頷く海ヶ瀬。厳しい言い方だけど、その通りだった。

「あとは、リスクマネジメントをどうするかって問題デスね」

晒した写真の情報でおそらく、東京在住ということはバレている。世の中は広い。躍起になって身元の特定を完遂しようとする人間もいるだろうし、そこからストーカー問題とか、もっと良くない問題に繋がる可能性もあるだろう。大手事務所がその手の問題に対して対策委員会を設置しているわけだから、一笑に付せるはずもない。

「まあ、その辺は皆でこれから要相談ってことにして……とにかく、肝心の配信とか視聴者にどう説明するかとかは、果澪に任せても良いのね？」

「……うん」頷いて、俺たちの方を見てくる海ヶ瀬。

「ちゃんと、自分のやったことの責任果たすから……だから皆は、私のことを見ていて」

いつぞやに聞いた言葉と、似た言葉。

ただ、続いた言葉は違った。

「それで……もしもこれから困った時は、助けてほしい」

俺も桐紗も仁愛も、黙って頷いていた。同意の言葉すら、いらなかった。

§

翌日。夜の十八時。

雫凪ミオのチャンネルにて、本来は昨日行われるはずだった配信が、今始まった——。

【報告】話題になってることと、今後について【雫凪ミオ】

『あー……あー……おけ。はろわ～。みんな、今日も集まってくれてありがと～』

『まずは……昨日は急に告知もなしに枠立てて、しかも延期して、ごめんなさい。見ようって思ってた人のこと、振り回したかもしれないです……もう、無いようにします』

『……はあ。なんか、緊張する。初配信の時でも思わなかったんだけどなあ』

『まあでも、今日は……うん。今日だけは楽しむってより、大切な話をしないと、だから』

『じゃあ、先にはっきり言うね。例のインスタのアカウントなんだけど……あれは私とは無関係です。全然、別人の話だから』
『……そうだよね。すごい大きな騒ぎになってるから、配信を見てくれてる人の中には心配してくれたり、どうして早く否定しないんだって、不安に思ってる人もいたよね』
『私が何も言わないから事実のように思って、がっかりした人とか、悲しいって思った人も当然いるよね。VTuber（ブイチューバー）である私（雫凪ミオ）を見に来てるのに、ノイズになっちゃったかもしれない』
『失望、させたかもしれない……ごめんなさい。この数日のこととか詳しいことは言えないけど、今回の一件について私の対応が不適切で、皆を不安にさせてしまったことだけは間違いないです。その点だけは、謝らせてほしい』

『……でも』

『そういうの全部わかったうえで、私はこれからも、配信していきたいって思ってる』
『私の配信で少しでも誰かの人生に彩りが与えられれば良（い）いなって、それは絶対、嘘（うそ）じゃないから。このチャンネルも視聴者の皆のことも私にとっては大切で、今日までの放送が楽しかったってことは間違いないから、だから――』
『だから。もしも、これからも私の配信を見ようって思ってくれる人がいるなら、私は、その人が楽しめるような配信を見せられるように、頑張るから……』

『これからも、よろしくお願いします』

配信アーカイブはその日のうちに百万回以上再生され、ネットニュースでも取り上げられ、動画のコメント欄には賛否両論、さまざまな意見が寄せられていた。いわゆる炎上商法じゃねえのとか、あのアカウントは本物で、それを認めるわけにはいかないからぼかしてるんだなと、そんな核心を突くコメントのスクショはＴｍｉｔｔｅｒ(ツミッター)で拡散され、バズっていた。なんなら、まとめサイトやネット掲示板では祭りになっているかもしれない。

『私はこれからも見ます！』『引退とかじゃなくて良かった……』『今後も応援するよ～』『百万人記念の歌枠待ってます』『マジで初めての推しだからいなくなんないで(；；)』

でも。コメント欄には、ミオちゃんのファンからのメッセージも沢山寄せられていた。

……この騒動に対してのケジメを付けられるとするならば、桐紗(きりさ)の言っていた通りだ。

これから視聴者に自分が楽しんでる姿を見せて、面白さや楽しさを共有すること。

大丈夫だ。今のミオちゃんなら、絶対にやってくれるはず。

俺はそう信じて、生放送を閉じ、そして——ペイントソフトを起動した。

【＃11】あるいは、彼女にとってのプロローグ

七月最初の日曜日。場所は、何も代わり映えのしない俺のアパート。

そしてダイニングテーブルには、これまた代わり映えのしないメンツが揃っている。

「じゃ、これから近況報告会を始めるわ。進行は仕事絵の忙しさで死にそうになってる千景の代わりにあたしがやるから、どうぞよろしく」

「……眼鏡かけて、キリサだけに、キリッとした顔しちゃって。どうも偉そうデスね」

「文句あるなら仁愛、あんたがやる？　できるもんなら譲るけど」

「うっ」厳しめのツッコミを入れられた仁愛は、もしょりと文句を口ごもってから静かになり、隣に座っている彼女――果澪に、よよよと泣き付いた。

「ああ、カミィと友達になれて、本当に良かったデス。ニアの周りにはチカにしろキリサにしろ、ニアに厳しい人しかいないデスからね……」

「……役割分担ってやつかな。じゃあ、二人の代わりに、多少は私が甘やかしてあげる」

果澪と仁愛は姉妹のように顔を見合わせて、何が面白いのか笑っていた。

そんな仲睦まじい様子に疎外感を感じたのか、桐紗はわざと大きな嘆息をする。

「話を進めるわ……まずは、ミオちゃんの件。これについてだけれど、とりあえずは小康状態に入ったと思っていいわね」

一番最初に話すべき内容が、桐紗の口から告げられる。

ミオちゃんの、あの日の配信。

インスタアカウントや魂の情報バレ疑惑という騒ぎを否定し、そして、心配をかけた視聴者に謝っていた配信。同時に、ＶＴｕｂｅｒとしての活動への向き合い方や、自分にとっての配信はどういうものなのか、そういうのを再確認したうえで、自分はこれからもＶＴｕｂｅｒを続けていく、と決意表明をした配信。

あの配信アーカイブの再生数は今では三百万回再生を超え、配信してしばらくは各種ＳＮＳやその他サイトでも取り上げられまくっていたわけだが……それでも。ピーク時に比べると落ち着きを見せてくれていた。

たぶんだが、誰かに対して明確に迷惑をかけたとか傷付けた、というわけではなかったのが大きいのだと思う——そりゃ俺らは割かし大変だったけど、それは海ケ瀬果澪としての話であって、配信上の雫凪ミオちゃんは、このご時世ではある種奇跡と思えるくらいに清楚で生真面目で、自己紹介に違わぬ姿だった。これに関しては贔屓目抜きで言えるし、だからこそ、インターネット上のざわつきが治まるのが早かったんだろう。

……もちろん、今後どうなるのかは俺たちにもわからない。が、とにかく、現状はミオちゃんが配信ができなくなるほどの致命的なダメージは避けることができていたし、ミオちゃんの配信も、最初の一ヶ月付近のような穏やかで賑やかな雰囲気を取り戻していた。

というわけで、とりあえずは喜んでいいはず。

「じゃ、今回の一件で学んだこと——はい、果澪と仁愛（にあ）、それぞれ答えなさい」

「それは……何か困ったことがあったら、一人で抱え込まないってこと」

「果澪は正解。これに懲りたらちゃんと、あたしたちに相談しなさい……仁愛は？」

「……な、なんデスかね」

「不用意に外でＶＴｕｂｅｒやってるって言わない、でしょうが——前に、あんたが学食でデカい声であたしたちに話しかけてきた件、あれも相当アウトなのよ？　果澪の一件で危険性は充分わかっただろうから、今後は二度としないこと、いいわね？」

「は、はい。気を付けマス……」

叱責され、小さく頷（うなず）く仁愛。この様子だと、身には染みているっぽい。

「……次」茶請けとして買っていたらしいどら焼きの封を開けながら、桐紗は話を進める。

「インスタに果澪が晒（さら）した個人情報から派生して、本人の情報が流出しないか、だけど」

「……今のところ大丈夫。家になんかされたり、変な電話かかってきたりはしてないよ。ほとぼり冷めるまでは最寄り駅の電車使わないでってのも、守ってるし」

「うん。それなら良（い）いわ」

わかりやすい懸念点の二つ目も、さしあたっては問題ないようだった。

紙一重だったと思う。果澪が自ら作った晒すためのアカウントに、今より少しでもパーソナルな情報を載せていたら……愉快犯による特定も捗って、特定が完了していたかもしれない。これに関しては不幸中の幸いというか——果澪の中に迷いがあって良かった。やろうと思えば、もっと取り返しのつかない写真だって投稿できたわけだし。

「それじゃ、この二つについては今後も情報交換しつつ、なんかあったらすぐにあたしたちを頼ること……思ったよりも早く終わったけど、千景から何か言いたいことある？」

話を振られて、俺はくるりと、座っていた作業チェアをダイニングの方に向けた。

「ない。果澪にこれ以上疑問が無いなら、これでお開きにしてくれて構わない」

申し訳ないが、なんなら帰ってほしかった。

仕事絵に集中したいのに、果澪の話も大切なせいでごちゃごちゃ考えてしまって、イラストに迷いが生まれる。いかん、神絵師としてそれは良くない。どんなことがあっても、自分のイラストには持てる全力を出さなければならない。プロとして、何よりそれが、アトリエとしてのプライドだ。

「……果澪、ねえ」

「な、なんだよ」

「別に。ああ、遂に千景も名前で呼んだなって思って、それだけだけど」

それだけのことだと思ってるなら、いちいち指摘する必要もなくない？

それに、一人だけいつまでも苗字で呼んでる方が、距離置いてる風に見えるだろ。友達なんだから名前呼び。桐紗と同じ理由なんだから、良いだろ別に……。

「……そういえば、カミィはチカのこと、名前で呼ばないんデスか？」

「うん。アトリエ先生だから、亜鳥くん。そっちの方が呼びやすいし、それに……」

謎の視線を感じる。見ると、果澪はジトッとした目をしていた。

「言いたいことがあるなら話せ。それもまた、今回の教訓だ」

「……別に、なんでもないよ」

「カミィ……もしかして、恥ずかしいんデスか？　ニアとキリサと違って、チカだけ？」

「違うよ全然そんなわけないよ小学生じゃあるまいしそれに私にとって亜鳥くんはアトリエ先生としてのイメージが強いからやっぱりそこは大切にしなくちゃいけないでしょ？」

「ひえっ……」

え、呪文？　高速詠唱？　早口すぎて、仁愛は怯えていた——マジな話するなら、まだまだその辺は手探りなのかもしれない。二人と違って俺は男の人なわけだし。その辺で果澪の中で嫌なことが過去にあったなら、あまり突っ込んだことは言えないし。

「……ところで。来週の日曜日、資料の写真撮りに弾丸で京都行くんだけど、罰として千景にも付き合ってもらうからね」

「なんの罰だよっ」それに何その、コンビニでアイス買ってきてくらいの気安さ。言ってることの重さと態度が一致してなくない？　そうだ、京都行こうって？　やかましっ。

「あたしの気分を損ねた罰……それに、ミオちゃんのモデリングの報酬、まだ何も貰ってなかったわよね」

「沸点が謎すぎ……待て。果澪のこと、ちゃんと説得しただろ？　あれはどうなった？　それに、仕事代の金だって渡すって言ってただろ？」

「ぜんっぜん足りないし、そもそも友情にお金を持ち込むの良くないわよ」

なに良い子ちゃんぶって……じゃあ俺、桐紗にどうやって借りを返せば良いんだろう。

「……ねえ。あたし、ふと思ったの。アトリエときりひめの対等な協力関係って言ってるのに、なんだか最近は、あたしの負担の方が多い気がするって。都合の良い女扱いされてるんじゃないかって」

「そういうのって、女側にも問題あるんデスよね。そのポジションで満足しちゃってるわけデスし……あいたっ！」桐紗の投げた箱ティッシュは、綺麗に仁愛の額にクリーンヒットしていた。崩れ落ちる仁愛。お前もいい加減口は災いの元って自覚しろよ……。

「だから！　しばらくの間、千景には問答無用であたしの言うこと聞いてもらうことにしたから。仕事が忙しいとかは知ったこっちゃないから、死ぬ気で間に合わせてね」

凄まじいことを言われていた。俺はあまりの言い草に、あんぐりと口を開けてしまう。

「……ちなみにそれ、明確な期限ってあるのか？」

「あたしがもう良いかなってなるまでよ」

「匙加減すぎるっ！」

──ただでさえ空きのないスケジュールがまたしても埋まってしまって。

近況報告会も終わり、そこからは各々駄弁り始めてしまって。

「亜鳥くん」

そのタイミングでそそっと、果澪が作業デスクの方に近づいてくる。

「……どした。見ての通り、俺は今、身体が爆散しそうなくらい忙しいんだ。なんかしてほしいって用事なら、勘弁してほしいんだが？」

「その、さ……例の件なんだけど、明日言おうと思ってて」

……そこで、ペンを動かす俺の手が止まる。

「お昼に、屋上に呼ぶつもりだから、その……」

「……遠くから見とけって言うんだろ？　わかった、明日の昼な」

「……うん。ありがと」

俺の承諾を得た果澪は、ぱっと顔色を明るくしていた。

まあ、なんだ……扇谷の奴、驚くだろうな。

§

翌日、月曜日の昼休み。

屋上のベンチに座りながら、俺は遠目で二人の様子を窺っていた。

果澪と――もう一人は、バスケ部の扇谷。

昨日の集まりは、過去を振り返る話。今から果澪がすることは、未来の話。

足踏みを続けてきた果澪が、一歩踏み出すためのイベントだ。

「……どうだった？」

数分ほど経って、話がついたらしい。扇谷が屋上を出て行って、それからくるりとこっちを向いた果澪がそそくさと早足で、俺の座っているベンチの前まで移動してくる。

「今日の放課後から、一緒に頑張ろうって」

とすんと隣に座った果澪はそう言って、深々と息をついた。

「めっちゃ緊張した……」

「あの様子見る限りじゃ、そうだろうな……でもまあ、バスケ部は未だに部員が少ないらしいからな。扇谷からしても願ったり叶ったりだろうし、割かし二つ返事でOK出されたんじゃないのか？」

「うん。入って良いかって聞いたら扇谷さん、すごく嬉しそうな顔してたし……でも、まだ緊張はしてる。ああ、私、今日から部活入るんだ……そっか……」

自分が言ったことなのに、まだ実感は湧かないらしい。まだ果澪はそわそわしている。

「一応事前情報だけ伝えとくと、扇谷然り バスケ部の連中然り、皆良い奴だぞ」

「うん。それはなんとなく、わかるよ……でもきっと、そういう問題じゃないんだよ」

……自分の心の整理の問題、か。

「じゃあ、俺と仁愛が見学行くか？　保護者参観的な感じで。初日だし」

「それは……ううん、大丈夫。入るって決めたの、自分だし。頑張ってみる……怖いけど」

「……そか」

ある程度——今回のミオちゃんの一件に終止符が打たれたのと同じくらいの時に、果澪は俺たちに、バスケットボール部に入りたい、と言ってきた。配信は基本的に夜やるから、時間的には問題ないし、それに——辛い経験をしたのは、コートの外でだから。

バスケットボール自体はやっぱり、好きだから。

今さらだけど、良いかな……と。俺と桐紗は二つ返事で良いんじゃないか、と。仁愛は帰宅部の仲間が減ることに、少し寂しげにしていたが、それでも最後には応援していた。

俺も、ただ背中を押すだけ。そして今こうやって、扇谷からの了承を得ることができた。果澪の過去を鑑みると、これ以上なく、素晴らしいことだろうな。

「グミ、食べる？」

何をするでもなくまどろんでいると、果澪のお決まりの言葉が飛んできた。

「今日はどういうやつだ」

「タイヤの形のやつ。ちなみに、すごくマズいって評判らしいよ」

「ど、どうしてそんなん持ってくるんだお前……うわ、ぐぼッ……」

掌に転がされた以上は食べるしかないのでそのまま口に運んだが、本当に個性的な味だった。しかも一つがデカい上に渦のような形をしているせいで、飲み込むのも苦労する
――なんだこれ、今までに食ったこともなければ、普通の人間なら、人生で食すことがないであろう味がする。噛めない、飲めない、味わえない。なんだその終わってる三拍子。

「ねえ、亜鳥くん」「……なんだよ」

手に持っていたコーヒーで貰ったグミを一思いに胃に流し込んでいたら、膝を揺すられた――というか、お前食ってなくない？ ちゃんと食えよ、俺にだけ苦痛を味わわせるな！

「ありがと。私今、すごく楽しいよ。配信も、リアルも……どっちも」

――文句の一つでも言ってやろうかと思ったが、何も言えなかった。

その屈託の無い笑みは、あの夜、デッサンして描いた果澪の表情を上回るくらいに綺麗で、憂いが無くて。素直に可愛らしいなと、そう思ってしまうもので。

良かったな、と。ただその感想だけが、心中に去来した。

「しかしまあ、こうして二人して屋上にいると、色々と思い出すな」

「ああ、私が亜鳥くんのこと、急に呼び出した時のこと？」

「違う。それよりちょっと後、お前の胸とか太ももとか、そういうのだ」

「み、見事に水着のことばっかりじゃん」

「アトリエを動かすためとか、自分の計画に対してのせめてもの償いであいうことしたのかもしれないが……、冷静になって考えてみると相当ぶっ飛んでるよな。それに、一回断られてからでも遅くはなかっただろうし……やっぱあれか、そういう性癖なのか？」

「……」

「しかし、もうリアル女子でのデッサンをできないことを鑑みると、あの時やっとくべきだったかなって感じはするな。俺の人生において、クラスメイトのマイクロビキニ姿を拝めることなんてもう二度と……ま、待て。何しようとしてる？」

「……えっちなことしか言わないその口に、一杯のグミを詰め込もうと思ってるけど」

「冗談抜きで吐くからやめろっ」


七月の繊細な日の光が、屋上のラウンジを優しく浸していた。空気清浄機とエアコンのおかげで気温は変わらないはずだが、心なしか辺りがじんわりと暖かく思える。

もうすぐ夏だ。眩しくて暑苦しくて日焼け止めが欠かせない、そんな夏がやってくる。

だったら、ミオちゃんも夏衣装があると良いかもしれないな――。
ふと思いついたイラストを描くのが今から楽しみで、少し笑ってしまう。
そうして俺は――雫凪ミオのママになれて良かったなと、しみじみと、そう思った。

あとがき

皆様はじめまして、黒鍵繭(くろかぎまゆ)です。第18回ＭＦ文庫Ｊライトノベル新人賞にて佳作を頂いたことで、この世界に足を踏み入れる運びとなりました。以後お見知りおきを——というより、見知ってもらえるように頑張ります、よろしくお願いします。

私にはいくつか趣味があるのですが、中でも配信サイトの巡回は、かなり年季が入っている方です。中学生の頃、ニコニコでゲーム実況や生放送を見ていた時からずっと好きでしたし、三ヶ月おきにＭＦ文庫Ｊ新人賞の投稿フォームに作品を投稿していた頃も、変わらずそうでした。よって、次はどんな話書いて送ろうかなと考えた際、ＶＴｕｂｅｒ(ブイチューバー)という存在が思い浮かんだのは、ある程度自然なことだったのかもしれません。事実、私のＹｏｕＴｕｂｅやＴｗｉｔｃｈの登録欄には、ＶＴｕｂｅｒの方々が何人かいらっしゃいました。

だからこそ。自著がセンシティブな題材を扱っていることは、理解できています。ＶＴｕｂｅｒという存在の裏側を描くという行為は間接的に、見せるべきでないものを見せる行為なのでは、とも思います。世界観を損なわせるものだなあ、とも。